《哈姆雷特》的悲剧精神

钱坤强　袁宪军　著

重庆大学出版社

内容提要

本书从神话原型、文化传承、人物性格、语言蕴意等方面,对莎士比亚的悲剧《哈姆雷特》探幽发微,揭示悲剧主人公哈姆雷特在遭受痛苦磨难时所呈现的人性光辉与高贵品格。本书的研究,着眼微观细节,彰显《哈姆雷特》的悲剧精神。

图书在版编目(C I P)数据

《哈姆雷特》的悲剧精神 / 钱坤强,袁宪军著. --
重庆 : 重庆大学出版社,2020.10
ISBN 978-7-5689-2457-3

Ⅰ. ①哈… Ⅱ. ①钱… ②袁… Ⅲ. ①《哈姆雷特》
—文学研究 Ⅳ. ①I561.073

中国版本图书馆 CIP 数据核字(2020)第 185643 号

《哈姆雷特》的悲剧精神

钱坤强 袁宪军 著
策划编辑:张 维

责任编辑:杨 敬 许红梅 版式设计:张 维
责任校对:王 倩 责任印制:张 策

*

重庆大学出版社出版发行
出版人:饶帮华
社址:重庆市沙坪坝区大学城西路 21 号
邮编:401331
电话:(023) 88617190 88617185(中小学)
传真:(023) 88617186 88617166
网址:http://www.cqup.com.cn
邮箱:fxk@cqup.com.cn(营销中心)
全国新华书店经销
重庆市国丰印务有限责任公司印刷

*

开本:890mm×1240mm 1/32 印张:6.375 字数:201 千
2020 年 10 月第 1 版 2020 年 10 月第 1 次印刷
ISBN 978-7-5689-2457-3 定价:59.00 元

目 录

引 言   1

哈姆雷特的延宕与阿里奇亚丛林中的仪式   18

哈姆雷特怀疑和探索所折射的悲剧意义   34

哈姆雷特"To be, or not to be"的隐喻性   49

哈姆雷特的命运意识   69

哈姆雷特与披勒斯的复仇   85

《哈姆雷特》翻译中的缺失   97

哈姆雷特与窦娥   108

"To be, or not to be"再议   118

"I think nothing"——父/夫权制下奥菲莉娅思想之缺失   128

《哈姆雷特》的批评轨迹   154

参考文献   188

后 记   197

引　言

　　莎士比亚的《哈姆雷特》(*Hamlet*)可谓是世界文学史上最著名、形式最完美、内容最丰富的作品之一,尽管批评界对它确切的写作时间莫衷一是,但是有一点是肯定的,即它是莎士比亚在创作盛年时期的作品。批评界一般认为它创作于 1601 年下半年或之后,这是因为批评界认定,加布里埃儿·哈维(Gabriel Harvey)在一部乔叟(Geofrey Chaucer)作品的半张空白页上所写的旁注中有提及《哈姆雷特》。哈维购买该书的时间为 1598 年,但是旁注的时间似乎是 1601 年:

　　　　年轻人喜欢莎士比亚的《维纳斯与阿多尼斯》(*Venus and Adonis*);但是他的《鲁克瑞斯》(*Lucrece*)以及他的悲剧《丹麦王子哈姆雷特》更受思想深刻之士的青睐。[1]

然而,有的学者认为,哈维对当代戏剧诗歌的评述应该是在斯宾塞(Spenser)去世之前,而斯宾塞死于 1599 年 1 月 16 日。[2] 另一部有关哈维的著作"倾向于"把这则旁注认定为 1599 年 1 月之后。[3] 无论怎样,《哈姆雷特》中有关儿童演员之说(第二幕,第二场,第 336-358 行),被普遍认为是对黑衣修士剧院(Blackfriars)1600 年启用儿童演员的描述。然而,这一段落出现于对折本(Folio text)并再现于第一个四折本(First Quarto,俗称 Q1)中,却在第二个四折本(Second Quarto,俗称 Q2)中没有

---

1 G. C. Moore Smith, *Gabriel Harvey's Marginalia* (Stratford-upon-Avon: Shakespeare Head Press, 1913), p. 232.

2 哈维在旁注中说斯宾塞的《阿卡迪亚》(*Arcadia*)和《仙后》(*The Faerie Queene*)"现在仍是最新鲜的时候",显然指的是前者 1598 年和后者 1596 年的版本。

3 Virginia F. Stern, *Gabriel Harvey: His Life, Marginalia and Library* (Oxford and New York: The Clarendon Press, Oxford University Press, 1979), pp. 127-128.

发现,故而,有的批评家认为这段描述是后来加进去的。[1]

　　另一个用来说明《哈姆雷特》的写作时间的是玛斯通(Marston)的《安东尼奥的复仇》(*Antonio's Revenge*)。两者的相似之处在批评界已经是老生常谈,而谁借鉴了谁,则争论不休。相似之处包括:戏剧的开始是深夜,而以对黎明的描述结尾;主人公身着黑衣;父亲的鬼魂向儿子显灵,告诉儿子自己被谋杀而且妻子委身于谋杀者,要求儿子为父复仇;儿子装疯卖傻或真的患了抑郁症;儿子本有机会偷偷地刺死谋杀者却找借口延宕;父亲的鬼魂出现在母亲的卧室,磨砺儿子复仇的决心;均有一个哑剧表现寡妇最初拒绝而后来接受谋杀者的求爱;等等。甚至,有些话语尽管语词不同但表现的情绪是相同的,例如,哈姆雷特说道:

> ……她在送葬的时候所穿的那双鞋子现在还没有破旧,
> …or ere those shoes were old
> With which she followed my poor father's body,
>
> 　　　　　　　　(第一幕,第二场,第 147-148 行)[2]

而安东尼奥说道:

> ……我的父亲的躯体尚未凉透,
> …my father's trunk scarce cold,
>
> 　　　　　　　　(第二幕,第二场,第 150 行)

批评界发现,甚至哈姆雷特和安东尼奥使用的有些词语也十分相似。例如,他们均扬言要把脑海里的一切清除掉(《哈姆雷特》第一幕,第五场,第 99-104 行;《安东尼奥的复仇》第三幕,第一场,第 89 行)。哈姆雷特

---

1 W. J. Lawrence, *Shakespeare's Workshop* (Oxford: B. Blackwell, 1928), pp. 106-108.

2 本书中《哈姆雷特》的译文,采用朱生豪译本(以下简称"朱译"),个别词语有改动,不做一一说明。所引用的《哈姆雷特》英文,除特别注明外,均出自柯林斯经典著作系列中的亚历山大本(Collins Classics: The Alexander Text) *The Complete Works of William Shakespeare* (Glasgow: HarperCollins, 1994)。

说他"要去祈祷"[will go to pray(第一幕,第五场,第131行)],而安东尼奥内心里有"一个或两个祷告要做"[a prayer or two to offer up(第三幕,第一场,第96行)]。这两部作品中的相似之处是如此之多,以至于批评界从不认为它们仅仅是偶然的。但是到底是谁借鉴了谁,却没有定论。索恩戴克认为《安东尼奥的复仇》早于《哈姆雷特》,[1]但是,相反的观点同样不绝于耳。[2]

《安东尼奥的复仇》是玛斯通的《安东尼奥与梅丽达》(*Antonio and Mellida*)的接续,后者有明显的证据证明于1599年秋季或冬季开始演出,而作为其接续的《安东尼奥的复仇》,不可能紧接着演出:一是写作需要时间,二是要看《安东尼奥与梅丽达》受欢迎的程度。再者,它在前言中声称写作于冬季,而且它肯定早于本·琼生(Ben Jonson)1601年的《蹩脚诗人》(*Poetaster*),因为后者对前者进行了嘲讽。这样,《安东尼奥的复仇》上演的时间应该是1600年冬季至1601年。这样看来,如果哈维没有在1601年之前已经对加进对儿童演员进行了描述的《哈姆雷特》有所了解,那么玛斯通也应该对它熟知。当然了,批评界还发现了很多其他证据,证明玛斯通对莎士比亚的抄袭:在《哈姆雷特》中具有潜在逻辑关系的细节被生硬地搬到《安东尼奥的复仇》,原有的思想深度变成纯粹的情节渲染。这样看来,如果基本上可以确定《安东尼奥的复仇》上演的时间是1600年冬季至1601年,那么《哈姆雷特》开始上演的时间应该是在1599年底以前,而不是普遍认为的1601年。

时间确定了,接着就是文本问题了,这也是学术界一直非常关注的问题。《哈姆雷特》在莎士比亚的戏剧中非常独特,原因之一是它有三种不同的文本:第一个四折本、第二个四折本及对折本。这三种文本之间关系很复杂,甚至令批评界颇为头疼。不过,普遍的观点是:第一个四折本不怎么样;第二个四折本颇为可取,因为它明显基于莎士比亚的书来

---

1 A. H. Thorndike, *The Relation of Hamlet to Contemporary Revenge Plays*, in *PMLA*, XVII,(1902), pp. 125-220.

2 例如,D. J. McGinn, *Shakespeare's Influence on the Drama of His Age* (N. J.:New Brunswick,1938), pp. 19-23; D. L. Frost, *The Scholl of Shakespeare* (New York:Cambridge University Press, 2012), pp. 173-180。

创作;对折本则是剧院演出的剧本,有一些为了舞台演出的方便而做出的改动,而且在一定程度上是基于第二个四折本创作的。

第一个四折本是第一个公开发表的莎士比亚《哈姆雷特》的文本,所以批评界认为,它与另外两个文本的不同之处主要是后两个文本是在它的基础上进行了修改,因为它是最早的文本。但是,在 20 世纪的研究中,莎士比亚学者发现,[1]情况并不是原来认识的那样,第一个四折本不但不是莎士比亚原作最早的文本,而且是一个较晚的、对原作做了修改的文本。它与其他两个文本最大的差别不是增扩了内容,如前文所说的关于儿童演员的描述,而是对原作进行了删节;而且删节不但没有给原作添彩,反而大大地不如原作。

第一个四折本被认为是一个不怎么样的文本,主要的原因是它没有手稿作为基础,而是源自演出记录,这样就产生了种种的文本问题:缺失、行误、误解、置换、词语和词形的替代等。这些都是明显的记忆痕迹。我们所看到的是,有一帮演员,要演一部戏,他们没有剧本,就让曾经演过该戏的演员凭记忆七嘴八舌地拼凑出这个剧本。就演出本身而言,这个剧本没有问题,情节甚至细节也没有大问题,尽管有许多的缺失。只是这个剧本的词语的严谨性与书写的文本相比,就大打折扣了。例如,丹麦国王的鬼魂出现时是"走"(walk)而不是"行进"(march)(第一幕,第一场,第 49 行),奥菲莉娅(Ophelia)被问及她对哈姆雷特所说的"粗俗"(cross)而不是"强硬"(hard)的话语(第二幕,第一场,第 107 行),葛特露德(Gertrude)把鬼魂的出现解释为哈姆雷特大脑的"毛病"(weakness)而不是"杜撰"(coinage)(第一幕,第一场,第 137 行)。王后葛特露德告诫普隆涅斯(Plonius)要"多谈些实际,少弄些玄虚"[More matter with less art(第二幕,第二场,第 95 行)],语言精练简约,修辞恰到好处,而第一个四折本的"我的先生,请简单点"(Good my lord be brief),语言平淡无味。如果说用"一切都是美好而圣洁的"(So gracious and so hallow'd is that time)替代"一切都是圣洁而美好的"(So hallowed and so

---

1 参阅 George Ian Duthie, *The "Bad" Quarto of "Hamlet": A Critical Study* (Cambridge: The University Press, 1941)。

gracious is that time)(第一幕,第一场,第 164 行)仅仅是表面上前后次序的颠倒,那么在哈姆雷特著名的独白中用"世人的嘲讽和谄媚"(the scorns and flattery of the world)替代"人世的鞭挞和嘲讽"(the whips and scorns of time)(第三幕,第一场,第 70 行)则显然在节奏、意象、意蕴上失之千里了。甚至有的诗行里六个有意义的实词竟然有五个不同:

The first *verse* of the *godly Ballet*/Will *tel* you *all*
The first *rowe* of the *pious chanson* will *showe* you *more* (Q2) [1]
(你去查看原歌的第一节吧)

(第二幕,第二场,第 413-414 行)

除了前面提到的哈姆雷特的独白中的篡改(有意或者无意),这里还有一处,同样明显改动得大谬特谬:

…in that *sleep* of death what *dreams* may come,
(在那死的睡眠里,究竟将要做些什么梦,)

(第三幕,第一场,第 66 行)

在第一个四折本是

…in that dreame of death, when wee awake,
(当我们醒着的时候,在那死一般的梦幻里,)

在第二个四折本中,逻辑关系十分明确,把死亡比作睡眠,是西方文化中的传统,[2] 而在睡眠中做梦,更是人之常情。但是在第一个四折本,"死亡的睡眠"成了"死亡的梦幻",而且,整个诗行的意义"当我们醒着的时

---

1 "rowe"和"showe"为原始文本的拼写,在本书所用的亚历山大本,为了现代读者的阅读方便,分别改为"row"和"show"。下面其他此类拼写,不再一一说明。

2 关于睡眠与死亡的隐喻,参阅下文《哈姆雷特怀疑和探索所折射的悲剧意义》第 46 页注 2。

候,在那死亡的梦幻里",逻辑关系混乱不堪,将梦幻与死亡生硬地连在一起,生命与死亡牵强地并置,尽管醒着的时候思想死亡在隐喻层面符合亚里士多德的或然率。甚至这个著名的独白的第一行"To be, or not to be, *that is the question*"(第三幕,第一场,第 56 行)的后半部分,成了"ay there's the point",这一变化,也仅仅在字面上与前半部分勉强相同,但是在隐喻层面则与整个独白完全脱节。[1] 至于长段的删改或随意的增加,也不在少数。例如,在奥菲莉娅的坟地,牧师的话:

> Her obsequies have been as far enlarg'd
> As we have warrantise. Her death was doubtful;
> And, but that great command o'ersways the order,
> She should in ground unsanctified have lodg'd
> Till the last trumpet; for charitable prayers,
> Shards, flints, and pebbles, should be thrown on her;
> Yet here she is allow'd her virgin crants,
> Her maiden strewments, and the bringing home
> Of bell and burial.

(她的葬礼已经超过她所应得的名分。她的死状很是可疑;倘不是因为我们迫于权力,按例就该把她安葬在圣地以外的地方,直到最后审判的喇叭吹召她起来。我们不但不应该替她祷告,并且还要用砖瓦碎石丢在她坟上;可是现在我们已经允许给她处女的葬礼,用花圈盖在她的身上,替她散播鲜花,鸣钟送她入土。)

(第五幕,第一场,第 220-228 行)

在第一个四折本我们看到的是

> My Lord, we haue done that lies in us,
> And more than well the church can tolerate,

---

1 关于"that is the question"的隐喻意义,参见下文《哈姆雷特"To be, or not to be"的隐喻性》的相关内容。

She hath had a Dirge sung for the maiden soule：

And but for fauvour of the king，and you，

She had beene buried in the open fieldes，

Where now she is allowed Christian beriall.

（先生，我们已经尽了全力，远远超过教会的容忍，为她处女的灵魂唱了安眠的曲：若不是国王的旨意，也看在您的面子，她本应该葬在荒郊野外，可是她却享受了基督教徒的葬礼。）

在这一段落里，除了几个虚词和与这□□词语外，几乎完全驴唇不对马嘴，根据记忆进行编造的痕迹□然了，记忆的痕迹也不是全部被抹掉了："a Dirge sung fo□□le"是在勒替斯（Laertes）的追问下"难道不能再有其他的□□t there no more be done?（第五幕，第一场，第229行）]□牧师又说："要我们为她奏安魂乐，像像对一般平安死去的灵□□sing sage requiem and such rest to her/As to peace-parted souls（第五幕，第一场，第231-232行）]。另一个典型的例子是哈姆雷特与奥菲莉娅的对话之后奥菲莉娅的独白，第二个四折本中长达十二行的独白在第一个四折本中仅有四行：

O，what a noble mind is here o'er-thrown！

The courtier's，soldier's，scholar's，eye，tongue，sword；

Th'expectancy and rose of the fair state，

The glass of fashion and the mould of form，

Th'observ'd of all observers—quite，quite down！

And I，of ladies most deject and wretched，

That suck'd the honey of his music vows，

Now see that noble and most sovereign reason，

Like sweet bells jangled，out of time and harsh；

That unmatch'd form and feature of blown youth

Blasted with ecstasy. O，woe is me

T'have seen what I have seen，see what I see！

（啊，一颗多么高贵的心是这样陨落了！朝臣的眼睛，学者的辩舌，军人的利剑，国家所瞩望的一朵娇花；时流的明镜，人伦的雅范，举世瞩目的中心，这样无可挽回地陨落了！我是一切妇女中最伤心而不幸的，我曾经从他音乐一般的盟誓中吮吸芬芳的甘蜜，现在却眼看着他的高贵无上的理智，像一串美妙的银铃失去了谐和的音调，无比的青春美貌，在疯狂中凋谢！啊，我好苦，谁料过去的繁华，变作今朝的泥土！[1]）

（第三幕，第一场，第 150-161 行）

在第一个四折本：

Great God of heaven, what a quicke change is this?
The Courtier, Scholler, Souldier, all in him,
All dasht and splinterd thence, O woe is me,
To a seene what I haue seene, see what I see.

（伟大的天神，这是何等的变化？朝臣、学者、军人，凝结于他一身，全都瞬间崩溃，啊，我好苦，目睹了我所目睹的，看到我所看到的。）

且不说很大的疏漏，即使这四行也是差距颇大：前两行只是显露了鳞爪，后两行仅仅有一行半尚较准确。这里绝对是凭记忆书写的剧本，不可能是莎士比亚的原作；而且，这里的记忆，绝不是饰演奥菲莉娅的演员的记忆，而是其他演员凭自己的大体印象所做的记录。诸如此类，数不胜数。这样一个文本，我们很难把它纳入莎士比亚的原作。

我们说第一个四折本"删改或随意的增加"[2]似乎也不完全是事实，

---

1 最后一行直译为："我目睹了我所目睹的，看到我所看到的。"此处为意译。

2 批评界对于有"删改或随意的增加"并非没有说法，例如关于儿童演员的描述，不能说是记忆的疏漏，恐怕应该是有意增加的，而删改的例子也不胜枚举，例如人物的名字，用"Corambis"和"Monyano"分别取代"Polonius"（普隆涅斯）和"Reynaldo"（雷瑙陀）。尽管莎士比亚笔下的人物的名字常常与他的作品的渊源不同，但是这里改动似乎没有任何意义。当然了，我们可以为这两个名字找一个"记错了"的借口，因为"Monyano"是《奥赛罗》（*Othello*）里的一个人物，而"Corambus"（而非"Corambis"）是《终成眷属》（*All's Well that Ends Well*）中的一个人物。

因为它毕竟是根据演员的记忆来书写的,尽管有很多的删改和增加,但那也是记忆的疏漏,至少文本还是基本按照原著的主旨书写的。但是,这并不是说第一个四折本一无是处。它作为一个参照物,至少可以用来纠正第二个四折本中和对折本的讹误,修正并填补这两个文本的缺失。例如,哈姆雷特在第二幕第二场第 579 行说道:"That I the sonne of a deere murthered"(Q2)或者"That I, the Sonne of the Deere murthered"(F),而第一个四折本是"that I the sonne of my deere father"。尽管第一个四折本中主要的词"murder'd"缺失,但是在第二个四折本和对折本中"father"一词也显然漏掉了。通过比对,学者在校勘时把这句话更正为"That I, the son of a dear father murder'd"(我的亲爱的父亲被人谋杀了)。

现在批评界基本肯定第二个四折本(1604 年或 1605 年)是出自莎士比亚手稿《哈姆雷特》的第一个印刷文本,尽管莎士比亚是书写在"糟糕的纸页"(foul papers)上。[1] 这个文本在印刷过程中出现了很多讹误,或是因为手稿不清楚,或是因为排版不认真。例如,本该是"breathes"(第三幕,第二场,第 379 行)误印为"breaks",本是"winters"(第五幕,第一场,第 210 行)误印为"waters",诸如此类,比比皆是。缺失的词语也不在少数,甚至还有个别的诗行缺失(如第四幕第二场第 40 行的后半行"So envious slander")。[2] 不过,此类讹误在莎士比亚时代是司空见惯的。在威尔逊看来,第二个四折本的"粗糙正是最好文本的保证"[3]。此外,有些舞台指令也疑似为演出时剧院导演或他人所加。毕竟手稿没有经过作者认真的修订,但是,这些都不影响它作为一个莎士比亚原创文本被认定。

1 参见 E. A. J. Honigmann, *The Stability of Shakespeare's Text*(Nebraska: University of Nebraska Press, 1965), pp. 17-18。

2 J. Dover Wilson 列出多达五处这类的缺失,有的是对折本具有的文字。参见他的 *The Manuscript of Shakespeare's "Hamlet" and the Problems of its Transmission*(Cambridge: The Cambridge University Press, 1934), pp. 96-97。

3 J. Dover Wilson, *The Manuscript of Shakespeare's "Hamlet" and the Problems of its Transmission*(Cambridge: The Cambridge University Press, 1934), p. 92.

至于对折本,它于 1623 年刊印,也是一个学术界认可的莎士比亚《哈姆雷特》文本。与第二个四折本相比,它有以下特点:一是内容有增减。对折本中有 70 多行在第二个四折本中是没有的,而第一个四折本中有 230 行又是对折本所没有的。例如,在哈姆雷特在他母亲的卧室的那场戏中,少了 27 行;在第四幕第七场克劳狄斯(Claudius)与勒替斯的戏中少了 25 行;尤其是哈姆雷特言及福丁勃拉斯(Fortinbras)的独白(第四幕,第四场,第 32-66 行)。诗行删减的后果是非常重要的意义丧失了。学术界认定,230 行的删减并非完全是莎士比亚所为,很多内容的删减仅仅是为了演出的便利。有些删减的内容,就其所处的段落或小的语境而言,似乎关系不大;然而,在莎士比亚的戏剧里,往往一个微不足道的言辞就是之后事件发生的节点。对折本的第二个特点是舞台指令(stage direction)更加丰富,这表现在弥补了第二个四折本中许多缺失的"退场",个别指令更加确切,补充了上场时人物的名字[例如"考尼力斯"(Cornelius)和"伏底曼特"(Voltemand)上场时提供了名字],对白中间的描述性指令[例如戏中戏里"把毒汁倒进他的耳内"(Pours the poison in his eares;第三幕,第二场,第 254 行),以及比剑术那场戏中"准备比剑"(Prepare to play;第五幕,第二场,第 257 行)和"刺击国王"(Stabs the King;第五幕,第二场,第 314 行)]等。舞台指令的丰富,显然是为了演出的便利,但也不能排除有些指令是为了读者而增加的。对折本的另一个特点是对白方面有些变化,而有的变化证明第二个四折本对莎士比亚的手书处理不当。有时,第二个四折本的编撰者似乎根据一个单词的前半部分来推测后半部分,例如,第四幕第七场中勒替斯对克劳狄斯言及哈姆雷特杀死他父亲时,问克劳狄斯为什么他能容忍这样的"crimeful"(罪恶的)行为(第 7 行),第二个四折本的单词是"criminall"(犯罪的)。有的变体显然改正了第一个四折本的讹误,例如"takes"修正为"talks"(第一幕,第一场,第 163 行)、"walke"修正为"wake"(第一幕,第二场,第 243 行)、"heede"修正为"speed"(第二幕,第一场,第 111 行)。但是,有的变体看起来倒像是莎士比亚再三思考后的改动,例如在王后卧室中的一场戏,第二个四折本形容"面容"(visage)时用的单词是"heated",而对折本用的是"twistful"。从上述内容中,我们不难看出对折本难以估量的价值。当然了,对折本也有其不足之处,或者说不如第一个四折本用词恰当。例如,骷髅在"eering",而不是在"grinning"(第五幕,第一场,第186行);我们因哈姆雷特的疯癫而"waile",而不是"mourne"(第二幕,第二场,第150行)。有时对折本选用一个更普通的词来取代一个不寻常的词,例如用"tunes"取代"laudes"(第四幕,第七场,第178行)、用"Rites"取代"Crants"(第五幕,第一场,第226行),就此而言,此举有些遮蔽了语言的光彩。至于标点符号的差异及大小写的不同,尤其是后者,尽管对于演出不会有多大影响,但是对于我们今天的读者而言,其意义那就非同小可了。

　　对折本的基础肯定是一个独立的手稿,但是同样肯定的是,它的定稿参照了第二个四折本。就《哈姆雷特》的三个文本而言,后两个显然优于第一个,第二个四折本最接近莎士比亚的原创,而对折本所增加的某些内容,学者认定也是出自莎士比亚之手。所以,现在大多数研究者都是根据后两个文本进行研究的,而编辑者则有的依据第二个四折本并参照对折本、有的依据对折本并参照第二个四折本进行编辑,尽管威尔逊确定第二个四折本是权威文本。无论如何,普隆涅斯对哈姆雷特问他云彩时的回答,道出了批评界对《哈姆雷特》文本的解读:且不说云彩无时不在变化,而且人们对它变化的形状也因为其模糊性而有不同的看法。虽然《哈姆雷特》的文本基本上是确定的,但是批评界仍然对很多细节莫衷一是。

　　关于《哈姆雷特》最直接的渊源,学术界普遍认为莎士比亚是在一部名曰《乌尔-哈姆雷特》(*Ur-Hamlet*)的戏剧的基础上改编写作的。这部戏剧现已失传,但是它在莎士比亚的《哈姆雷特》演出之前曾经存在,这是毫无争议的。托马斯·洛奇(Thomas Lodge)于1596年曾经言及这部戏剧:"鬼魂在剧院惨兮兮地呼喊,宛若一个卖牡蛎的渔婆:'哈姆雷特,复仇!'"[1]而"哈姆雷特,复仇!"一时成为人们的口头禅,甚至曾经有一部失传的戏剧以此为名。据说,托马斯·基德(Thomas Kyd)曾经写过一部《哈姆雷特》,甚至他的《哈姆雷特》还受到纳什(Nashe)的讥讽。然而,

---

1 Thomas Lodge, *Wit's Misery* (Menston: Scolar Press, 1596), p. 56.

我们在谈到莎士比亚的《哈姆雷特》的程式的时候,总是说它的情节中出现的谋杀、疯癫(真实的或假装的)、复仇、鬼魂、不明显的道德感以及(甚至)戏中戏,总会使我们想到塞内加(Seneca),进而想到基德的《西班牙悲剧》(*The Spanish Tragedy*),而莎士比亚的《哈姆雷特》受到《西班牙悲剧》的影响,也是学术界公认的不争的事实。然而,莎士比亚绝非简单地挪移一部或两部戏剧,而是集许多源流于大成。他把古代历史和传说中的四个人物集中在哈姆雷特一人身上,这四个人物是北欧传说中的安姆莱特(Amleth)、埃斯库勒斯(Aeschylus)创作的《阿伽门农》(*Agamemnon*)三部曲中的俄瑞斯忒斯(Orestes)、古埃及暴君尼禄(Nero)和古罗马将军布鲁图斯(Brutus)。当然了,哈姆雷特不仅体现了这四个人物的特点,他还是整个人类的化身,正如哈兹利特(Hazllit)所言,我们每一个人都是哈姆雷特。

然而,仅仅从故事的角度而言,北欧关于安姆莱特的传说最接近《哈姆雷特》的剧情。古时候,丹麦还在罗利克(Rorick)国王统治下,有两兄弟是日德兰半岛(Jutland)的总督,兄长名叫豪温代尔(Horvendile),弟弟名叫冯(Feng),兄弟俩轮流统治着日德兰半岛。在兄长豪温代尔统治满三年后,他把总督之位让给弟弟冯,并出海探险。在这期间,挪威国王科尔(Koll)想通过打败豪温代尔来增强自己的势力和威望,于是两个人签订了决斗合同,进行单独决斗。结果是豪温代尔战胜并杀死了挪威国王科尔,占领了挪威的海岸线。三年后,豪温代尔回来,把许多掠夺品献给了丹麦国王罗利克,罗利克极其高兴,把女儿葛露莎(Gerutha)嫁给豪温代尔为妻。豪温代尔携妻回来接管了日德兰半岛,夫妇二人生了一个儿子,取名安姆莱特。若干年后,弟弟冯因嫉妒而阴谋害死了亲兄豪温代尔,并声称其兄要害死贤良温柔的嫂嫂葛露莎。之后,他又娶嫂嫂为妻并独自统治日德兰。

安姆莱特在其父被害死的时候仍是个孩子,他担心叔叔也会害死自己以绝后患,就开始装疯卖傻。他常常衣冠不整、蓬头垢面地出现在公开场所,而且说出的话一般人也听不明白。私下里,他却悄悄地练习武艺。冯在安姆莱特长大后试图试探他疯癫的真实性,就让一个姑娘在森林里试探安姆莱特是否懂得男女之事。这个计谋被安姆莱特识破,他不但诱奸了那个姑娘而且还使她为自己打掩护。冯再次试探，让好友藏在王后的卧室里，然后让安姆莱特去见他母亲，听他们说些什么，以便从中探明安姆莱特疯癫的实情。安姆莱特在葛露莎的卧室发现了隐藏之人，用利剑刺死了他，然后肢解了尸体并扔进猪圈喂了豪猪。安姆莱特这时告诉母亲他只是在装疯，并责备母亲像婊子一样搂抱着谋杀了亲夫的人。葛露莎对安姆莱特说，她与冯结婚仅仅是为了保护儿子和自己的性命。她得知儿子并非真疯非常高兴，嘱咐儿子为父复仇，但是，复仇之事只能由他自己完成，因为宫廷里任何人都不能相信。

冯得知安姆莱特杀死了自己的好友，对安姆莱特更加怀疑，想以此为名害死安姆莱特，但又怕得罪了丹麦国王罗利克和国王的女儿葛露莎而对己不利，于是就打发安姆莱特去英国，暗地里要英王杀死安姆莱特。临行前，安姆莱特告诉母亲，一年后的今天如果他仍然没有回来，就给他举行葬礼。在前往英国的途中，安姆莱特伪造国书，让英王杀死那两个陪同之人并让英王把女儿嫁给自己。

一年后，葛露莎见儿子没有回来，就发丧设礼追悼安姆莱特的亡灵。安姆莱特却突然回来，仍然是蓬头垢面。他将灵棚拉倒，点火焚烧，烧死了所有正在吃喝的朝臣。但是，冯此时正在卧室休息，安姆莱特仗剑冲进冯的卧室，唤醒正在睡觉的冯，对他说复仇的时刻到了，然后杀死了冯。

安姆莱特将冯谋杀亲兄的事情公之于世，并请人们原谅自己母亲葛露莎的软弱，因为她嫁给谋杀丈夫之人是被迫的、无奈的。最终，安姆莱特成为日德兰的总督。

莎士比亚的《哈姆雷特》的情节与安姆莱特的传说之异同是显而易见的，这里我们无须赘言。

至于俄瑞斯忒斯作为哈姆雷特的原型，吉尔伯特·墨雷（Gilbert Murray）在其《诗歌的古典传统》（*The Classical Tradition in Poetry*，1927）中已经做了详尽的阐述。墨雷对哈姆雷特与俄瑞斯忒斯的相似之处进行了比较，把俄瑞斯忒斯看作莎士比亚笔下哈姆雷特的原型：俄瑞斯忒斯和哈姆雷特均是弑君者，均装疯卖傻，他们的母亲均嫁给了他们父亲的谋杀者和继任者。[1] 而且，我们"不能从道德上否定在十分原始的社会阶段人类的王后的并非私人性质的强制婚姻……这个永远袒护子女的母亲的地位与感情，在这个时候，他（诗人或者戏剧家）情不自禁地会在她身上看到那种内心冲突的因素，而这正是伟大戏剧的萌芽"[2]。

批评家在哈姆雷特身上看到布鲁图斯的影子，主要是对弑兄娶嫂故事的相同叙述；在尼禄的故事中是看到尼禄的母亲阿格里皮娜（Agrippina）毒死了她的叔父-丈夫，即尼禄的叔公-继父，为了使其儿子尼禄登上帝位。当然了，在《哈姆雷特》中，母亲葛特露德与克劳狄斯的结婚却阻止了哈姆雷特继承王位。

此外，批评界认为莎士比亚借鉴了法国作家贝勒弗雷（Belleforest）的《悲剧故事》（*Histoires Tragiques*）中的第三个故事，以及纳什的《穷鬼皮尔斯》（*Pierce Penniless His Supplication to the Devil*, 1592）等，后者也是莎士比亚的《哈姆雷特》的源流之一。

我们在追溯与莎士比亚的《哈姆雷特》有渊源关系的作品和传说时，不会忽略一个事实：这些故事或者故事中的人物全都沿袭着一个古老的传统，这就是复仇，而复仇就意味着杀戮。莎士比亚的《哈姆雷特》也是复仇剧，复仇是它的主线，这也说明了为什么中文的译本以《王子复仇记》著称。然而，莎士比亚在借鉴这些人物故事的时候，并不是为了表现悲剧故事中所包含的纯粹的野蛮风俗，而是极大地丰富了故事的神秘性，赋予故事情节以深刻的象征意义，同时揭示了复仇这一风俗的残酷和不人道：对于人类来说，废弃这一风俗比保持它更加伟大。莎士比亚的《哈姆雷特》使我们叩问人生的价值：难道人生的价值就是个人恩怨的计较？哈姆雷特在出场后第一段独白中有一句台词"难道我必须记住？"［Must I remember？（第一幕，第二场，第143行）］，这是哈姆雷特在叩问自己。哈姆雷特父亲的鬼魂在向哈姆雷特讲述了自己被亲兄弟谋杀的

---

1 至于这一点，笔者同样从原型批评的角度做出解释，请看后文《哈姆雷特的延宕与阿里奇亚丛林中的仪式》。

2 吉尔伯特·墨雷，《诗歌的古典传统》；见董衡巽译，《哈姆雷特与俄瑞斯忒斯》；载叶舒宪编，《神话—原型批评》，西安：陕西师范大学出版社，1987年，第254页。

经过并要哈姆雷特为他复仇后,离开时的最后一句话同样是"记住我"[Remember me(第一幕,第五场,第 91 行)]。莎士比亚向我们提出了一个极易被我们忽略但意义非常深刻的问题:我们能忘记吗？我们需要记住,记住那些应该记住的过去。但是,我们应该忘记,也需要忘记的,就是我们的仇恨。同时,我们还必须牢记,牢记的是我们的仇恨给我们带来的血的教训。如果我们忘记了历史,忘记了人类历史上所发生的非人道的事情——战争、仇杀——这样的事情就有可能再次发生。应该忘记的,我们必须忘记;应该牢记的,则必须牢记。

　　当然了,莎士比亚悲剧的第一渊源是古希腊悲剧。古希腊悲剧作家为人类树立了不朽的悲剧丰碑,后世任何悲剧(中国近代的悲剧除外)都不可能不受到其影响。我们在看莎士比亚的《哈姆雷特》的时候,除了哈姆雷特与古希腊的悲剧中的主人公都是高贵的人物但实施着恐怖的行动,以及受到命运的捉弄,性格中具有明显的弱点但又没有意识到它之外,在哈姆雷特身上发现的,不仅是俄瑞斯忒斯的影子,甚至还是俄狄浦斯(Oedipus)、波吕涅刻斯(Polynices)[索福克勒斯(Sophocles)创作的《安提戈涅》(Antigone)中的人物]的缩影,或者是美狄亚(Medea)的化身[美狄亚为了报复丈夫的背叛亲手杀死自己的儿女且冷漠以对,哈姆雷特杀死普隆涅斯以及让英王杀死发小罗森克兰兹(Rosencrantz)和吉登史腾(Guildenstern)所表现出的冷漠无情]。至于情节的跌宕起伏、语言的生动精练、或然律的生化运行,无不是亚里士多德《诗学》的典范。当然,莎士比亚的时代与古希腊悲剧产生的时代有很大的不同,而反映着时代变化的悲剧也必然会有很大的不同。最大的不同莫过于 A. C. 布雷德利(A. C. Bradley)所谓的古希腊悲剧为命运悲剧(tragedy of fate),而莎士比亚悲剧为性格悲剧(tragedy of character)。然而,这并不是说命运在《哈姆雷特》中没有什么作用,[1] 只是命运不像在古希腊悲剧中那样,是推动人物变化和情节发展的主要因素。性格成为哈姆雷特悲剧性结构的成因,尽管古希腊悲剧和莎士比亚悲剧均强调悲剧人物的自由意志的重要性:主人公如果没有选择的权利,如果没有一定程度上按照自由意

---

1 关于《哈姆雷特》中的命运的意义,参阅下文《哈姆雷特的命运意识》。

志行动的自由,那么他也就失去了悲剧人物的意义,也就不会存在。选择自己的行动,也是个性的表现。悲剧总是呈现不可避免的力量,即我们所谓的必然性,以及自我意志对必然性的反抗从而产生的冲突;然而,胜利者永远是必然性。在行动层面,尼采看到哈姆雷特选择被行动的潜意识遗传,他说这是酒神精神的体现:一旦日常的现实重新进入哈姆雷特的意识,就会令人生厌,一种弃志禁欲的心情便油然而生。在这个意义上,酒神与哈姆雷特相像:两者都一度洞悉事物的本质,他们彻悟了,他们厌弃行动……知识扼杀了行动……这是真知灼见,是对可怕真理的洞察,战胜了每一个驱使行动的动机。[1]

无论是古希腊悲剧还是莎士比亚悲剧,宗教总是不可回避的问题,然而,古希腊悲剧主要是隐喻宗教问题。首先,悲剧构成宗教仪式的一部分,合唱队围绕着酒神的祭坛活动,酒神祭司坐在观众的前面,悲剧的情节往往以某个宗教或神话人物为主线发展。莎士比亚悲剧中也常常出现宗教元素,但是主题总是世俗的,宗教的成分也是为阐释世俗观念服务的。莎士比亚自由地选择他所喜欢的主题,以他喜欢的方式处理主题,不受宗教或其他观念的制约,对传统也没有深刻的感情,而是带着不可遏制的激情投入到生活中,按照自己所选择的方式塑造或重新塑造它,创造出哈姆雷特的威严悲怆,在身后留下的不是一张张图表,而是一系列无可比拟的美景。如果说古希腊悲剧也涉及生活,那么,古希腊悲剧作家仅仅提供生活的解释;而莎士比亚所贡献的,是生活中方方面面之活生生的再现。

然而,基多认为,《哈姆雷特》与古希腊悲剧一样,属于"宗教剧"(religious drama)的范畴,因为它的主题是罪恶,罪恶之不可避免的自我毁灭:"罪恶酝酿罪恶,并且导向毁灭。"[2] 基多还说,哈姆雷特品格高尚,但本质柔弱,抵挡不住罪恶那毁灭性的力量的打击。[3] 然而,古希腊悲剧所关注的不是悲剧主人公,而是悲剧主人公身后无形但无时不在作用着的

---

1 尼采,《悲剧的诞生》,周国平译,北京:生活·读书·新知三联书店,1986 年,第 36 页。

2 H. D. F. Kitto, *Form and Meaning in Drama* (New York: Bames and Noble, 1956), p. 324.

3 H. D. F. Kitto, *Form and Meaning in Drama* (New York: Bames and Noble, 1956), p. 328.

神力。我们看到的当然是舞台上的人物，但是它的意义超越了人物，使我们意识到一个掌握着人的命运的普遍律法。而在哈姆雷特身上，我们看到的是一个活生生的人，一个经历种种苦难的人，一个在命运和苦难的打击下的人所展现的高贵灵魂。在哈姆雷特身上，我们看到莎士比亚对思想的关注，即反思的个性，以及与其思考的世界之间的关系，尤其关注人看待世界方式中的扭曲之处。就宗教的意义而言，这样一出戏剧，与古希腊悲剧相去颇远。

　　无论在古希腊悲剧还是在莎士比亚悲剧中，悲剧人物面对苦难所展现的人性的高贵永远是悲剧的最基本元素之一。或许，现代的观众和读者，不再相信人类的高尚，现代人的价值取向与莎士比亚时期的人的价值观念差异很大。比如就王权而言，莎士比亚时代的人认为王权维系着社会甚至宇宙的秩序，而现代人即便生活在君主制国家也不会那样重视王权了。所以，就王权的价值而言，现代人只能微微参与索福克勒斯和莎士比亚的悲剧。但是，有一点是相同的，那就是我们与莎士比亚时代的人一样都珍视社会秩序，讨厌社会混乱，而悲剧人物在维持社会秩序或建立新的社会秩序上所做出的努力和忍受的苦难，肯定了人类精神的尊严和人类生命的价值。悲剧主人公在受难时所表现出的勇气和忍耐，以及绝望时的高尚情操，正是我们现代人需要唤醒的正能量。

哈姆雷特的延宕与阿里奇亚丛林中的仪式[*]

　　弗雷泽爵士在他的《金枝》(*Golden Bough*)一书中,考察了发生在意大利内米湖畔的一种古老仪式,以及这一仪式在世界各地的种种异变。在意大利境内阿尔巴山脚下,有一片风景秀丽的丛林,丛林中有一棵大树,正是森林女神的化身。有一个人昼夜守卫在她的身旁,独自徘徊在她的周围。这个人手持宝剑,时刻警惕着。他就是守护这棵大树的"祭司",又是这里的"森林之王"。然而,他的祭司兼森林之王的职位是来之不易的,是他凭自己的勇武杀死其前任后继承来的,所以,他一刻也不敢放松自己的警惕,因为随时都会有另一个"更强或更狡诈的人"来袭击他、杀死他,夺取他祭司兼森林之王的职位。[1]

　　弗雷泽爵士在《金枝》中还论述了普遍流行于欧洲及世界各地的风俗——神职与王权的结合,因而,这位森林之王就变成了有名有实的一国之君,守护在圣树旁边的祭司兼森林之王,就成了集神权与王权于一身的祭司兼国王。为了国家的安泰,为了黎民百姓的丰收,这位祭司兼国王一旦表现出衰老的迹象,就会被另一个人杀死并取而代之。在有的国家里,即便就任国王的人精力还旺盛,但当他任期届满时,也会被处死,由更年轻、更强壮的人所取代。祭司兼国王的地位的确显赫,有享不尽的荣华富贵,但是,国王的性命却危如累卵,随时都有不测之虞。

　　弗雷泽爵士考察的这个古老的仪式,揭示出几个重要的特点:(1)这种"奇特悲剧"发生在一片"风景秀丽的林区";[2](2)谁杀死原任祭司,谁就继任祭司的职位;[3](3)每位尘世的"森林之王"都以林中的女神为"自

---

* 原载《外国文学评论》,1998 年第三期,第85-92 页。
1 弗雷泽,《金枝》,上卷,北京:中国民间文艺出版社,1987 年,第 2 页。
2 弗雷泽,《金枝》,上卷,北京:中国民间文艺出版社,1987 年,第 1 页。
3 弗雷泽,《金枝》,上卷,北京:中国民间文艺出版社,1987 年,第 3 页。

己的王后"; [1] (4) 发生在阿里奇亚丛林里中的残杀总是在单独的两个人之间进行。我们在阅读莎士比亚的悲剧《哈姆雷特》时,会发现它与发生在秀丽的阿里奇亚丛林里的悲剧惊人地相似,尽管有些细节发生了时代的和现实的变化。

《哈姆雷特》第一幕第五场中,老王的亡魂出现,向哈姆雷特诉说他的死亡经过,告诉哈姆雷特他是在花园里被谋杀而死的。我们或许可以问,丹麦王国有如此大的疆土,为什么偏偏在花园里被克劳狄斯谋杀而死,而不是在宫廷欢宴时被毒死;或像在《麦克白》(Macbeth)中那样,让苏格兰国王邓肯(Duncan)在出巡时被杀死? 老王哈姆雷特在花园里被谋杀,并被夺去了王位和爱妻["Thus was I, sleeping, by a brother's hand/Of life, of crown, of queen, at once dispatch'd"(第一幕,第五场,第74-75行)]。这不是巧合,也不是偶然,而是将古老的阿里奇亚丛林中因祭司的职位而进行的杀戮移植到了丹麦王国的花园里。这里与阿里奇亚丛林一样,有葱郁的草木,有参天的大树,还有类似内米湖只是范围较小的湖水。

另外一个提醒我们老王在花园里是以祭司的身份守护着森林女神的有力根据,是他的灵魂在夜里出现时"自顶至踵全身甲胄"[Armed at point exactly, cap-a-pe(第一幕,第二场,第200行)]。我们不禁要问,老王哈姆雷特在花园里休息时为什么全身穿着甲胄? 或许我们可以假设,老王的灵魂出现时全身上下穿戴甲胄,并不说明是在花园中的情景,可能是表现他年轻时的勇武。但是,我们不能漏掉哈姆雷特在听到霍拉旭(Horatio)的叙述后追问的几个问题:

哈:你们说他穿着甲胄吗?

玛、勃:是,殿下。

哈:从头到脚?

玛、勃:从头到脚,殿下。

哈:那么你们没有看见他的脸色吗?

---

1 弗雷泽,《金枝》,上卷,北京:中国民间文艺出版社,1987年,第14页。

霍:啊,看见的,殿下,他的脸甲是掀起的。

哈:怎么,他瞧上去像是在发怒吗?

霍:他的脸上悲哀多于愤怒。

哈:他的脸色是惨白的还是红红的?

霍:非常惨白。

……

哈:他的胡须是斑白的吗?

霍:是白的,正像我在他生前看见的那样,深褐色的胡须里有些已变成银白色。[1]

Ham. Arm'd, say you?

　　　　　　　　All. Arm'd, my lord.

Ham. From top to toe?

　　　　　　　　All. My lord, from head to foot.

Ham. Then saw you not his face?

Hor. O yes, my lord; he wore his beaver up.

Ham. What, look'd he frowningly?

Hor. A countenance more in sorrow than in anger.

Ham. Pale, or red?

Hor. Nay, very pale.

…

Ham. His beard was grizzl'd—no?

Hor. It was, as I have seen it in his life,

　　　　A sable silver'd.

（第一幕,第二场,第 226-233;239-241 行）

老王哈姆雷特的鬼魂脸色"非常惨白",而不是年轻精壮的时候那样脸色"红红的",胡须也是"斑白的",这说明鬼魂所呈现的是老王在他临死之

---

1 "A sable silver'd",朱译:"乌黑的胡须里略有几根变成白色。"

前的模样,他已经有些衰老或已经开始衰老。再者,戏中戏里哈姆雷特
为伶王和伶后特意加进去的表现老王哈姆雷特生前状况的对话——

> 伶后:你近来这样多病,
>
>   郁郁寡欢,失去旧时高兴,
>
>   好教我满心里为你忧惧。
>
> ……
>
> 伶王:爱人,我不久必须离开你,
>
>   我的全身将要失去生机;
>
> *P. Queen.* But, woe is me, you are so sick of late,
>
> So far from cheer and from your former state,
>
> That I distrust you.
>
> …
>
> *P. King.* Faith, I must leave thee, love, and shortly too:
>
> My operant powers their functions leave to do;

(第三幕,第二场,158-160;168-169 行)

——道破了天机:老王哈姆雷特已经衰老并且疾病缠身,老王自己也承
认了这些事实。尽管如此,他仍然身着甲胄,这是一种象征:他的祭司兼
国王的身份要求他,必须时刻提防那个将要取代自己的人的突然出现,
并出其不意地袭击自己、杀死自己,从而夺取他祭司兼国王的职位。这
种提心吊胆的生活,昼夜警惕的困惫,以及年事已高所产生的精力衰退,
使他不得不时常稍事休息。然而,就在这时——当他“在花园里睡觉的
时候”[Sleeping within my orchard(第一幕,第五场,第 59 行)]——被年
富力强、通权达变、有着“过人的诡诈,天赋的奸恶”和“阴险的手段”
[With witchcraft of his wits, with traitorous gifts—/O wicked wit(第一幕,
第五场,第 43-44 行)]的克劳狄斯——他的亲兄弟——杀死了:奇特的
悲剧在一片风景秀丽的林区发生了。
  弗雷泽爵士在《金枝》中还记载了阿里奇亚丛林中古老的仪式在近

代流传的异变形式：为了防止灾害，为了风调雨顺、五谷丰登，为了国家社稷的安全，国王在初露衰老的迹象时就被处死，以避免国王意外死去。处死国王的诸多方法之一，是当国王午睡的时候，在他的脸上蒙一块白布，然后杀死他。[1] 我们在《哈姆雷特》中注意到，克劳狄斯杀死老王哈姆雷特时，不仅是在一个风景秀丽的林区（花园），而且还的确是在他中午"睡觉"的时候。

我们得知，克劳狄斯杀死老王哈姆雷特的时候，正是在挪威年轻勇武的王子福丁勃拉斯磨刀霍霍准备进攻丹麦、丹麦王国面临危险的时候。《哈姆雷特》剧中说，福丁勃拉斯威胁丹麦，是趁老王哈姆雷特薨逝之机，但也不能排除福丁勃拉斯（Fortinbras）早已在积极备战，时刻想夺回被老王哈姆雷特从自己父亲手中夺去的领土的事实。所以，杀戮早已潜伏在戏剧《哈姆雷特》的故事发生之前。老王哈姆雷特之死是必然的：死于福丁勃拉斯之手，意外死亡，被克劳狄斯或类似克劳狄斯的人杀死。死于福丁勃拉斯的剑下，丹麦王国无疑将不复存在；意外死亡，也是丹麦王国的灾难，正如罗森克兰兹所描述的那样：

　　君主的薨逝不仅是个人的死亡，它像一个旋涡一样，凡是在它近旁的东西，都要被它卷去同归于尽；又像一个矗立在最高山峰上的巨轮，它的轮辐上连附着无数的小物件，当巨轮轰然崩裂的时候，那些小物件也跟着它一齐粉碎。[2]

The cease of majesty

Dies not alone, but like a gulf doth draw

What's near it with it. It is a massy wheel,

Fix'd on the summit of the highest mount,

To whose huge spokes ten thousand lesser things

---

1 弗雷泽，《金枝》，上卷，北京：中国民间文艺出版社，1987 年，第 394-395 页。

2 弗雷泽爵士在《金枝》中记述了一个国王意外死亡所带来的灾害："牲口全害病，不能增殖，庄稼会在地里烂掉，人们受疾病的折磨，会死得越来越多"。（第 394 页）

Are mortis'd and adjoin'd, which when it falls,

Each small annexment, petty consequence,

Attends the boist'rous ruin.

(第三幕,第三场,第15-22行)

这一原始的宗教信念,仍然反映在丹麦子民的意识中,并通过罗森克兰兹之口表露出来。那么,老王被体魄壮健而且又最接近王位的克劳狄斯杀死并取代其职位,看来就是最合适的安排了。克劳狄斯正当壮年,表现出许多过人的优点:他的语言富有诱导性和逻辑性,说明他才思敏捷;处理福丁勃拉斯一事既大胆又审慎,表现出英明果断的个性;不被哈姆雷特的表象所蒙蔽(尽管普隆涅斯被骗过),展示了他明察秋毫的天赋;而且他还"精于骑术"、剑术高强,与法国人"在马上比过武艺"[Here was a gentleman of Normandy—/I have seen myself, and serv'd against, the French,/And they can well on horseback(第四幕,第七场,第82-84行)],是一位武艺高强的勇士。再加上他在用阴谋算计杀害哈姆雷特时的阴险、毒辣,杀害老王时所表现的"过人的诡诈,天赋的奸恶",无外乎是克劳狄斯杀死了老王哈姆雷特并夺取了他祭司兼国王的职位——克劳狄斯的继位得到了丹麦王国朝野的认可和拥护。[1]

老王突然驾崩,王子哈姆雷特作为王位的继承人,似乎应该毫无疑问地登基,成为新的国王,而且哈姆雷特本人称呼自己"This is I,/Hamlet the Dane"(第五幕,第一场,第251-252行)。[2] "The Dane"的意义毫不含糊,即国王。而且哈姆雷特似乎认为自己应当理所当然地成为丹麦的国王,也希望成为丹麦的国王,所以赋予自己以"重整乾坤"的责任。但是,

---

1 关于克劳狄斯正当继上王位而没有背上"篡位"的罪名的历史渊源,参阅 Andrew Gurr, "*Hamlet's Claim to the Crown of Denmark*", in Linda Cookson and Bryan Loughrey (eds.), *Critical Essays on Hamlet* (London: Longman, 1987), pp. 92-99。

2 朱译:"那是我,丹麦王子哈姆雷特!" Andrew Gurr 在哈姆雷特的这一称呼上独具慧眼,把它与克劳狄斯称自己为"the Dane"(第一幕,第二场,第44行)同而视之["*Hamlet's Claim to the Crown of Denmark*, " in Linda Cookson and Bryan Loughrey (eds.), *Critical Essays on Hamlet* (London: Longman, 1987), pp. 96]。

他万万没有料到老王却突然死去，不是因为衰老而正常死亡，而且丹麦子民还"推选"克劳狄斯为新的国王。这对雄心勃勃要"重整乾坤"的哈姆雷特来说，不能不说是一个沉重的打击。

从哈姆雷特的话中我们得知，丹麦新国王的产生，并不是由王子直接继位，而是有一个"选举"的程序。在第五幕第二场中，哈姆雷特指责克劳狄斯不仅杀死了他的父王、奸污了他的母亲，而且在朝廷推举新王与自己继位的希望之间插了一脚［Popp'd in between th'election and my hopes（第五幕，第二场，第65行）］；[1]哈姆雷特在临死前投了福丁勃拉斯一票，推举他为新的丹麦国王："But I do prophesy th'election lights/On Fortinbras"（第五幕，第二场，第347-348行）。[2] 以上两处提及的"th'election"表明新王的产生有一个程序，新王必须经过"选举"才能继位。那么，老王哈姆雷特死后，克劳狄斯的继位是经过丹麦王国朝廷的"election"的，这一点便无可非议了。因此，哈姆雷特只能抱怨克劳狄斯"Popp'd in between th'election and my hopes"，使他失去了继位的机会。至于为什么老王突然驾崩后克劳狄斯被拥立为新王，莎士比亚并没有明确说明，我们只能根据文本中所提供的事实，推断出克劳狄斯被立为新王的原因。

首先，克劳狄斯是王室成员，是老王哈姆雷特的亲兄弟，所以，他拥有竞争王位的权利。其次，克劳狄斯英明果断、明察秋毫、勇武过人，还有着"过人的诡诈，天赋的奸恶"，而且他的语言富有诱导性和煽动性，很容易蒙蔽无知的臣民。他在处理福丁勃拉斯入侵威胁一事上的成功，表明他是一位胜任国政的国王。然而，最根本的原因却不在此。第四幕第五场中勒替斯持剑率众击溃国王的卫队冲进王宫的时候，暴徒的呼喊给了我们启示："我们推举勒替斯做国王！"［They cry "Choose we; Laertes shall be king!"（第四幕，第五场，第103行）］勒替斯杀进宫来，并不是为了争夺王位，他的目的很明确：找克劳狄斯为父报仇。但是，他的随从却

---

1 朱译："篡夺了我嗣位的权利。"
2 朱译："可是我可以预言福丁勃拉斯将被推戴为王。"

认为他会杀死国王。在他们看来,谁杀死国王,谁就应该无可非议地被拥立为新国王,因为"一个君王是有神圣呵护的"[There's such divinity doth hedge a king(第四幕,第五场,第 120 行)],不是任何人可以随意杀死的;凡是杀死国王的人,必然会传承国王的殊荣,受到"神圣呵护"。这里所沿袭的正是阿里奇亚丛林争夺祭司职位的仪式:谁杀死原任祭司,谁就继承祭司的职位,成为新的森林之王。俄狄浦斯如此,麦克白如此,克劳狄斯也是如此。

有趣的是,《哈姆雷特》中还有一个事实暗示我们,这是阿里奇亚丛林中的仪式的重演。从霍拉旭的口中我们获知,老王哈姆雷特年富力强时曾讨伐挪威,与挪威国王即现在的福丁勃拉斯之父决斗。双方的协议是,两人谁战败了,"除了自己的生命以外,必须把他所有的一切土地拨归胜利的一方"[by a seal'd compact/Well ratified by law and heraldry/Did forfeit, with his life, all those his lands/Which he stood seiz'd of, to the conqueror(第一幕,第一场,第 86-89 行)]。其结果是,老王哈姆雷特"把福丁勃拉斯杀死了"[Did slay this Fortinbras(第一幕,第一场,第 86 行)],并占取了他原来所有的土地。这段历史听起来十分滑稽可笑,然而,阿里奇亚丛林中古老的仪式却是必须遵从的,只不过它的演变形式不尽一致。

克劳狄斯不是通过公开的和常识意义上的公正的手段与老王哈姆雷特决斗,把老王杀死而取得祭司兼国王这个职位的,所以丹麦王国的子民并不了解他杀死国王这一内情。这似乎与拥立他为国王无关。或许荣格的研究能说明一些问题,他说:"我认为我们要加以分析的艺术作品不仅具有象征性,而且其产生的根源不在诗人的个体无意识,而在无意识的神话领域之中,这个神话领域中的原始意象乃是人类的共同遗产。我把这个领域称为'集体无意识'。"[1]阿里奇亚丛林中的原始意象在历史的进程中不断地复现,它不仅凝结于莎士比亚的艺术创作过程中,而且已经成为剧中丹麦王国的子民乃至整个人类的心理凝结物。所

---

1 荣格,《论心理分析学与诗的关系》;见叶舒宪编,《神话—原型批评》,西安:陕西师范大学出版社,1987 年,第 99 页。

以,当克劳狄斯杀死老王哈姆雷特以某种理由登基为王时,丹麦朝野本能地予以赞同,并把他们的安危福祸与"神王"的肉体联系起来。[1] 因此,哈姆雷特不能公开指责克劳狄斯"篡位",尽管鬼魂的话及克劳狄斯在观看戏中戏时的表现都证明他的确篡了位。

然而,同阿里奇亚丛林中祭司的职位一样,国王的位子并不是可以悠闲自得地坐在上边的。克劳狄斯出于祭司兼国王的直觉和天性,不得不处心积虑,时刻提防任何可能对他产生威胁的隐患。自从他夺取了国王的职位,威胁就接踵而至:先是年轻的挪威王子福丁勃拉斯,而后就是哈姆雷特。而且他清楚地认识到,身边的这位丹麦王子是他最大的威胁。[2] 他先是雄辩地向哈姆雷特示威,使哈姆雷特承认他的王位。接着,他要哈姆雷特把他当作父亲,并当众许愿,以后将由哈姆雷特继任他的王位[for let the world take note/You are the most immediate to our throne(第一幕,第二场,第108-109行)]。然后,他让罗森克兰兹和吉登史腾尽力把哈姆雷特的注意力转向娱乐[And drive his purpose into these delights(第三幕,第一场,第27行)]。再次,他找借口把哈姆雷特派往英国,并让英王把哈姆雷特处死(第四幕,第三场,第39-46;58-65行)。最后,他阴险恶毒地让勒替斯在比剑时违犯比赛规则,用利剑刺死哈姆雷特,或者亲自用鸩酒毒杀哈姆雷特(第四幕,第七场,第159-162行)。克劳狄斯整日里坐卧不安,忧心忡忡,被噩梦所缠绕,不敢稍有松懈。同阿里奇亚丛林中的祭司相比,他的焦虑有过之而无不及。或许我们会说,克劳狄斯的这种心态是因为他的王位来得不光明,是他谋杀了王兄的缘故。恰好,这一点又暗示我们,阿里奇亚丛林中的原始意象在克劳狄斯身上重现:弗雷泽爵士告诉我们,阿里奇亚丛林中的森林之王,"是个祭司又是个谋杀者"。[3]

当弗雷泽爵士说阿里奇亚丛林中的祭司是个谋杀者的时候,他并没

---

1 例如,吉登史腾说道:"许多人的安危都寄托在陛下身上"[To keep those many many bodies safe/That live and feed upon your Majesty(第三幕,第三场,第9-10行)]。

2 例如,克劳狄斯说道:"大人物的疯狂是不能听其自然的"[Madness in great ones must not unwatch'd go(第三幕,第一场,第188行)]。

3 弗雷泽,《金枝》,上卷,北京:中国民间文艺出版社,1987年,第2页。

有告诉我们原因是什么。我们只是从他讲述的故事中得知,这个祭司是趁原任祭司疲惫、放松警惕或稍事休息时,出其不意地刺杀他,置他于死地,从而篡夺他的职位的。这里不存在公正与否,更强的、更狡诈的人总是用其狡诈的手段战胜较弱者。

阿里奇亚丛林中的祭司是个谋杀者,克劳狄斯是个谋杀者,而且对国王的职位虎视眈眈的哈姆雷特也是个潜在的谋杀者。在哈姆雷特所编的戏中戏里,谋杀者是"国王的侄子"[This is one Lucianus, nephew to the King(第三幕,第二场,第 237 行)],不仅模拟了克劳狄斯杀死老王哈姆雷特的场景,还昭示了哈姆雷特谋杀克劳狄斯的潜意识。在第三幕第三场,哈姆雷特去见他母亲时,遇见克劳狄斯正在祈祷——克劳狄斯放松了警惕。此时,哈姆雷特脑海中首先反应的是趁其不备刺杀克劳狄斯。突然袭击是阿里奇亚丛林中常见的杀戮方式,所以弗雷泽爵士说,祭司是个谋杀者。

克劳狄斯用阴险的手段谋杀老王,登上了祭司兼国王的宝座,为什么还要弃伦理于不顾,娶其王嫂为妻呢?而且,这种在我们看来是冒天下之大不韪的事,却得到丹麦朝野的赞同(第一幕,第二场,第 8-16 行)。原来,答案同样在阿里奇亚丛林的仪式中。弗雷泽爵士告诉我们,阿里奇亚丛林中的祭司日夜守卫的那棵圣树,就是森林女神的特殊化身,祭司不但把它当作女神崇拜,而且还把它当作妻子来爱戴。也就是说,尘世的森林之王都以林中的女神为自己的王后,并通过婚配仪式与橡树女神结为伴侣。[1] 所以,葛特露德是以祭司兼国王所守护的女神的象征出现的,正如戏中戏里伶王对伶后所说:"留下你在这繁荣的世界安享尊荣,受人们的敬爱;也许再嫁一位如意郎君"[And thou shalt live in this fair world behind, /Honour'd, belov'd; and haply one as kind / For husband shalt thou(第三幕,第二场,第 170-172 行)]。祭司死了,女神的尊贵是不会改变的,新上任的祭司对她同样地爱戴。克劳狄斯与葛特露德结婚,不仅仅停留在形式上,他像对待林中女神一样崇爱她:"我的生命和灵魂是这样跟她连在一起,正像星球不能跳出轨道一样,我也不能没有

---

1 弗雷泽,《金枝》,上卷,北京:中国民间文艺出版社,1987 年,第 14 页。

她而生活"[She is so conjunctive to my life and soul/That, as the star moves not but in his sphere,/I could not but by her(第四幕,第七场,第14-16行)]。阿里奇亚丛林中的婚配,是古代人们追求繁殖与丰收的愿望使然;丹麦王国里"结婚的笙乐"与"殡葬的挽歌"并奏[With mirth in funeral, and with dirge in marriage(第一幕,第二场,第12行)],是为了国家的安泰。这种婚配不是以个人意志为转移的,无论是《俄狄浦斯王》中的子与母,还是《哈姆雷特》中的叔与嫂。

克劳狄斯坐稳了国王的宝座,还娶了前王后为妻,用精明的外交手腕制止了年轻的福丁勃拉斯的入侵。但是,他对哈姆雷特却始终日夜警惕,尽管他做了哈姆雷特的"父亲"并许诺哈姆雷特将继承王位。勒替斯仗剑冲进王宫时,众人惊恐万状,唯克劳狄斯镇定自若,因为阿里奇亚丛林中无数次重复发生的悲惨故事潜藏在克劳狄斯的意识之下,这就是,阿里奇亚丛林中的杀戮总是发生在两个人之间。既然哈姆雷特是对祭司兼国王的最有威胁的人物,那么勒替斯只不过是"不自量力的微弱之辈"插身在"两个强敌猛烈争斗"之间['Tis dangerous when the baser nature comes/Between the pass and fell incensed points/Of mighty opposites(第五幕,第二场,第60-62行)]。老王与挪威国王之间的决斗是在两个人之间,克劳狄斯与老王的残杀是发生在两人之间,所以,哈姆雷特的复仇也必然是他自己的行为。他像一个幽灵一样出没在克劳狄斯左右,伺机刺杀他。哈姆雷特作为丹麦的王子,深受子民的喜爱,用克劳狄斯的话说是:"一般民众对他都有很大的好感,他们对他的盲目崇拜像一道使树木变成石块的魔泉一样"[the great love the general gender bear him;/Who, dipping all his faults in their affection,/Work like the spring that turneth wood to stone(第四幕,第七场,第18-20行)]。他的号召力,岂是勒替斯所能比拟的。然而,哈姆雷特却不依靠任何人,也不能依靠任何人,包括他最信任的朋友霍拉旭。在哈姆雷特与克劳狄斯的较量中,不是个人英雄主义驾驭着哈姆雷特的思想,而是阿里奇亚丛林中古老的仪式在作祟。

关于这一古老的仪式,还有一个重要的问题需要我们解决:阿里奇亚丛林里的残杀,总是在圣树上的"金枝"被折下后才开始,因为这棵圣树是森林女神的"特殊化身"，只有那棵树未受损伤，祭司才能不遭攻击，平安无恙。[1] 在《哈姆雷特》中，我们似乎没有找到代表圣树的树枝被折下的情节。然而，弗雷泽爵士所推断的阿里奇亚丛林中的大树是林中女神的化身，能给我们一些启发。既然树枝被折下意味着女神受到伤害，而在《哈姆雷特》里葛特露德是以森林女神的变体出现的，那么，我们就可以不费吹灰之力找出丹麦王国的女神在老王哈姆雷特被谋杀之前已经受到伤害的凭据：老王的鬼魂在讲述他被谋杀的经过时，把克劳狄斯说成是"乱伦的、通奸的畜生"[that incestuous, that adulterate beast（第一幕，第五场，第42行）]；[2] 戏中戏里伶后谈到伶王近来身体衰弱、郁郁寡欢，均表明当衰老的国王不能满足葛特露德时，克劳狄斯已经占据了她的肉体。这难道不足以说明"金枝"已经被折断了吗？

以上我们分析了《哈姆雷特》中所显现或隐含的阿里奇亚丛林中古老的仪式的种种特征，说明积淀在人类心理中的原始意象是如何通过《哈姆雷特》反映出来的。下面，我们将探讨哈姆雷特的延宕与阿里奇亚丛林中古老的仪式之间有什么关系。我们知道，老王的鬼魂告诉了哈姆雷特在花园里所发生的一切。作为父亲，要求儿子为父复仇乃天经地义；作为儿子，为父报仇也义不容辞。的确，哈姆雷特在听完老王的鬼魂的讲述后，发誓要清除其他一切欲念，只让复仇留在他"脑筋的书卷里"[Yea, from the table of my memory/I'll wipe away all trial fond records,/All saws of books, all forms, all pressures past/That youth and observation copied there,/And thy commandment all alone shall live/Within the book and volume of my brain,/Unmix'd with baser matter（第一幕，第五场，第98-104行）]。[3] 然而，就在鬼魂刚刚离去不久，哈姆雷特就在复仇的内容里增加了他的意识中一直潜藏很深而摆脱不掉的动机："这是一个颠倒混乱的时代，唉，真倒霉，我生来要负起重整乾坤的责任！"[The time is out

---

1 弗雷泽，《金枝》，上卷，北京：中国民间文艺出版社，1987年，第2页。

2 朱译："那个乱伦的奸淫的畜生。"

3 朱译："是的，我要从我的记忆的碑版上，拭去一切琐碎愚蠢的记录，一切书本上的格言，一切陈言套语一切过去的印象，我的少年的阅历所留下的痕迹，只让你的命令留在我的脑筋的书卷里，不掺杂任何下贱的废料。"

of joint. O cursed spite,/That ever I was born to set it right(第一幕,第五场,第 189-190 行)]。[1] 作为丹麦王国的王子,他有权利祈望得到国王的职位。然而,他心里明白,做国王重整乾坤是一件"cursed spite"(非常不幸的倒霉事情)。倒霉,固然是因为时世的混乱,但更重要的是他母亲是现任国王的妻子,以及他父亲的亡灵给他讲述的残酷杀戮在他的思想意识中造成的影响:他如果替父报仇,杀死克劳狄斯,就必须取代克劳狄斯成为祭司兼国王,而这一职位的危险性已经在老王哈姆雷特与老福丁勃拉斯之间的杀戮和克劳狄斯与老王之间的残杀中表现得淋漓尽致。哈姆雷特对生命的关注贯穿其一生,对死亡的恐惧及就任祭司兼国王这一职位的人都惨遭谋杀这一事实,构成了哈姆雷特延宕的心理动因。

哈姆雷特对自己生命的关注以及对死亡的恐惧,突出表现在第三幕第一场的独白中。他十分清楚,复仇意味着死、延宕意味着生,在这个"生存还是死亡"的问题上,他的求生的本能驱使他选择生存。所以,他宁肯"在烦劳的生命的压迫下呻吟流汗"[To grunt and sweat under a weary life(第三幕,第一场,第 77 行)]也不愿意"在奋斗中结束一切"[to take arms against a sea of troubles/And by opposing end them(第三幕,第一场,第 59-60 行)]。他父亲的灵魂"被判在晚间游行地上,白昼忍受火焰的烧灼"[I am thy father's spirit,/Doom'd for a certain term to walk the night,/And for the day confin'd to fast in fires(第一幕,第五场,第 9-11 行)],使他产生了许多顾虑,"伟大的事业在这一种考虑之下,也会逆流而退,失去了行动的意义"[And enterprises of great pitch and moment/With this regard their currents turn awry/And lose the name of action(第三幕,第一场,第 86-88 行)],从而致使哈姆雷特延宕。这也暴露了哈姆雷特因为延宕为父报仇而产生的内疚心理,所以他就装疯卖傻;加上失恋对他心理上造成的严重打击,导致他真的有时精神失常,延宕也就顺理成章了。甚至在装疯卖傻时,哈姆雷特心中所萦绕的还是"生命":第二幕第二场里普隆涅斯向他告别时,他的回答是"但愿我也能够向我的生命告别,但愿我也能够向我的生命告别,但愿我也能够向我的生命告别"[You

---

1 朱译:"这是一个颠倒混乱的时代,唉,倒霉的我却要负起重整乾坤的责任!"

cannot, sir, take from me anything that I will more willing part withal—except my life, except my life, except my life(第 214-216 行)]。这连续三次的重复,并不是暗指哈姆雷特不惜以生命换得复仇的决心,而是反映了他对生命的依恋,话里所蕴藏的意义再明确不过了:我不能向我的生命告别。

伦敦戏班的不期而至,又给了哈姆雷特一次延宕的借口,以害怕所见的幽灵是魔鬼、会把他引向沉沦为理由,要伶人在表演时加进其父被害的场面,以便"得到一些比这更切实的证据"[I'll have grounds/More relative than this(第二幕,第二场,第 599-600 行)]。可是,就在哈姆雷特想出这个主意之前,我们从他的独白中得知,他对克劳狄斯谋杀其父是深信不疑的(第二幕,第二场,第 564-580 行),此时却转向要"发掘国王内心的隐秘"[Wherein I'll catch the conscience of the king(第二幕,第二场,第 601 行)],我们不能不对这一举动的必要性产生疑问。哈姆雷特要伶人们表演的哑剧《捕鼠机》,又一次重复了阿里奇亚丛林中争夺祭司职位的残酷谋杀。他目睹了这一场景,进一步刺激了他潜意识中对祭司兼国王职位的危险性的认识,并呈现为意识中对生命的关注和依恋。因而,当哈姆雷特看到克劳狄斯祈祷时,他不是毫不犹豫地立即动手刺杀克劳狄斯,而是以克劳狄斯的灵魂会上天堂为借口再次延宕,以避免把自己推上祭司兼国王的危险地位。

哈姆雷特并非对杀人犹豫不决。在王后的卧室里,哈姆雷特轻而易举并且毫不迟疑地杀死了普隆涅斯。从他的佯问"那是国王吗?"[Is it the king? (第三幕,第四场,第 26 行)]来看,他似乎把帷幕后的人当成了克劳狄斯。其实,一方面,哈姆雷特清楚得很,这个人不会是克劳狄斯,因为一方面他来见他母亲时,国王正在祈祷,不可能在他到来之前躲到帷幕后;另一方面,当哈姆雷特听到帷幕后有人喊"救命"时,他知道又是国王遣的使臣藏在那里探听消息:"怎么! 是哪一个鼠贼? 要钱不要命吗?"[How now? A rat! Dead for a ducat, dead(第三幕,第四场,第 23 行)]。"要钱不要命",明确说明了这是一个国王用金钱雇来的人,而不可能指国王本人。至于哈姆雷特佯问"那是国王吗?"是对王后"哎哟! 你干了什么事啦?"[O me, what hast thou done(第三幕,第四场,第 25

行）]的回应。这时已是夜里较晚的时候了，只有国王才能进入王后的卧室，所以哈姆雷特假借了国王之名。哈姆雷特杀死普隆涅斯时十分果断，而且毫无恻隐之心，以后他伪造国书让英王处死罗林克兰兹和吉登史腾时也是这样，因为他杀死其他任何人都不会把自己推向祭司兼国王的"倒霉"职位。求生的本能与在国王职位上生命朝不保夕之间的矛盾，使哈姆雷特总是处于不能采取行动的泥淖之中。而丹麦王国所守护的女神又是他的亲生母亲，这给哈姆雷特的复仇蒙上了一层更加晦暗的阴影。哈姆雷特与王后谈话时，明确对她说："你又是我的母亲，但愿你不是。"[And—would it were not so—you are my mother（第三幕，第四场，第16 行）]是啊，倘若丹麦王国的王后不是哈姆雷特的母亲，或许他对生命的关注还会在荣誉的激励下让步于复仇的冲动。然而，祭司要成为女神的伴侣，国王要成为王后的新郎，阿里奇亚丛林中的这一古老的仪式，潜意识地阻止了哈姆雷特的行动。他既不能像俄瑞斯忒斯那样把母亲连同叔父一同杀死，又不能像俄狄浦斯那样杀死国王后娶王后为妻。[1] 所以，哈姆雷特一再延宕，力图避免自己坐上祭司兼国王的位子。

哈姆雷特知道自己在因循、延宕。他的理由、决心、力量、方式，"始终不曾在行动上表现出来"，全都变成了毫无意义的"空话"[If his chief good and market of his time/Be but to sleep and feed? A beast, no more! / Sure he that made us with such large discourse,/Looking before and after, gave us not/That capability and godlike reason/To fust in us unus'd（第四幕，第四场，第34-39 行）]。[2] 看到年轻的福丁勃拉斯率领着军队"拼着血肉之躯，去向命运，死亡和危险挑战"，而且是为了鸡蛋大小的一块不毛之地[Esposing what is mortal and unsure/To all that foerune, death, and danger, dare,/Even for an eggshell（第四幕，第四场，第51-53 行）]，他的内心

1 G. Murray 曾列举在欧洲流传的故事，说明王后或者被一同杀死，或者嫁给新国王。参见叶舒宪编，《神话—原型批评》，西安:陕西师范大学出版社,1987 年，第 250 页。在我国的历史上，帝王的妃子殉葬也不鲜见，新王把已故王上的妃子纳为自己的妃子，同样不是罕见之事。
2 朱译:"一个人要是在他生命的盛年，只知道吃吃睡睡，他还算是个什么东西? 简直不过是一个畜生! 上帝造下我们来，使我们能够高谈阔论，瞻前顾后，当然要我们利用他所赋予我们的这一种能力和灵明的理智，不让它们白白废掉。"

受到很大刺激,认识到生命之伟大是"在荣誉遭遇危险的时候,即使为了一根稻草之微,也要慷慨力争"[Rightly to be great/Is not to stir without great argument,/But greatly to find quarrel in a straw,/When honour's at the stake(第四幕,第四场,第53-56行)]。在福丁勃拉斯的激励下,哈姆雷特又一次下决心,要"从这一刻起"将一切置之度外,为了自己的荣誉,为父报仇[O, from this time forth/My thoughts be bloody or be nothing worth (第四幕,第四场,第65-66行)]。[1] 然而,在关键时刻,他又借口延宕了。当克劳狄斯安排他与勒替斯比剑时,他明知是个阴谋,却仍然答应下来,并且无可奈何地自我解嘲说:"一只雀子的死生,都是命运预先注定的"[There is special providence in the fall of a sparrow(第五幕,第二场,第211-212行)],并且还当着国王的面认认真真地比赛,以延宕他的复仇。比赛应该是友好的,按规则只能使用"钝剑",他没有想到勒替斯用了利剑,而且剑上还有毒。他受了剑伤,生命垂危,他知道自己将不久于人世;而且王后——他的母亲——已饮了毒酒在他眼前死去,延宕已没有意义,他不用担心成为祭司兼国王了,也不用顾虑杀死国王以后要成为王后的伴侣了。这样,他终于朝克劳狄斯刺上那复仇的一剑。

---

1 朱译:"从这一刻起,让我摒除一切的疑虑妄念,把流血的思想充满在我的脑际。"

哈姆雷特怀疑和探索所折射的悲剧意义[*]

FRANCISCO at his post. Enter to him BERNARDO.

Ber. Who's there?

Fran. Nay, answer me. Stand and unfold yourself.

Ber. Long live the king!

Fran. Bernardo?

Ber. He.

Fran. You come most carefully upon your hour.

Ber. 'Tis now struck twelve; get thee to bed, Francisco.

Fran. For this relief much thanks. 'Tis bitter cold.

And I am sick at heart.

Ber. Have you had quiet guard?

Fran. Not a mouse stirring.

Ber. Well, good night.

If you do meet Horatio and Marcellus,

The rivals of my watch, bid them make haste.

Enter HORATIO and MARCELLUS.

Fran. I think I hear them. Stand, oh! Who is there?

Hor. Friends to this ground.

弗兰西斯科立台上守望。勃纳陀自对面上。

勃：那边是谁？

弗：不，你先回答我；站住，告诉我你是什么人。

＊原载《莎士比亚通讯》（内部刊物），2016 年第一期；《跨文化研究》2017 年第二辑（2018 年 3 月）。

勃:国王万岁!

弗:勃纳陀吗?

勃:正是。

弗:你来得很准时。

勃:现在已经打过十二点钟;你去睡吧,弗兰西斯科。

弗:谢谢你来替我;天冷得厉害,我的心里也老大不舒服。

勃:你守在这儿,一切都很安静吗?

弗:一只小老鼠也不见走动。

勃:好,晚安! 要是你碰见霍拉旭和玛昔勒斯,我的守夜的伙伴们,就叫他们赶紧来。

弗:我想我听见了他们的声音。喂,站住! 你是谁?

霍拉旭及玛昔勒斯上。

霍:都是自己人。

(第一幕,第一场,第1-16行)

以上是《哈姆雷特》开场的时候两个卫兵的对白,以及他们请来一起守夜的学者霍拉旭的答话。整个戏剧以一个问话开始。不但如此,短短的十几句话里接二连三地出现了问话。这里是丹麦王国的首都厄尔锡诺城堡的露台,时间刚刚是午夜十二点,正在值班守夜的是弗兰西斯科,勃纳陀来到这里接替他。守夜的卫兵在听见或者看见有人走近或者通过的时候询问一下也是情理之中。但是,事情的发生似乎并不是我们所认为的常理。首先,询问的不是当值的卫兵而是来接班的卫兵。再者,勃纳陀来这里接班,他应该知道当值的那个人是弗兰西斯科,可是仍然要问:"那边是谁?"《哈姆雷特》的第一句话是这样开始的,并不是莎士比亚不清楚从逻辑上和常理上讲他们两人谁应该先发问。当然了,在这种情况下我们可以——而且或许只能——假设值班的弗兰西斯科正在瞭望相反的或其他的方向,没有注意到勃纳陀的到来。可是我们从这种假设进行推理,就忽视了一个非常重要的事实:近日来在这个露台上每个午夜都在闹鬼,这在卫兵当中简直弄得风声鹤唳,一有风吹草动就惊慌失措。(当然了,闹鬼的事情是在接着的对白中我们才知道的。)所以,在这种情况下,即使他正在朝其他的方向瞭望,也应该十分警惕任何地方的动静。弗兰西斯科没有察觉到有人走近了,并不说明他警惕性不高。这一事实只能说明在这种令人恐惧的夜晚,来换班的卫兵同样是心中介介,一见到身影就发问。从发问中我们得知,卫兵对近日来露台上闹鬼的事情清楚:他不敢确定所见到的影子是值班的弗兰西斯科还是鬼魂的影子。但是,我们在做这样的假设时忽视了一个重要的事实,这就是鬼魂是不会回答他的问题的。(这一点在接着的情节发展中我们看得很清楚:他们请霍拉旭来一起守夜,是因为霍拉旭会讲拉丁语,而拉丁语才是鬼魂所讲的语言。但是,鬼魂出现的时候霍拉旭用拉丁语向它发问,鬼魂根本不搭理他。)弗兰西斯科在听到有人问话时并没有直接回答问题,而他的回答却明确表明他作为当值卫兵的职责和权力:让对方站住并回答口令。然而,在勃纳陀回答了口令之后,弗兰西斯科应该很清楚来者正是接班的勃纳陀,但仍然追问了一句:"勃纳陀?"勃纳陀再次回答以确定身份后,两人的交谈才转入正题。

这里我们要提出一个问题:为什么《哈姆雷特》以问话开始? 为什么首先发问的是来接班的卫兵勃纳陀而不是当值的卫兵弗兰西斯科? 而且在短短的十多行话中竟有五个问话。[1] 莎士比亚精心设计这样的开场会产生什么样的效果?

通常,问话是要获得相应的信息。[2] 这里,我们也可以认为勃纳陀的问话"那边是谁?"也是为了获取信息,但是结果并没有获得所期望的信息,反而得到的是对方的反诘与命令。所以,我们要考虑的一是勃纳陀在问话时的心理:除了获取信息外还有什么;二是为什么对方没有按照常规提供问话指向的信息。我们刚才说了,勃纳陀应该知道露台上那个人是弗兰西斯科,但是他却问"那边是谁?"我们根据这个问话可以断定,他还是不敢或者不能确定露台上那个人就是弗兰西斯科。另外,从他后来又问"一切都很安静吗?"我们推断,他来这里接班是带着一颗不平静的心。尽管莎士比亚在戏剧开始提供了故事发生的场所和时间,但没有

---

[1] 有四个疑问句,但是第二行弗兰西斯科的命令"告诉我你是什么人"明显有疑问的含义。

[2] 在莎士比亚的戏剧作品中,以问话开始的仅有三部,除《哈姆雷特》外,还有《约翰王》和《麦克白》,后两部开始的问话均是为了获取相关信息。在《亨利四世第二部》和《尤利乌斯·恺撒》,问话是第二句,它们均是修辞疑问句,主要功能是加强语气。

暗示闹鬼的事情，剧中人物应该对境况十分了解，以至于一上场就悬着一颗惴惴不安的心，所以一有动静就仓皇发问，以便确定那边是不是他要接替的卫兵弗兰西斯科，在心神不定中求得心定。对方没有直接回答他的问题，因为对方是当值卫兵，他有权力要求对方首先表明身份。然而，一个简单的问话在弗兰西斯科的口中却变成一个否定和三个一连串的命令："不，你先回答我；站住，告诉我你是什么人。"这表明弗兰西斯科与勃纳陀一样惴惴不安、提心吊胆，甚至在对方回答了口令后仍然心存狐疑，不敢确定对方的身份，随后追问了一句："勃纳陀？"他的话，同样表现出为了剧中人物在惊恐中求得平静、在狐疑中求得确凿、在不确定的环境中求得确定的心理。

勃纳陀的到来把弗兰西斯科从不安中解脱出来，但是勃纳陀心里的不安仍然持续着，他让弗兰西斯科见到霍拉旭和玛昔勒斯时催促他们快一点儿过来。弗兰西斯科解脱了，一是他确定了勃纳陀的身份，消除了疑心；二是他可以离开这个黑暗阴冷的露台了，免得任何风吹草动都让他胆战心惊。然而，这种解脱是暂时的，也是短暂的。他一听到有人过来马上就让来人"站住！"并问道"你是谁？"有意思的是，他已经知道来人是霍拉旭和玛昔勒斯——"我想我听见了他们的声音"——却仍然问道"你是谁？"

我们知道，戏剧的开场部分有几个功能。一是引入戏剧的角色尤其主要角色；二是为情节的发展提供必要的信息，对已经发生的而且对于观众理解戏剧有帮助的事情有个交代，再就是确立戏剧的主要基调和气氛。当然，一部戏剧的开场部分往往包括一两场，甚至持续一幕。《哈姆雷特》也是如此，它的开场部分可以说一直延续到第一幕的结束。我们在第二场和第三场才看到主人公哈姆雷特以及其他主要人物，如国王克劳狄斯、王后葛特露德、大臣普隆涅斯以及纯洁美丽的奥菲莉娅等。至于为观众理解情节的发展提供必要的信息，我们接着在第一场霍拉旭与玛昔勒斯和勃纳陀的对白中将会看到，霍拉旭述说了为什么近来丹麦王国"军民每夜不得安息；为什么每天都在制造铜炮，还要向国外购买战具；为什么赶造这许多船只，连星期日也不停止工作"[Why this same strict and most observant watch/So nightly toils the subject of the land;/And why such daily cast of brazen cannon,/And foreign mart for implements of war;/Why such impress of shipwrights, whose sore task/Does not divide the Sunday from the week(第一幕,第一场,第71-76 行)]。全剧围绕哈姆雷特发展的复仇主题,在第一幕结束前才凸现出来。但是,《哈姆雷特》的主要氛围和基调,在开场的前几行已经初现端倪,这就是一切的不确定性以及人对事物的怀疑。第一句问话"那边是谁?"就为戏剧确定了根本基调,紧接着,这一基调被一连串的疑问句所强化。此外,在开场的这几句对话中我们得知,时间是午夜,而且天气冷得厉害:黑暗和阴冷的氛围让人们内心中感到特别不舒服,再加上近日来露台上鬼魂的出没,卫兵们风声鹤唳也就不难理解了。

吉诺·玛替奥认为,《哈姆雷特》就是以疑问的语气写成的,而且它的主题之一就是在一个任何事情都不能确定的世界里追求确定性。[1] 然而,既然这个世界是由不能确定的、令人疑问的事物构成,那么人们又怎能对事情确信无疑呢? 甚至,人们感到确定的事物,只不过是暂时的,只不过是对自己不确定心理的自我安慰罢了,也就是蒙田所说的"确定的印象是愚蠢和极端的不确定性的某种标志"。[2] 这里,由疑问的开场,在更深的一个层次上是认识论的。午夜象征着社会的黑暗,[3] 象征着宇宙的神秘,而社会的黑暗和宇宙的神秘又暗示着人的生存环境以及人在这样的生存环境中的行为和努力的无效性:在茫然混沌中要追问事物的真相、探索事情的原委,结果还是只能茫然混沌,而人生的悲剧意义,也在于这无为的探索、追寻。

哈姆雷特是在疑惑中思索确定性、在茫然中追寻确定性的集中体现:在混乱中追寻秩序、在茫然中探索确定,在面对困难和折磨时表现出

---

1 Gino J. Matteo, "Introduction" to *The Tragedy of Hamlet, Prince of Denmark by William Shakespeare*, (New York: Airmont, 1963), XX.

2 Montaigne, "Apology for Raymond Sebond", in Mortimer J. Adler (ed), *Great Books of the Western World*, Vol. 23, 2nd ed (Chicago: Encyclopaedia Britannica, Inc., 1990), p. 301.

3 传统认为,《哈姆雷特》所揭示的社会黑暗这一主题,主要反映在克劳狄斯弑兄娶嫂所导致的道德沦丧,道德沦丧致使社会混乱,以至于挪威的年轻王子福丁勃拉斯磨刀霍霍,意欲趁乱进攻丹麦夺回他父亲输给哈姆雷特的父亲的国土。戏剧的开始,弗兰西斯科说"I am sick at heart",暗示了社会黑暗的根源:丹麦王国的"心脏"患了重病,而且这"心脏"的疾病会导致丹麦王国生命的结束。

勇气和高尚的情操,是悲剧的精神所在。他一出场就提醒了观众戏剧开始的氛围:哈姆雷特"身着黑衣",暗示的不仅是他自己的生存环境,而且还是丹麦王朝的黑暗以及事物的混沌状态。他的第一个独白的开始,也隐隐约约给我们暗示,他要在混沌中追寻清明的愿望:"啊,但愿这一个太坚实的肉体会溶解、消散,化成一堆露水!"[O, that this too too solid flesh would melt,/Thaw, and resolve itself into a dew! (第一幕,第二场,第 129-130 行)]。批评家一般把这句话解释为哈姆雷特宁愿死去也不愿意活在这个罪恶肮脏的世界,后面紧接着的两句话更明确地表达了这一层意思:"或者那永生的真神未曾制定禁止自杀的律法! 上帝啊! 上帝啊! 人世间的一切在我看来是多么可厌、陈腐、乏味而无聊!"[Or that the Everlasting had not fix'd/His canon 'gainst self-slaughter. O God! God! /How weary, stale, flat, and unprofitable,/Seem to me all the uses of this world! (第一幕,第二场,第 131-134 行)]。[1] 然而,歧义性是哈姆雷特语言的特点,而哈姆雷特语言的歧义性,暗含着人类对存在、对事物的认识过程。"solid"一词是对开本所用的词,而更早的 Q1 和 Q2 版本所用的是"sallied",它的本意是"sullied"。[2] 其实,我们完全可以认为莎士比亚为哈姆雷特在这里的独白选用"sallied"一词是有深意的,它是一个双关语,是"solid"(坚固的)和"sullied"(被玷污的,肮脏的)两词之合,凸显

---

1 A. C. Bradley 说道,哈姆雷特这个独白的前九行表现了他"对生命的厌烦,甚至对死亡的渴望",只是宗教戒律使他没有自杀[*Shakespearean Tragedy*, 2nd ed (London: MacMillan and Co., Limited, 1905, rep. 1985), p. 117]。

2 莎士比亚在其他场合也用"sally"作"sully"讲,例如《哈姆雷特》第二幕、第一场、第 40 行"You laying these slight sallies on my son"和《爱的徒劳》第五幕第二场第 352 行"pure as the unsallied lily"。一些学者认为,从上下文看,"solid"一词明显更为适合,而且有很多证据证明莎士比亚喜欢用该词,例如,在《亨利四世》第二部,第三幕,第一场,第 48 行"...the continent, Weary of solid firmness, melt itself Into the sea"。S. Warhaft 认为"solid"一词符合忧郁症的气质特点。与忧郁症气质(melancholy humour)相应的元素是土,在血液表现为凝结,所以治疗忧郁症的方法是把土溶(melt)于水,水再融化(resolve)为蒸汽。而且在哈姆雷特的独白里,"solid"已经暗含于"flesh"一词。但是有很多学者选用"sullied"一词,例如 H. H. Furnessl、Edward Dowden、Dover Wilson 等。显然,"sullied"的含义比"solid"更为广阔且深刻。因为母亲的再婚从而使哈姆雷特的肉体受到玷污,也是这一段独白的重要母题。至于 Q1 和 Q2 中出现的"sallied", J. Dover Wilson 认为是"sullied"的拼写错误[*The Manuscript of Shakespeare's "Hamlet" and the Problems of its Transmission* (Cambridge: The Cambridge University Press, 1934), pp. 307-315]。

了哈姆雷特的语言特点。第一句的结尾"a dew"与"solid flesh"相对立，应该为"一滴清露"，既与像泥土一样坚实而不易消融的肉体接应，又是纯洁无瑕的隐喻。这样，第一句的意义也可以解释为哈姆雷特在黑暗里探寻光明、把混沌化为清纯的愿望。他的话重申了约伯的名言："人为妇人所生，日子短少，多有患难……谁能使洁净之物出于污秽之中呢？"（约伯记，14:1,4）。哈姆雷特试图找出混沌污浊的根源，发现"那是一个荒芜不治的花园，长满了恶毒的莠草"［'tis an unweeded garden/That grows to seed（第一幕，第二场，第135-137行）］。他似乎把根源追寻到女人的脆弱［Frailty, thy name is woman（第一幕，第二场，第146行）］、他母亲的肉体：因为他母亲清渚白沙茫不辨，[1] 混淆了"天神与丑怪"［Hyperion and a satyr（第一幕，第二场，第140行）］、"高山"和"泥沼"［Could you on this fair mountain leave to feed/And batten on this moor?（第三幕，第四场，第66-67行）］、爱情和肉欲，把"污秽的猪圈"［Stew'd in corruption, honeying and making love/Over the nasty sty!（第三幕，第四场，第94行）］当作"上天的床笫"［Will sate itself in a celestial bed（第一幕，第二场，第56行）］。探寻的结果令他五内俱裂。他母亲的污秽之躯，再难回归"一滴清露"。"谁能使洁净之物出于污秽之中呢？"这一问题，约伯自己早已有了答案："无论谁也不能"（14:1,4）。哈姆雷特独白伊始"但愿"（would）一词已经清楚地表明这一点，"明烛重燃煨尽灰，寒泉更洗沉泥玉"[2] 也只能是个愿望，而且是个令他痛苦的愿望。

　　怀疑的态度和在怀疑中进行探索的精神，是哈姆雷特的人格特点。哈姆雷特在听了鬼魂向他讲述的谋杀之后，发誓要记得鬼魂让他复仇的话，并且"故意装出一副疯疯癫癫的样子"［To put an antic disposition on（第一幕，第五场，第172行）］，伺机复仇。但是，他怀疑他"所看见的幽灵也许是魔鬼的化身，借着一副美好的形状出现"，要把他"引诱到沉沦的路上"［The spirit that I have seen/May be a devil; and the devil hath power/T' assume a pleasing shape … Abuses me to damn me（第二幕，第

---

1 僭用秦观《金山晚眺》诗句"清渚白沙茫不辨"。
2 借用刘商《琴曲歌辞·胡笳十八拍》诗句。

二场,第 594-599 行)]。所以,他不能马上采取行动,而是要探个究竟,借着伦敦戏班的演出,探查鬼魂所讲的谋杀的真相,并要"探视"他叔父克劳狄斯的"灵魂深处"以及"发掘国王内心的秘密"[The play's the thing/Wherein I'll catch the conscience of the King(第二幕,第二场,第 600-601 行)]。他探查的方法卓有成效,克劳狄斯如同所想的那样露出惊骇不安之态。但是,探明克劳狄斯"杀死了我的父亲,奸污了我的母亲,篡夺了我的嗣位的权利"[He that hath kill'd my king and whor'd my mother;/Popp'd in between th' election and my hopes(第五幕,第二场,第 64-65 行)]并没有使哈姆雷特立刻采取行动复仇雪耻,反而使他痛苦的心灵雪上加霜,执意要他的母亲在混沌中分清"天神"与"丑怪",在乱伦中理出家庭的秩序。哈姆雷特"在一个现象界探询事物的本质,然而存在却从现象中剥离出去"[1]。浊流中的明月毕竟成不了当空的明月。最后只能把这一切归之于命运:"一只雀子的生死,都是命运预先注定的"[There is special providence in the fall of a sparrow(第五幕,第二场,第 211-212 行)]。悲剧总是呈现不可避免的力量,即必然性与自我意识对必然性的反抗之间的冲突;然而,可是胜利者总是必然性。无奈之下,只能默然忍受。哈姆雷特的默然忍受凸显了他悲剧英雄的本色。"英雄在他纯粹的消极的态度中达到了超越他生命的最高积极性。"[2]

哈姆雷特最大的疑问和最深刻的探索,表现在他"To be, or not to be"的问题上,这个问题是自古希腊以降哲人们最为关心的问题,也是回避不了的问题。巴门尼德提出了 being 的概念,柏拉图在《巴曼尼德斯篇》和《理想国》对它进行了深邃而费解的阐发,声称只有普遍的存在才是 being,而感官感知的事物既是 being 又不是 being。亚里士多德在《范畴篇》《正位篇》和《形而上学》对之进行系统而全面的论述,确定了它在哲学中的位置:亚里士多德把哲学的对象界定为"being qua being",并且引入了十个范畴的 being,从此,整个西方哲学可以说是围绕着对 being (即事物的本体和本质)的探索而发展的。诚然如是,海德格尔认为,到

---

1 Harry Levin, *The Questions of Hamlet*(Oxford: Oxford University Press, 1970), p. 69.

2 尼采,《悲剧的诞生》,周国平译,北京:生活·读书·新知三联书店,1986 年,第 36 页。

他那个时代为止,"What is Being?"这一问题仍然没有一个明确的答案。如果说哈姆雷特的"To be, or not to be"是对事物的本体和本质的询问,从这一段独白来看似乎生拉硬拽,但是我们记得哈姆雷特在此前遇见罗森克兰兹和吉登史腾时的感慨:"人是一件多了不得的杰作!多么高贵的理性!多么伟大的力量!多么优美的仪表!多么文雅的举动!在行为上多么像一个天使!在智慧上多么像一个天神!宇宙的精华!万物的灵长!可是在我看来,这一个由泥土塑成本质的生命算得了什么?"〔What a piece of work is a man! How noble in reason! How infinite in faculties! in form and moving, how express and admirable! in action, how like an angel! in apprehension, how like a god! the beauty of the world! the paragon of animals! And yet, to me, what is this quintessence of dust?(第二幕,第二场,第303-307行)〕。传统上我们认为这几句话典型地反映了哈姆雷特的人文主义思想,是哈姆雷特对人的赞颂,最后一句则暗示哈姆雷特认识到人类的局限性:人可以"像"一个天神、"像"一个天使,但毕竟不是天神、不是天使。[1] 当我们把"What a piece of work is a man…what is this quintessence of dust?"与"To be, or not to be"的问题以及整个悲剧的基调联系在一起时,我们不难发现它同"To be, or not to be"的问题一样,是贯穿整个悲剧的探询,它涉及人的本体和本质,涉及人的本质属性和偶然属性。[2] 而且这一探询在最后一个独白之后仍然存在,甚至还在《李尔王》(King Lear)和《麦克白》回荡不止。如果说哈姆雷特对人的赞颂重复了索福克勒斯在《安提戈涅》(Antigone)的合唱中赞颂人类作为奇迹中的奇迹通过自己的创造控制着整个世界并且有能力应付除死亡之

---

1 传统上,最后一句话以及紧接着的两行常常被认为是哈姆雷特忧郁症的特征:这么了不起的杰作已经不能引起他的兴趣,女人也不能引起他的兴趣。

2 Harry Levin 认为,《哈姆雷特》开始的"Who's there?"可以看作在虚无中对上帝的证明之形而上学考问〔The Questions of Hamlet(Oxford: Oxford University Press, 1970), p. 21〕。再如,哈姆雷特在罗森克兰兹问他普隆涅斯的尸体在哪里的时候说道:"他的身体与国王同在,可是那国王并不和他的身体同在"〔The body is with the King, but the King is not with the body(第四幕,第二场,第26-27行)〕,哈姆雷特仍然是做本体论的思考:存在是否真实? 而且他接着的一句话"The King is a thing …of nothing"(第四幕,第二场,第28-29行)更明显地回响着古希腊的形而上学探索。

外任何困难的话,那么"What a piece of work is a man…what is this quin-tessence of dust?"和"To be, or not to be"的问题则复述了《旧约》中"What is man, that thou art mindful of him?"(人算什么,你竟眷顾他? Psalms: 8:4)这一古老的焦虑。[1] 努力"探索、理解人类的本质或者基本的人类状况"同时肯定"人类精神的尊严和人类生命的价值"是悲剧所承载的重大意义。[2]

古希腊的哲人,尤其是柏拉图和亚里士多德,在试图给"being"所涉及的问题提供答案后,一个终极的问题仍然存在:说某事物"is"或者"is not",这意味着什么呢? 我们在弄明白了某事物是一个人,是活着的或者是一个物体,我们仍需思考:该事物为该事物、该事物是活着的,那又意味着什么呢? 同样,哈姆雷特"To be, or not to be"不仅是存在的形而上学问题,还涉及"being"的意义的问题。"being"的意义,不只是它作为一个词语、一个概念的意义。贝克莱在谈到这个问题时说道:"要建立一个真实可靠的知识之坚实的基础,最为重要的是清楚地解释事物(thing)、实在(reality)和存在(existence)的意义,因为,如果我们不能清楚地解释它们的意义,我们就必将陷入对事物真实存在的争论,或者假装有了任何知识。"[3] 就哈姆雷特而言,他所要探索的是人生的意义、是复仇的意

---

1 人是什么? 不乏哲人智者的答案定义。不论是亚里士多德所谓的政治动物,还是马克思所谓的生产关系的总和,我们总是觉得答案还缺乏点什么。人类认识到自己的优越伟大,正如哈姆雷特所言,也清楚自己的软弱渺小,所以从未停止追求比自己更伟大的事物。我们询问人是什么、人从哪里来、人到哪里去,暗示着人类本性的两方面:人的知识和无知以及人的伟大和悲苦。帕斯卡尔说道:"人本质上是什么呢? 与无限相比根本不算什么,与虚无相比又是全部,处于虚无与一切之间。既然他决然不能理解极端的事物,事物结尾和起始皆对他隐藏,令他毫无希望地觉得它们是不可透视的秘密;他同样不可能看透他由其造就的虚无,也洞视不了他被其吞噬的无限"[Pascal, *Pensées*, in Mortimer J. Adler (ed), *Great Books of the Western World*, Vol. 6, 2nd ed (Chicago: Encyclopaedia Britannica, Inc., 1990), p. 182]。人既不等同于兽类,又不处于天使的水平,且人必须而且能够认识到这一点,这就是人类的不幸与壮丽。帕斯卡尔还说道:"人类知道人是不幸的。他因此而不幸,因为他就是这样;他因为知道自己的不幸而更加伟大。"(同前,第184页)《哈姆雷特》所呈现的悲剧精神也在于这一点。

2 Dorothea Krook, *Elements of Tragedy* (New Haven: Yale University Press, 1969), p. 14.

3 Geoge Berkeley, *A Treatise Concerning the Principles of Human Knowledge*, in Mortimer J. Adler (ed), *Great Books of the Western World*, Vol. 33, 2nd ed (Chicago: Encyclopaedia Britannica, Inc., 1990), p. 430.

义,以及其他诸多行为和事物的意义,甚至是所发生的一切是必然的还是偶然的。[1] 所以他首先提出"默然忍受命运的暴虐的毒箭,或是挺身反抗人世的无涯的苦难,在奋斗中结束了一切,这两种行为,哪一种是更勇敢的?"[Whether' tis nobler in the mind to suffer/The slings and arrows of outrageous fortune,/Or to take arms against a sea of troubles/And by opposing end them? (第三幕,第一场,第 57-60 行)]他的思索没有结论。如果说"挺身反抗"能够解除"无涯的苦难",那么"哪一种是更勇敢的?"这个问题就毫无意义,这是显而易见的。再者,"默然忍受"和"挺身反抗"都是勇敢的,"勇敢本身是高贵的,因而勇敢的目的也是高贵的"。[2] 或者说,在他看来,这两种行为哪一种更勇敢都没有意义,因为归根结底,人都要死亡:"亚历山大死了,亚历山大埋葬了,亚历山大化为尘土;人们把尘土做成烂泥;那么为什么亚历山大所变成的烂泥,不会被人家拿来塞在啤酒桶的口上呢?"[Alexander died, Alexander was buried, Alexander returneth into dust; the dust is earth, of earth we make loam, and why of that loam whereto he was converted might they not stop a beer-barrel? (第五幕,第一场,第 202-206 行)]。恺撒生前是何等的英雄,但是恺撒死后,他尊贵的尸体同样变成泥巴,让人家拿来补填墙上的漏洞,替人挡风遮雨而已[Imperious Caesar, dead and turn'd to clay,/Might stop a hole to keep the wind away./O that that earth which kept the world in awe/Should patch a wallt' expel the winter's flaw(第五幕,第一场,第 207-210 行)]。思考"being"等于思考"non-being","being"和"non-being"之间的关系是对立的,也是"becoming",而"becoming"既可以说是"being"又可以说是

---

1 柏拉图对 being 和 becoming 的区分(参见 45 页注 1),导致了我们判断事物时对理念世界和可感知世界、本质和存在、确定性和或然性以及必然性和偶然性的区分。亚里士多德说道,智者派认为偶然的事物与 non-being 相关,可以在存在的事物通过一个过程形成并消亡但偶然的事物并非如此这一事实得以证明[Aristotle, *Metaphysics*, in Mortimer J. Adler (ed), *Great Books of the Western World*, Vol. 7, 2nd ed (Chicago: Encyclopaedia Britannica, Inc., 1990), p. 553]。

2 Aristotle, *Nicomachean Ethics*, in Mortimer J. Adler (ed), *Great Books of the Western World*, Vol. 7, 2nd ed (Chicago: Encyclopaedia Britannica, Inc., 1990), p. 361. 有意思的是,哈姆雷特的"默然忍受"和"挺身反抗"都是 being 的方式,但是"挺身反抗"的结果却是 non-being。

"non-being"。由泥土构成本质的人,终了还是回归泥土。人和泥土既彼此区别,又互为他物,它们的进一步规定,是相互过渡到对方。除了我们无法绝对地确定事物是"存在"还是"不存在"之外,而且在一定意义上所谓的"to be"在另一种意义上可谓"not to be",我们在讨论"being"的意义时,还很容易从事实转向虚构,从现实转向想象,或者从真理转向谬误。难怪哈姆雷特极尽一切所区分和确定的"to be"和"not to be"、"天神与丑怪"、"高山"和"泥沼",被他母亲葛特露德的性行为不加任何区别地混淆合一。哈姆雷特已经认识到"being"和"non-being"之间的辩证关系,[1]在"默然忍受"和"挺身反抗"之间不能抉择。他把他的父亲比作一位天神,可是又说道:"要是太阳能在一条死狗尸体上孵育蛆虫,那么它就是一个亲吻臭肉的天神"[the sun breed maggots in a dead dog, being a god kissing carrion(第二幕,第二场,第180-181行)]。甚至他在与奥菲莉娅的对话里同样把两种对立的存在方式合二为一:"进尼姑庵去吧"[Get thee to a nunnery(第三幕,第一场,第121;138行)]。"尼姑庵"是女性潜心修行、永葆童贞的地方,但是在莎士比亚时期的英语俚语中,

---

1 在柏拉图的《理想国》中,苏格拉底使得格劳东承认:"being"是知识(knowledge)的范围或对象,而知识就是对"being"的性质之认知。接着,苏格拉底又让格劳东认识到"being","non-being"和"becoming"与知识、无知和观点(opinion)的相互关系:"如果观点和知识是不同的能力,那么知识和观点的范围就不可能是同样的,观点的对象肯定是其他的什么。"观点的对象不可能是"non-being",因为"无知被认为是'non-being'之必然的相对物"。既然观点处于知识和无知之间而与"being"和"non-being"均不相干,苏格拉底因而得出结论:"如果任何事物同时既是又不是,那么这个事物也会处于纯粹的'being'和绝对的'non-being'之间,"而与之相关的能力"既不是知识又不是无知,而是它们之间的某物"。这"中间的变动"或曰"许多和变量的区域",就是"becoming"的范围[Plato, *The Republic*, in Mortimer J. Adler(ed), *Great Books of the Western World*, Vol. 6, 2nd ed(Chicago: Encyclopaedia Britannica, Inc., 1990), p. 372]。亚里士多德在这一点上似乎同意柏拉图的说法。他说道,变化同样参与"being"的性质和"non-being"的性质。埃利亚学派(the Eleatic)认为,所形成的事物之形成,或者源自所是(what is)或者源自所不是(what is not),这是不可能的,原因是,所是不可能形成(因为它已经是了),自所不是不能形成任何事物。亚里士多德同意这种说法,但有一个条件,这就是:"being"和"non-being"被看作没有规定性的。一旦"being"和"non-being"有了规定性,那么一个事物就可以自所不是形成。这一规定性就是亚里士多德所确立的"being"的两种方式——潜在性(potenciality)和实在性(actuality)[Aristotle, *On Generation and Corruption*, in Mortimer J. Adler(ed), *Great Books of the Western World*, Vol. 7, 2nd ed(Chicago: Encyclopaedia Britannica, Inc., 1990), pp. 413-415]。

"nunnery"又是"青楼""妓院"之意,是女性淫乱放荡之所。尽管如此,哈姆雷特的自我意识中决然难以接受自己的母亲用行为表现出的对立事物的相互过渡。由泥土构成的肉体已经无法化为一滴清露,母亲的行为使他再次受到玷污。怨不得他有心"用一柄小小的刀子……清算自己的一生"[he himself might his quietus make/With a bare bodkin(第三幕,第一场,第75-76行)],1只是疑惑的心理机制和探索疑惑的心理冲动,加上潜意识中生存的本能,使他不能这样轻率地了却此生。

然而,摸索难得心解开,哈姆雷特对于一柄刀子能否清算自己的一生也持有疑虑。至此,哈姆雷特的本体论探索变成了一个生与死的问题,而且思路从形而上学转到了伦理学。如果人死了之后"心头的创痛"以及"其他无数血肉之躯所不能避免的打击"都可以消失殆尽,那真是求之不得的[The heart-ache and the thousand natural shocks/That flesh is heir to(第三幕,第一场,第62-63行)]。可是,人死之后还会做梦,而且究竟会做些什么梦,2这也是哈姆雷特的疑惑。真是欲登天兮云盘盘,欲御风兮无羽翰。他进行思索,他想获得对事物的知识,产生自己的观念,然而,人们之所以遭受折磨,是因为他们对事物的看法,而并不是因为事物自身:"世上的事情本来没有善恶,都是个人的思想把它们分别出来的"[there is nothing either good or bad but thinking makes it so(第二幕,第二

---

1 记得加缪曾说过,只有一个问题是严肃的,那就是自杀。确定生命是不是值得活下去,就是探索最基本的哲学问题。

2 把死亡比作睡着了,是西方的传统,例如《新约·约翰福音》记载:耶稣对门徒说:"我们的朋友拉撒路睡了……"耶稣这话是指着他死说的,他们却以为是照常睡了。耶稣就明明地告诉他们说:"拉撒路死了。"(11:11-15)把死后的生活比拟为做梦,在西方也由来已久,苏格拉底、柏拉图、西塞罗、普鲁塔克均做此比拟。例如柏拉图说道:"倘若你认为(死亡里)没有意识,就像他睡了甚至不被梦打扰的睡眠,那么死亡就是一个难以言表的收获"[Plato, Apology, in Mortimer J. Adler(ed), *Great Books of the Western World*, Vol. 6, 2nd ed(Chicago: Encyclopaedia Britannica, Inc., 1990), p. 211]。莎士比亚的同时代人蒙田也说过类似的话:如果死亡"是一个人存在的最终结果,那么它也是……进入了一个漫长的、寂静的黑夜。如果是一个平静的休息温柔的睡眠且不做梦,我们将发现在现实生活中没有任何事情如此甜美"[Montaigne, *Essays*, Book I, in Mortimer J. Adler(ed), *Great Books of the Western World*, Vol. 23, 2nd ed(Chicago: Encyclopaedia Britannica, Inc., 1990), p. 86]。

场,第 248-249 行)]。[1] 他所想到的彼岸的情状令他恐惧,他对死亡的思索的动因是对死亡的恐惧,[2] 因此把自己对死亡的恐惧演绎为一个普遍的原则:"决心的赤热的光彩,被审慎的思维盖上了一层灰色,伟大的事

---

1 哈姆雷特的话一定程度上背离了古希腊对 being 探讨的传统,而且还预示了 17 世纪思想家对 being 探讨的倾向性。17 世纪的思想家主要关注的是人类知识的本源和认识的可能性。他们对传统的形而上学问题的思考,不是通过对事物的本质的分析,而是通过我们对事物的理念 (idea) 的分析。Berkeley 认为,在思维的事物之外没有存在的可能;John Locke 与 Berkeley 一样,尽管没有把"being"与思维等同视之,但是同样认为首先要做的是弄清楚人类大脑的知解力 (understanding),弄清楚人类大脑认识事物的能力;Descartes 直截了当地把存在归于人的思维:"我思故我在。"诚然,Kant 在"being"的现象界与本体界之间进行区分,认为形而上学不是为了探索"being",而是为了探索 God、Freedom 和 Immortality 这三个宏大理念,在一定意义上回归了柏拉图。

2 哈姆雷特不会忘记他父亲的鬼魂向他说的话:"在晚上行游地上,白昼受尽火焰的烧灼"(第一幕,第五场,第 10-11 行)。对死亡的恐惧以及死后恐怖的景象在莎士比亚之前多有描述,以下且举几例。《旧约·撒母耳记下》:"曾有死亡的波浪环绕我,匪类的激流使我惊惧,阴间的绳索缠绕我,死亡的网络临到我"(22:5-6);《旧约·诗篇》:"我心在我里面甚是疼痛,[因为]死的惊惶临到我身。恐惧战兢归到我身,惊恐漫过了我"(55:4-5);荷马在《奥德赛》对人死后的描写:"这时筋腱已不再连接肌肉和骨骼,/灼烈的火焰的强大力量把它们制服,/一旦人的生命离开白色的骨骼,/魂灵也犹如梦幻一样飘忽飞离"[王焕生译(北京:人民文学出版社,1997 年)226 页];柏拉图说道:"当一个人想到自己不久要死的时候,就会有一种从来不曾有过的害怕缠住他。关于地狱的种种传说……以前听了当作无稽之谈,现在想起来开始感到不安了……不管是因为年老体弱,还是因为想到自己一步步逼近另一个世界了,他把这些事情都看得更加清楚了,满腹恐惧和疑虑"[《理想国》,郭斌和、张竹明译(北京:商务印书馆,1997 年)第 5 页];亚里士多德说道:"人们有时把恐惧规定为对可怕事物的预感。诚然,我们对所有坏的事物都感到恐惧……而死就是所有事物中最可怕的事物"[亚里士多德,《尼各马可伦理学》,廖申白译(北京:商务印书馆,2004 年),第 77-78 页];但丁在《神曲·地狱篇》对冥界的描述:"这里唧叹,哭泣,和深沉的号泣/响彻了无星的天空……奇怪的语言,可怖的叫喊,/痛苦的言辞,愤怒的语调/低沉而喑哑的声音,还有掌击声/合成了一股喧嚣,无休无止地/在那永远漆黑的空中转动,/如同旋风中的飞沙走石一样。/于是,心中怀着恐惧……"[朱维基译(上海译文出版社,1984 年),第 17 页]。蒙田阐发了奥维德"等待死亡比死亡造成更大的痛苦"这句话,认为恐惧死亡是恐惧死亡的想法:"我凭经验发现,正是我们不能忍受死亡的想法使我们不能忍受死亡,而且,我们觉得痛苦加倍地痛苦,因为它用死亡威胁我们。但是,既然理性责备我们恐惧一件如此突然、如此不可避免、如此难以察觉的事情所表现的懦弱,那么我们就把它当作更为可宽恕的借口。"而且他认为,死亡的想法是"一个不能得到缓解的持续不断的痛苦折磨的来源"[Montaigne, *Essays*, Book I, in Mortimer J. Adler (ed), *Great Books of the Western World*, Vol. 23, 2nd ed (Chicago: Encyclopaedia Britannica, Inc., 1990), pp. 72, 85]。可见,哈姆雷特的潜意识领域甚至意识领域存在的对死亡的恐惧,至少是他这里的心理反应的动因之一。

业在这一种考虑之下,也会逆流而退,失去了行动的意义"[...thus the native hue of resolution/Is sicklied o'er with the pale cast of thought/And enterprises of great pitch and moment,/With this regard, their currents turn awry/And lose the name of action(第三幕,第一场,第84-88 行)]。故而, 他甘心久困于患难之中,"忍受人世的鞭挞和讥嘲,压迫者的凌辱,傲慢者的冷眼,被轻蔑的爱情的惨痛,法律的迁延,官吏的横暴,和微贱者费尽辛勤所换来的鄙视……负着这样的重负在烦劳的生命的压迫下呻吟流汗……宁愿忍受目前的折磨"[would bear the whips and scorns of time,/Th' oppressor's wrong, the proud man's contumely,/The pangs of dispris'd love, the law's delay,/The insolence of office, and the spurns,/That patient merit of th' unworthy takes ... fardels bear,/To grunt and sweat under a weary life./And makes us rather bear those ills we have. (第三幕, 第一场,第 70-77 行)]也不愿意向"不知道的痛苦飞去"[Than fly to others that we know not of(第三幕,第一场,第82 行)]。恐惧,源于怀疑和探索;忍受,是一位悲剧主人公在不堪负载的受难与打击时所表现的人的德性。

亚里士多德在《尼各马可伦理学》中说道:"尽管他也对那些超出人的承受能力的事物感到恐惧,他仍然能以正确的方式,按照逻各斯的要求并为着高尚之故,对待这些事物。这也就是德性的目的所在。"[1] 这也是悲剧所承载的重要意义。

---

1 亚里士多德,《尼各马可伦理学》,廖申白译,北京:商务印书馆,2004 年,第79 页。

哈姆雷特"To be, or not to be"的隐喻性[*]

在莎士比亚的悲剧《哈姆雷特》中,哈姆雷特的独白占据独特的位置,而且他在第三幕第一场开场时的独白"To be, or not to be—that is the question"引起了批评家的特别关注。哈姆雷特的独白揭示了哈姆雷特的内心活动,这是无可非议的。约翰逊博士(Dr. Johnson)曾说:"就这段著名的独白而言,它因一个欲望的相反因素而困惑,并且被自己的宏大目的而压垮之人迸发而出。它涉及的与其说是语者的言语,不如说是[语者的]心理。"[1]然而在论及哈姆雷特的内心活动的具体内容时,在把这段独白与悲剧的整个意义联系一起时,批评家持有不同的看法。尽管在独白中隐约看出哈姆雷特自杀的念头,但是约翰逊博士还是含蓄地否认了哈姆雷特在思考自杀这一观点。他说:

哈姆雷特知道自己极大地受到伤害,而且,除了使自己处于极其危险的境地之外,看不到任何纠正的方法,只好用这种方式思考他的处境。在这痛苦的压力下,我能够形成任何合理的行动方案之前,有必要确定,在我们目前的状况下,我们是 to be or not to be。这就是那个问题,正如它将要被回答的那样,将要决定,默然忍受命运的暴虐的毒箭,还是挺身反抗它们,在奋斗中结束它们,尽管或许会失去生命,哪一种更高尚,更符合理性的尊严。[2]

---

* 原载《外国文学评论》,2007 年第二期,第98-105 页。

1 转引自 L. G. Knights, *"Hamlet" and Other Shakespearean Essays* (Cambridge: Cambridge University Press, 1979), p. 63。

2 转引自 L. G. Knights, *"Hamlet" and Other Shakespearean Essays* (Cambridge: Cambridge University Press, 1979), p. 63。

然而,A. C. 布雷德利结合哈姆雷特第一场第二幕里的独白的开端,认为这段著名的独白不仅表现出哈姆雷特对自杀的思考,而且还进一步说明了他患有严重的忧郁症,从而只是进行思考而不能有效地行动。[1] L. G. 奈茨倾向于约翰逊博士的看法,但是他强调哈姆雷特心理的病态意识。他说道,"To be, or not to be"的问题是"如何以恐惧和反感之外的其他方式面对生命和死亡的问题",哈姆雷特的心里有自杀的念头,但是"这并不重要,重要的是健康让位于疾病这一非常模糊、目的丧失以及背离积极的方向之感觉。简言之,独白的作用是……澄清了哈姆雷特意识的方向是朝着任何解决办法都是不可能的这样一个区域活动"。[2] 他认为,哈姆雷特意识里的罪恶感是这段独白所要暗示的主旨,也是整个剧作的中心思想。约翰·维维安同样强调整个戏剧里罪恶意

1 A. C. Bradley, *Shakespearean Tragedy*, 2nd ed (London: Macmillan and Co., Limited, 1905, rep. 1985), p. 132. 布雷德利还说道,哈姆雷特的第一个独白的前几行["O, that this too too solid flesh would melt,/Thaw, and resolve itself into a dew! /Or that the Everlasting had not fix'd/ His canon' gainst self-slaughter! O, God! God! /How weary, stale, flat, and unprofitable,/Seem to me all the uses of this world!"(啊,但愿这一个太坚实的肉体会溶解,消散,化成一堆露水! 或者那永生的真神未曾制定禁止自杀的律法! 上帝啊! 上帝啊! 人世间的一切在我看来是多么可厌,陈腐,乏味而无聊!)(第一幕,第二场,第 129-134 行)]表现了他"对生命的厌烦,甚至对死亡的渴望",只是宗教戒律使他没有自杀(第 117 页)。布雷德利还认为,哈姆雷特对生命的厌倦,是因为他患了严重的忧郁症,而原因是他突然发现母亲粗俗的性欲的勃发。弗洛伊德在他的《哀伤与忧郁症》(*Mourning and Melancholia*)中也认为哈姆雷特患有忧郁症,而且列举了忧郁症的症状:情绪非常低落、对外部世界没有兴趣、失去爱的能力、拒绝一切活动、自责自损等。但是他认为哈姆雷特患忧郁症的原因是无意识领域的恋母情结。笔者也认为哈姆雷特为忧郁症所困,但是其根源是多重的:父亲的突然过世、母亲再嫁所表现的粗俗的性欲、叔父篡夺了他的王位、丹麦王国的腐败黑暗、父亲的鬼魂所述说的谋杀、复仇以及匡扶正义的责任不能完成、心爱的姑娘丝毫不能理解他等。当然了,同布雷德利一样认为"To be, or not to be"这段独白反映哈姆雷特对自杀的思考的批评家大有人在,例如西奥多·利兹(Theodore Lidz)在《哈姆雷特的敌人:〈哈姆雷特〉中的疯狂与神话》中也做如是解[*Hamlet's Enemy: Madness and Myth in "Hamlet"* (New York: Basic Books, Inc., Publishers, 1975), p. 65]。
2 转引自 L. G. Knights, "*Hamlet*" and Other Shakespearean Essays (Cambridge: Cambridge University Press, 1979), pp. 69-70. H. D. F. Kitto 认为,《哈姆雷特》同古希腊悲剧一样,属于"宗教剧"(religious drama)的范畴,其主题是"罪恶",罪恶之不可避免的自我毁灭:"罪恶酝酿罪恶,并且导向毁灭"[*Form and Meaning in Drama* (New York: Bames and Noble, 1965), pp. 244;324]。

识在这段独白中的反映,他在《莎士比亚的伦理》中说道:"在整个长长的独白里,每一个念头都是否定的,生就是'忍受人世的鞭挞和讥嘲',死就是飞向'我们所不知道的'罪孽,甚至连欢乐的可能性都被排除了。"[1] 所以,哈姆雷特所处的是两难的境地,令他很难甚至不能做出选择。

种种解读说明这段独白的开放性和歧义性。批评家在解读独白时对于其他问题同样莫衷一是。[2] 例如,"To be, or not to be" 是哈姆雷特对生与死的思考还是对死后境况的思考?[3] 哈姆雷特在思考的时候是否忘记了鬼魂以及鬼魂对他讲的谋杀?独白中涉及自杀、生和死的本质、对付国王的行动等,它们之间的过渡不清楚,我们如何明确地释义?无怪乎查尔斯·兰姆(Charles Lamb)坦率地说道:

我承认,我自己完全不能欣赏《哈姆雷特》中那段著名的独白,他以"To be, or not to be"开始,[我]说不清楚它是好是坏,还是不好不坏;它曾经被口

---

1 转引自 L. G. Knights, *"Hamlet" and Other Shakespearean Essays* (Cambridge: Cambridge University Press, 1979), pp. 69-70. H. D. F. Kitto 认为,《哈姆雷特》同古希腊悲剧一样,属于宗教剧"(religious drama)的范畴,其主题是"罪恶",罪恶之不可避免的自我毁灭:"罪恶酝酿罪恶,并且导向毁灭"(*Form and Meaning in Drama* [New York: Bames and Noble, 1965], pp. 244; 324),第 69 页。

2 Ernest Schanzer 在其《莎士比亚的问题剧》[*The Problem Plays of Shakespeare*, (London: Routledge & Kegan Paul, 1963)]认为《哈姆雷特》属于"问题剧"的范畴,剧中所关涉的政治责任和个人感情的问题,形成它的含混性(ambiguous possibilities)。不但戏剧里提出的问题没有圆满的结局,甚至批评家提出的问题也没有令人满意的答案。对于剧中的问题的解读,存在着多种可能,甚至彼此相对立的解读,我们难以判定谁是谁非。悲剧的开放性,吸引观众或读者进行价值的和意义的判断,但是这些判断从来不是不容置疑的,从来不是一成不变的。这也是"问题"的所在。莎士比亚的戏剧,甚至混淆戏剧类别:喜剧蒙盖着悲剧的阴影,悲剧笼罩着喜剧的彩云,历史剧既可以悲剧解读又可以喜剧解读,诸多线路通向似乎明确却模糊不清的意义。较早提出"问题剧"概念的是卢梭。卢梭在《给达朗贝的信》中坚持认为,唯一可能的戏剧是问题剧,而且,剧作家不能自由地选择问题,问题是由他的国家和他所处的时代趣味加之于他的。这一点是卢梭的历史观在文学批评的应用。参见欧文·白璧德,《法国现代批评大师》,孙宜学译,桂林:广西师范大学出版社,2002 年,第 7 页。

3 G. Wilson Knight 认为,哈姆雷特在这段独白集中思考的是死后的恐怖景象[*The Wheel of Fire* (London: Metheun, 1962), p. 31]。梁实秋基于后者,翻译该句为"死后是存在,还是不存在——这是问题"。

出狂言的小子们或男人们弄来弄去并且被从它的原处以及戏剧的连贯性原则非人性地撕掉,直到它对于我来说成为一个十足的死的成分。[1]

在对这段独白的解读中,似乎有一点是许多批评家所认同的,即"To be, or not to be"是哈姆雷特对生死的思考。而且,这一解读已经被当作自然的声音——甚至信念——控制着我们对它的思考。然而,这种思维惯式往往令我们有意识或无意识地把文学作品当作一个封闭的系统来解读。维维安在解读的时候干脆把它变成"to live"和"to die"。[2] 但是,我们的问题在于:为什么哈姆雷特用的词是"be",而不是"die""live"或者其他的什么词,从而使这一行的前半句变为"To die, or not to die""To live, or not to live"或者"To live, or to die"等。换了这类的词,并不影响诗行的节奏和格律,不但意思明确并与下面的话语契合,而且它们的声音效果比"be"更易于传达哈姆雷特的感情。这里,"be"在哈姆雷特的独白中,是"生存",又不完全是"生存",是"活[着]",又不单单是"活[着]",它是发散式的,充溢着语言的张力,它所蕴含的意义超越了"生死"的解读。

　　这段独白发生在故事开始后约两个月,[3] 这两个月中发生了许多事情。首先,哈姆雷特的父亲突然去世,令他悲痛不止。父亲去世后继承王位的本应该是他,但是他的叔父却插了一脚,"篡夺了"他的"嗣位的权利"[Popp'd in between th' election and my hopes(第五幕,第二场,第65行)],这在他的心灵上蒙上了浓重的阴影。其次是他母亲再婚。父亲刚刚去世才两个月,母亲就再嫁,而且所嫁的不是别人,而是他父亲的兄弟、他的叔父、新继位的国王克劳狄斯。哈姆雷特不能理解更不愿接受这桩婚姻,因为在哈姆雷特看来,它不但是"乱伦"[To post/With such

---

1 转引自 L. G. Knights, *"Hamlet" and Other Shakespearean Essays* (Cambridge: Cambridge University Press, 1979), p.61。Goldsmith 持有类似的观点,认为这段独白是"断断续续的意象之稀里古怪的大杂烩"[见 Harry Levin, *The Question of HAMLET* (Oxford: Oxford University Press, 1959), p.69]。

2 我国的翻译者几乎全作如是读。

3 在第一个独白(第一幕,第二场,第137行)中,哈姆雷特说到他的父亲刚刚亡故两个月;在紧接着的第三幕第二场戏中戏开始之前哈姆雷特与奥菲莉娅的对白里,奥菲莉娅说老王去世已经四个月了(第126行)。

dexterity to incestuous sheet! (第一幕,第二场,第156-157 行)][1],还暴露了他母亲的性欲(参阅第一幕第二场的独白;[1]第三幕第四场 81-83 行),这颠覆了他母亲过去一直在他心目中的形象。[2] 这件事情使得已经蒙上阴影的哈姆雷特的心理更加黑暗。接着是鬼魂向哈姆雷特讲述了谋杀事件并要哈姆雷特为他复仇,这对郁郁寡欢的哈姆雷特来说无疑是雪上加霜。他要为父复仇,但是又怀疑鬼魂的话语的真实性,所以就装疯卖傻。他这样做,一是刺探国王克劳狄斯,二是伺机复仇。在这期间,他心爱的姑娘不但不能理解他,不能用真挚的爱情缓解他的悲伤和郁闷,反而断绝了与他的恋情,而且还被国王利用,帮助国王探查他精神失常的真假,他极度的心理压力最有可能得以释放的小小空间也变成了对他的打击。就连他幼时的好朋友、大学同学罗森克兰兹和吉登史腾也不能与他坦诚相待,在他的一再追问下才承认自己是被国王派来的。他富有责任感,对世道的错乱和国家的腐败深恶痛绝,看到丹麦王国变成了一个"荒芜不治的花园,长满了恶毒的莠草"['Tis an unweeded garden/That grows to seed (第一幕,第二场,第135-136 行)][3]而痛心疾首,有心在这个"颠倒混乱的时代"里"重整乾坤"[The time is out join. O cursed spite,/That ever I was born to set it right(第一幕,第五场,第189-190 行)],然而他找不到有效的途径和方法。所有这些使他对周围的一切产生怀疑,也使他失去了对大千世界以及男人和女人的兴趣[I have of late, but wherefore I know not, lost all my mirth, forgone all custom of exercises; and indeed it goes so heavily with my disposition that this goodly frame the

---

1 朱译:"这样迫不及待地钻进了乱伦的衾被。"

1 A. C. Bradley 说道,哈姆雷特在他母亲的行为上所看到的不仅是"感情之令人吃惊的肤浅,而且还是粗俗性欲的勃发"[*Shakespearean Tragedy* (London: MacMillan, 1905, rep. 1985), p. 118]。

2 哈姆雷特说他的母亲:"她曾偎依在他[哈姆雷特的父亲]的身旁,好像吃了美味的食物",而且在他父亲死的时候,"她哭得像个泪人似的,送我那可怜的父亲下葬"[...she would hang on him/As if increase of appetite had grown/By what it fed on;...she follow'd my poor father's body,/Like Niobe, all tears(第一幕,第二场,第143-145; 148-149 行)]。

3 对于这一隐喻的解读,批评家同样观点不一,心理分析学派认为,它是哈姆雷特的母亲的肉体的象征,表现的是她的情欲。

earth seems to me a sterile promontory, this most excellent canopy the air, look you, this brave o'erhanging firmament, this majestical roof fretted with golden fire, why, it apppeareth nothing to me but a foul and pestilent congregation of vapours. ...Man delights not me — nor woman neither(第二幕,第二场,第295-303；309 行)]。[1] 这时,伦敦的戏班来到丹麦的首都厄耳锡诺,伶人即席对一出戏的台词的背诵,使他意识到自己对复仇的延宕,从而苛刻地自责。同时,他心生一计,要利用伦敦戏班的演出查明他父亲的鬼魂是否是"魔鬼的化身"[The spirit that I have seen／May be a devil(第二幕,第二场,第594-595 行)],并且发掘"国王内心的隐秘"[I'll catch the conscience of the king(第二幕,第二场,第601 行)]。在这种境况下,在哈姆雷特内心中充满了矛盾、心情极其沉重的情况下,他开始了独白。我们知道,内心独白完全属于表述的范畴。在独白中,当语者对自己说话的时候,他并没有接受外来的语言信息,所以他的语词没有交际的功能,而是打开了一条通向他自己内心的通道。作为独白的话语,它首先是与自我再现之间的联系,而且这种联系不是偶然的,而是内在的,话语是自我的再现。

但是,哈姆雷特并不是把所发生的这些事情以及他心中的郁闷一个一个地抖搂出来,而且在他这种心境下他也没有头绪从何说起,[2] 就用"To be, or not to be"开始了他的倾诉,试图把心中的一切重负倾吐出来,以缓解心理的压抑。我们知道,在印欧语系的语言中,如古希腊语、拉丁语、英语等,"to be"在不同的语境中可以表达如下含义:"是"[I *am* a man, not a bird(我是一个人,不是一只鸟)],"在"[She *is* in the classroom(她在教室)],"有"[There *is* oxygen in water(水里有氧气)],"存在"[I think, therefore I *am*(我思故我在)],"生存"[To *be* means hard work(生存意味着努力工作)],"变成"[Suddenly her face *was* scarlet(突然,她的

---

1 朱译:"我近来不知为了什么缘故,一点兴致都提不起来,什么游乐的事都懒得过问;在这一种抑郁的心境之下,仿佛负载万物的大地,这一座美好的框架,只是一个不毛的荒岬;这个覆盖众生的苍穹,这一顶壮丽的帐幕,这个点缀着金黄色的火球的庄严的屋宇,只是一大堆污浊的瘴气的集合。……人类不能使我发生兴趣;不,女人也不能使我发生兴趣。"
2 这段独白中间衔接不明、逻辑不严,也是哈姆雷特思维混乱的表征。

脸红了)]，"持续"[I won't *be* a minute(我不会很久)]，"发生"[There won't *be* any war here(这里不会再发生战争)]，"从事"[What *is* he about?(他在做什么?)]，"代表"["A" *is* "excellent" while "C" *is* "passing"(A 表示优秀,C 表示及格)]，"扮演"[Olivier *is* Hamlet tonight(今晚奥利维尔演哈姆雷特)]等许多意义。"To be, or not to be"包含了众多批评家所谓的"生死"，然而，它还暗示了与哈姆雷特这一阶段的心理活动相关的内容。诸如是复仇还是不复仇? 如果复仇，他将找什么理由向丹麦朝野交代? 他只是向朝野诉说他父亲的鬼魂向他讲述的谋杀故事? 他还有什么证据证明这个故事是真实的? 他如果复仇，采取什么方式? 在什么时候?[1] 哈姆雷特十分重视自己的荣誉和名声，[2] 如果他杀死克劳狄斯，他是否会在后世留下一个恶名? 如果他杀死克劳狄斯，他的母亲是否会接受? 杀死克劳狄斯就等于复仇了吗?[3] 鬼魂曾称克劳狄斯为"乱伦的奸淫的畜生"[incestuous, adulterate beast(第一幕，第五场，第42行)]，称王后为"我的外表上似乎非常贞淑的王后"[my most seeming-virtuous queen(第一幕，第五场，第46行)]，而且还告诉哈姆雷特不要对他母亲做什么，而是让她承受"她自己内心中的荆棘的刺戳"[Taint not

---

1 哈姆雷特想到要在克劳狄斯"酒醉以后，在愤怒之中，或是在荒淫纵欲的时候，在赌博、咒骂，或是其他邪恶的行为的中间"杀死他，"让他幽深黑暗不见天日的灵魂永堕地狱"[When he is drunk asleep, or in his rage;/Or in th' incestuous pleasure of his bed;/At game a-swearing, or about some act/That has no relish of salvation in't—/Then trip him, that his heels may kick at heaven/And his soul may be as damn'd and black/As hell, whereto it goes(第三幕，第三场，第89-95行)]，但是这是后来的事儿。

2 哈姆雷特的父亲的"英名是举世称颂的"[Our last King,/Whose image even but now appear'd to us... this side of our known world esteem'd him(第一幕，第一场，第80；85行)]。哈姆雷特在目睹年轻的挪威王子福丁勃拉斯率领大军经过丹麦去进攻波兰的时候感叹地说道："真正的伟大不是轻举妄动，而是在荣誉遭遇危险的时候，即使为了一根稻秆之微，也要慷慨力争"[Rightly to be great/Is not to stir without great argument,/But greatly to find quarrel in a straw/When honour's at stake(第四幕，第四场，第53-56行)]。哈姆雷特对福丁勃拉斯的解读完全是建立在他自己的心理机制上，因为福丁勃拉斯率军进攻波兰并非由于"荣誉遭遇危险"，真正使福丁勃拉斯"荣誉遭遇危险"的应该是他的父亲被哈姆雷特的父亲在一次挑战中打败并杀死了，大片土地也被哈姆雷特的父亲所占有(第一幕，第一场，第80-93行)。

3 在戏中戏之后那个晚上的深夜，哈姆雷特去他母亲的寝室，途中看到克劳狄斯独自在祈祷，他拔出了剑，但是又把剑插回了剑鞘。因为哈姆雷特认为，在这个时候杀死他会让他的灵魂进入天堂，这不是复仇，而是"以恩报怨"[this is hire and salary, not revenge(第三幕，第三场，第79行)]。

thy mind nor let thy soul contrive/Against thy mother aught. Leave her to heaven,/And to those thorns that in her bosom lodge/To prick and sting her（第一幕，第五场，第 85-88 行）]。那么他的母亲是否在他父亲死前就与他叔父有了奸情？他的母亲是否参与了谋杀？面对腐败、污浊的丹麦王朝，他是采取行动扭转乾坤还是听之任之？如果采取行动，他应该从何做起？杀死克劳狄斯是否能够解决丹麦王朝的腐败？是否能够拯救整个王国？他是否能够扭转乾坤？他父亲的鬼魂是真诚可信的还是要把他引向歧途？他要利用伦敦戏班的演出试探克劳狄斯，这是否能够探出克劳狄斯的真实面目？他说过，要是克劳狄斯"稍露惊骇不安之态，我就知道我应该怎么办"[If 'a do blench,/I know my course（第二幕，第二场，第 593-594 行）]，倘若克劳狄斯没有露出惊骇不安之态，那么他该怎么办呢？还有奥菲莉娅，他在她面前的行为 1 只是为了造成假象掩饰他的真正目的，但是她却丝毫不能理解他，她对他的爱以及他对她的爱是否真挚？在前一段独白中，哈姆雷特曾把自己与伶人相比较并进行自责，我们可以说"To be, or not to be"还暗含着"我是一个懦夫"[Am I a coward?（第二幕，第二场，第 566 行）]、"一个多么不中用的蠢材"[what a rogue and peasant slave am I!（第二幕，第二场，第 544 行）]或者不是？

---

1 奥菲莉娅告诉她的父亲普隆涅斯说："他握住我的手腕紧紧不放，拉直了手臂向后退立，用他的另一只手这样遮在他的额角上，一眼不眨地瞧着我的脸，好像要把它临摹下来似的。这样经过了好久的时间，然后他轻轻地摇动我的手臂，他的头上上下下地点了三次，于是他发出一声非常惨痛而深长的叹息，好像他的整个的胸部都要爆裂，他的生命就在这一声叹息中间完毕似的。然后他放开了我，转过他的身体，他的头还是向后回顾，好像他不用眼睛的帮助也能找到他的路，因为直到他走出了门外，他的两眼还是注视在我的身上"[He took me by the wrist and held me hard,/Then goes he to the length of all his arm,/And with his other hand thus o'er his brow/He falls to such perusal of my face/As'a would draw it. Long stay'd he so./At last, a little shaking of mine arm,/And thrice his head thus waving up and down,/He rais'd a sign so piteous and profound/As it did seem to shatter all his bulk/And end his being. That done, he lets me go,/And with his head over his shoulder turn'd/He seem'd to find his way without his eyes,/For out o'doors he went without their helps,/And to the last bended their light on me（第二幕，第一场，第 87-100 行）]。

我是忘记了我的责任和义务还是没有忘记?[1] 凡此种种,恐怕我们在一定意义上都可以说是"the question"(那个问题)。[2] 我们在这里所提出的诸多问题,有些是哈姆雷特思考过的,有些是他的意识中隐隐约约掠过的,有些则是存在于他的潜意识领域。"To be, or not to be"是哈姆雷特"忧时空转九回肠"[3]、千愁万虑无处诉的时候的倾诉。

甚至,我们知道,"to be"在古希腊的哲学里是形而上学的出发点,"being"作为本体论的范畴,表示古希腊哲人对宇宙存在的思考。那么,"To be, or not to be"还可以从哈姆雷特对宇宙万物存在的真实性的思考进行解读,它不仅包括鬼魂的真实性问题,还包括哈姆雷特自己的肉体的真实性问题,进而推及复仇的意义何在。既然对存在的真实性、对复仇的意义提出质疑,那么延宕甚至放弃复仇也就顺理成章。[4] 另一方面,古希腊哲人对存在的真实性的思考,大多伴随着对"善"的思考。哈姆雷

---

1 哈姆雷特在看到福丁勃拉斯的军队经过后指责自己的"鹿豕一般的健忘"[Bestial oblivion(第四幕,第四场,第40行)]。A. C. Bradley 认为鬼魂要哈姆雷特"记着我"[Remember me(第一幕,第五场,第91行)]不是没有意义,因为哈姆雷特偶尔会忘记他的责任[Shakespearean Tragedy (London: MacMillan, 1905, rep. 1985), p. 126]。Albert Beaumont 认为,不安全感,而非传统意义上的英雄美德,才是哈姆雷特的明显特征。哈姆雷特在力求达到优越的愿望与不安全的感觉之间有一个张力,这加重了他的比别人低劣感,从而使他常常责备自己"忘却""懦弱"等[The Hero: A Theory of Tragedy (London: George Routledge and Sons, 1925), pp. 64-65]。

2 A. C. Bradley 说道:哈姆雷特的"主要问题——几乎他的所有问题——是内心的"[Shakespearean Tragedy (London: MacMillan, 1905, rep. 1985), p. 118]。G. Wilson Knight 曾提出几个问题:"杀死克劳狄斯有什么意义? 那样做会挽救他母亲的名节吗? 会使他父亲正在腐烂的躯体活过来吗? 会令哈姆雷特自己……找回和奥菲莉娅接吻时那种天真的快乐吗? 那样做会改变宇宙的秩序吗?"[Knight G. Wilson, The Wheel of Fire (London & New York: Routledge, 1989, rep. 2008), p. 31]。我们可以认为,这些都包括在哈姆雷特的"那个问题"中,即他思考的"To be, or not to be"。

3 借用宋代张元幹《次韵送友人过山阴郡时夜别于舟中》诗句。

4 我们在悲剧的整个过程中看不到哈姆雷特复仇的行动。在第三幕第三场哈姆雷特看见克劳狄斯独自祈祷,便拔出剑来,这是他唯一的一次行动,但是最终还是找借口停止了行动。至于在悲剧结尾时杀死了克劳狄斯,那只是在没有任何方法、任何理由继续延宕时不得已的行动。参见前文《哈姆雷特的延宕与阿里奇亚丛林中的仪式》。

特作为威登堡(Wittenburg)大学的学生,接触了许多古希腊的思想,[1] 但是我们也不能完全排除中世纪基督教思想对他的影响。如果我们考虑到基督教人生而有罪的思想,我们从"存在——以及人生——到底是善还是恶"来解读"To be,or not to be"也不见得完全是驴唇不对马嘴。[2]当然了,哈姆雷特对存在的善恶之思考,似乎还是得出了结论:"世上的事情本来没有善恶,都是个人的思想把它们分别出来的"[There is nothing either good or bad,but thinking makes it so(第二幕,第二场,第248-250行)]。是的,善恶都是"思想"在作祟,然而,唯有"思想"才能使一个人认识到——或许"感受到"更为恰当——自己的主体性,按照笛卡尔的说法是"我思故我在"。诚然,哈姆雷特的思想——对生死、存在、善恶的思想也好,对真伪、复仇、行动的思想也罢——是痛苦的,否则他也不至于想到"用一柄小小的刀子……清算他自己的一生"[he himself might his quietus make/With a bare bodkin(第三幕,第一场,第75-76行)]。或许,生命中的痛苦,尤其是思想的痛苦,才令哈姆雷特觉得自身存在的真实。可是让自身感到真实的代价也是不菲的,因为思想的代价是牺牲,是悲剧。自亚里士多德以降的西方理论家在论及悲剧(文学的一种体裁和人生的一种精神之意义上的悲剧)的时候,大多谈到"恶"——广义上人性和社会语境中的恶以及体现在悲剧主人公自身的恶——在导致悲剧结局的作用。亚里士多德所谓的"hamartia",黑格尔所谓的"对于应当的非适合性",[3] 都可以理解为广义上的"恶"(一个人的"过失"对于自身来说当然是"恶"的,如果这个过失殃及他人,给他人

---

[1] Harry Levin 在《哈姆雷特的问题》[*The Question of Hamlet*(New York:Oxford University Press,1959)]中说道,哈姆雷特"不仅是一位王子……而且还是——或者更是——一位研究了哲学的学者,他的脑子被表现为一部'书卷',[在]那里经验被储存并分析"(p. 67)。

[2] 如果说哈姆雷特还不能确定存在是善是恶,那么叔本华就已经彻底否定了存在的善了。他说:"悲剧的真正意义是一种深刻的认识,认识到[悲剧]主角所赎的不是他个人特有的罪,而是原罪,以及生存本身之罪。"(《作为意志和表象的世界》,石冲白译,北京:商务印书馆,1982年,第352页。)

[3] 黑格尔,《哲学科学全书纲要》,薛华译,上海:上海人民出版社,2002年,第288页。

带来不幸,那更是一种"罪过",是"恶")。[1] 哈姆雷特的"To be, or not to be"不能确定存在是善的或者是恶的,也暗示着黑格尔所谓的悲剧中相互冲突的两种力量都是不恶的,然而不恶又都是恶的。[2] 这是悲剧的悖论。所以,哈姆雷特说善恶不是存在本身的性质,而是思想的结果。既然存在的真实性、存在的善与恶不是事物的属性,那么思想对存在的真实与否、对存在的善与恶的选择也就失去了客观的依据。存在、思想、痛苦、善恶,这一切体现在"To be, or not to be"中,映照着哈姆雷特的悲剧命运。命运总是与悲剧有着千丝万缕的联系。在古希腊悲剧中,我们看到命运的阴影无时不笼罩着悲剧主人公,无论他如何凭借个人的意识和意志与命运抗争,但是命运之神总是以胜利者的姿态出现。在莎士比亚悲剧中,命运同样或明或暗地显现。命运,从广义上讲,可以是外在于自我的无形力量、因果报应、原罪,也可以是心理的必然,或者简单的他者。"如果悲剧主人公从来不思考他的命运的意义,如果他从来不知道'什么在打击他',那么这部悲剧则是不完善的"。[3] 在这个意义上,"To be, or not to be"正是哈姆雷特对命运的意义之思考,在思考中所显现的个人意识和意志印证着悲剧人物的高贵和尊严,从而使作为文学体裁的悲剧成为呈现人类文化精神的悲剧。

另外,哈姆雷特在说完"To be, or not to be—that is the question"之

---

1 例如19世纪初期英国的柯勒律治和德国的施莱格尔都认为,哈姆雷特过多地思考而不能采取行动,是导致他悲剧结局的关键。这种观点在一定意义上是对哈姆雷特的"hamartia"的一种解释。布雷德利说:"悲剧人物的错误,也包含着伟大的成分,我们在他身上仍然能感受到人性的某些方面"[Shakespearean Tragedy, Lectures on Hamlet, Othello, King Lear, Macbeth (Basingstoke: Macmillan, 1992), p. 22]。推崇思想,本身就是人性中最为闪光的一个方面。

2 黑格尔,《哲学史演讲录》,贺麟、王太庆译,北京:商务印书馆,1960年,第二卷,第106页。Richard Sewell 在 Vision of Tragedy (1959) 进一步发展了黑格尔的观念,把它运用于悲剧主人公的特征:悲剧主人公所遭受的苦难,与其说是肉体的,不如说是精神的,"主人公知道,他认为他必须做的事情在某种意义上是错误的,正如他知道自己同时既是善的又是恶的,既是正当的又是不正当的"。这一矛盾构成悲剧主人公的心理基础[转引自 Richard H. Palmer, Tragedy and Tragic Theory: An Analytical Guide (Westport & London: Greenwood Press, 1992), p. 73]。

3 William G. McCollon, Tragedy (New York: Macmillan, 1957), p. 71.

后,他的话语明确了许多,尽管仍然不失一定程度上的模糊:"默然忍受命运的暴虐的毒箭,或是挺身反抗人世的无涯的苦难,在奋斗中结束了一切,这两种行为,哪一种是更勇敢的?"〔Whether 'tis nobler in the mind to suffer/The slings and arrows of outrageous fortune,/Or to take arms against a sea of troubles/And by opposing end them?(第三幕,第一场,第57-60行)〕,[1] "To be, or not to be"显然包括这一问题。[2] 哈姆雷特的这句话,瓦解了他采取行动的责任,把生死行动的选择婉转地变成了思考的对象,也恰恰符合了"question"只是要求他进行思考然后做出回答的性质,而不是"problem"要求他做出选择然后采取行动以解决问题。如果"To be, or not to be"仅仅是生死的选择,那么哈姆雷特这句话的重点应该是"默然忍受命运的暴虐的毒箭,或是挺身反抗人世的无涯的苦难,在奋斗中结束了一切?""默然忍受"意味着生,"挺身反抗"意味着死,这两种都属于行动的范畴。然而哈姆雷特却把重点放在了"哪一种是更勇敢的?"从而把行动转移为思考,"默然忍受"和"挺身反抗"成了思考的对象。而且,所忍受的"暴虐的毒箭"和"挺身反抗"本身仍然含有模糊性:"暴虐的毒箭"最近似的解读应该是"他杀死了我的父王,奸污了我的母亲,篡夺了我的嗣位的权利,用这种诡计谋害我的生命"[3]〔He that hath kill'd my king and whor'd my mother;/Popp'd in between th' election and my hopes;/Thrown out his angle for my proper life/And with such coz'nage(第五幕,第二场,第64-67行)〕;而"挺身反抗"则是拔出利剑杀死克劳狄斯为父复仇。然而,复仇意味着行动,行动意味着死亡。无怪乎他延宕为父复仇。他潜意识中对生命的渴望、对死亡的恐惧,也在很大程度上阻

---

1 许多读者和观众简单地把"to be"理解为"to suffer",把"not to be"等同于"to take arms"〔参见 Harry Levin, *The Question of HAMLET*(Oxford:Oxford University Press, 1959), p. 69〕。

2 在不同的版本中,"To be, or not to be, that is the question"之后有的用分号,有的用冒号,还有的是逗号。尽管三种标点符号均表明下一句话与"To be, or not to be — that is the question"关系十分密切,笔者还是倾向于分号,因为分号表明停顿的时间长。停顿时间长,既与这段独白语言的特点相近,即衔接不明、逻辑不严;又表现了哈姆雷特目前的心理机制,即多思但是又常常思维不连贯、不明确。

3 "用这种诡计谋害我的生命"发生在哈姆雷特的独白之后,但是哈姆雷特应该预料到克劳狄斯一旦认为哈姆雷特给自己造成了危险,就会处心积虑地除掉他。

止了他采取可能会导致自己死亡的行动。[1] 柏拉图在他的《理想国》的开始谈到了人类对死亡的极度恐惧。在人类早期的历史,人类对死亡的极度恐惧是伴随着人类对生命的强烈渴望的。古代神话中对神祇的想象就是一例,宗教中对灵魂不死或者投胎转世的假定也是一例。[2] 伊壁鸠鲁认为,对死亡的恐惧隐藏在一切形式的对生命的渴望中。按照弗洛伊德的理论,对死亡的恐惧已经成为人类无意识领域的原型(prototype)。哈姆雷特这里所谓的"挺身反抗人世的无涯的苦难,在奋斗中结束了一切",实际上暗示了他对死亡的恐惧。这里,他把死亡类比成"睡着了",而且睡着了还会"做梦"。[3] 尽管他说睡眠"是我们求之不得的结局",因为他希望"在这一种睡眠之中,我们心头的创痛,以及其他无数血肉之躯所不能避免的打击,都可以从此消失"[and by a sleep to say we end/The heart-ache and the thousand natural shocks/That flesh is heir to:'tis a consummation/Devoutly to be wish'd(第三幕,第一场,第61-64行)],然而他又说道,他不知道"在那死的睡眠里,究竟将要做些什么梦"[in that sleep of death what dreams may come(第三幕,第一场,第66行)]。但是我们有理由相信,他父亲鬼魂的话不会完全从他的脑海里抹去:"你父亲的灵魂,因为生前孽障未尽,被判在晚间游行地上,白昼忍受火焰的烧灼。"[I am thy father's spirit,/Doom'd for a certain term to walk the night,/And for the day confin'd to fast in fires(第一幕,第五场,第9-11行)]。所以,他潜意识中对死亡的恐惧、对生命的渴望,使他把对行动的选择转变为对生

---

[1] 笔者在前文《哈姆雷特的延宕与阿里奇亚丛林中的仪式》论及哈姆雷特延宕的原因,认为他潜意识中对生命的渴望是其主要因素之一。

[2] 柏拉图在《裴多篇》中也曾论述过人死后灵魂不死,并且认为"好人的灵魂存在得好些,坏人的灵魂存在得坏些",而且灵魂会根据生前的善恶作为生成新的生命(《柏拉图对话集》,王太庆译,北京:商务印书馆,2004年,第228页)。

[3] 哈姆雷特的比喻,反映了他作为一位在德国威登堡大学读书的人文主义者对古希腊思想的熟知。柏拉图在《苏格拉底的申辩篇》中曾把死亡与睡眠相比,他说:"死的状态有两种可能:死可能是绝对虚无,死者全无知觉;死也可能像人们说的那样,是灵魂从一个地方迁移到另一个地方。如果死是毫无知觉,像一场没有梦的睡眠,那就是近于绝妙的境界了。"(《柏拉图对话集》,王太庆译,北京:商务印书馆,2004年,第53页)只是他把柏拉图"没有梦的睡眠"演绎成为"会做梦的睡眠",把柏拉图"近于绝妙的境界"演绎为"灵魂备受煎熬的地狱",这是他无意识领域中对生命的渴望所致。

死类似于哲学的思考,从而回避了采取行动可能导致的死亡。再者,哈姆雷特还意识到,他不能睡着:"在我的心中有一种战争,使我不能睡眠" [in my heart there was a kind of fighting/That would not led me sleep(第五幕,第二场,第4-5行)]。这个"战争",我们可以理解为哈姆雷特作为一个儿子为父复仇的责任。责任,也成了他继续生存的借口。然而,要生存,他就得默然忍受。他默然忍受的不仅是"命运的暴虐的毒箭",还有"长满了恶毒的莠草"的"荒芜不治的花园",忍受一颗高贵的心灵被人世的丑恶玷污所带来的痛苦,以及强烈的责任感要求他采取行动但是他对生命的渴望和其他的种种主客观原因又令他不能采取行动所带来的自我折磨。哈姆雷特在问"To be, or not to be"的时候,也是在问"用一把小小的刀子"是否"可以清算他自己的一生"。他对这个问题的回答是否定的,因为他"惧怕不可知的死后,那从来不曾有一个旅人回来过的神秘之国"[the dread of something afterdeath,/The Undiscover'd country, from whose bourn/No traveler returns(第三幕,第一场,第78-80行)]。[1] 所以,他内心中的选择是"默然忍受",而且推己及人,说道,人们甘心久困于患难之中,"忍受人世的鞭挞和讥嘲,压迫者的凌辱,傲慢者的冷眼,被轻蔑的爱情的惨痛,法律的迁延,官吏的横暴,和微贱者费尽辛勤所换来的鄙视……负着这样的重负,在烦劳的生命的压迫下呻吟流汗"[would bear the whips and scorns of time,/Th' oppressor's wrong, the proud man's contumely,/The pangs of dispriz'd love, the law's delay,/The insolence of office, and the spurns,/That patient merit of th' unworthy takes… fardels bear,/To grunt and sweat under a weary life(第三幕,第一场,第70-77行)],宁肯"忍受目前的折磨"也不愿意"向我们所不知道的痛苦飞去"[And makes us rather bear those ills we have/Than fly to others that we know

---

1 从这些话以及他关于死后还会做梦的思考看,"To be, or not to be"还暗示着哈姆雷特对"灵魂世界是否存在"的疑问(厄尔·迈纳,《比较诗学》,北京:中央编译出版社,1998年,第82页)。

not of(第三幕,第一场,第81-82行)]。[1] 哈姆雷特明白,这样的"默然忍受"常常被视为是"懦夫"的表现,尽管他的"哪一种是更勇敢的?"有模糊他的认识之嫌,他为自己的懦弱找了借口:"理智常常使我们全变成了懦夫,决心的赤热的光彩,被审慎的思维盖上了一层灰色,伟大的事业在这一种考虑之下,也会逆流而退,失去了行动的意义"[Thus conscience does make cowards of us all,/And thus the native hue of resolution/Is sicklied o'er with the pale cast of thought,/And enterprises of great pitch and moment/With this regard their currents turn awry/And lose the name of action(第三幕,第一场,第83-88行)]。这样,哈姆雷特就把"To be, or not to be"演绎为"行动,还是不行动"。我们从哈姆雷特的独白得知,他把"that is the question"演绎成了"不是问题",因为他思考的结论是"行动是没有意义的",所以就"不行动"。[2] 可以看出,"To be, or not to be"在哈姆雷特的心理结构中,不仅是诸多疑问的一个疑问,还是诸多他不愿进行的选择中的一个他必须进行的选择。两种选择之间的严峻差别昭然若揭,从而悲剧性也昭然若揭。就像光明之神与黑暗力量之间的选择一样,它永远是一个悲剧性的选择,因为两者皆欲把对方消灭。因此,《哈姆雷特》也是人生面临两难境地不得不进行选择的悲剧。

哈姆雷特在这段独白中,试图把他自己面对的问题演绎成一个普遍的问题,把他自己(至少在潜意识中)选择的"默然忍受命运的暴虐的毒箭"推广为"人们甘心久困于患难之中……在烦劳的生命的压迫下呻吟流汗"。H. D. F. 基多认为,在莎士比亚的悲剧里,悲剧人物就是人类

---

1 L. G. Knights 认为"不死之理念"(the idea of immortality)处于哈姆雷特的意识的前端,所以哈姆雷特的独白表现出强烈的斯多葛主义特征,即忍耐性,以及基督教对待受难的态度[*"Hamlet" and Other Shakespearean Essays*(Cambridge:Cambridge University Press, 1979), p. 6]。Knights 把独白的第二句解读为"我们是与 Boethius 一样相信必须忍受命运的打击,还是认为主动地与罪恶斗争更好——就我而言,这很可能导致我的死亡"(第68页)。

2 哈姆雷特不是永远不行动,例如,他在杀死普隆涅斯的时候毫不犹豫地行动,在伪造国书让英国国王处死罗森克兰兹和吉登史腾的时候同样果断地行动,但是在对他的生命有危险的事件上,他就不行动,或者延宕他的行动。他最后对克劳狄斯采取行动,也是在他很清楚自己已经中了剧毒、生命不可能延续的时候,才刺出复仇的一剑。参阅前文《哈姆雷特的延宕与阿里奇亚丛林中的仪式》。

自身,悲剧人物所遭受的苦难,也是人类的苦难。[1] 从广义上讲,任何悲剧都与人类的苦难和生死相关,都是在演绎人类的生死问题。个人的生,个人的死,在一定意义上是特殊的,但是他一旦作为人物出现在悲剧里,则被剧作家赋予了深刻的普遍意义。这里,无论哈姆雷特如何演绎自己的问题,他自始至终都固执地抱着"我"不放,他思考的是"我",而不是"我"之外的什么。[1] 他把自己的问题普遍化,只不过是为自己延宕行动找理由而已。

以上的探讨,我们有一个立足点,就是把哈姆雷特的这段话看作与他在第一幕第二场的独白(O that this too too sullied flesh would melt,)和第二幕第二场的独白(O what a rogue and peasant slave am I!)完全一样的独白,它完全是向观众揭示的内心活动。然而,还存在着另外一种解读的可能性。我们知道,在这一场的开始,也就是哈姆雷特上场独白之前,克劳狄斯和普隆涅斯已经派人把哈姆雷特引到此处,并且已经安排好奥菲莉娅在这里佯装读书。克劳狄斯和普隆涅斯却藏在背后能够看得见甚至听得见哈姆雷特的地方,以便从哈姆雷特与奥菲莉娅见面时的行为和话语中确定是否的确如普隆涅斯所说,哈姆雷特的疯癫是因为奥菲莉娅拒绝继续爱他的缘故:

> 亲爱的葛特露德,你也暂时离开我们;因为我们已经暗中差人去唤哈姆雷特到这儿来,让他和奥菲莉娅见见面,就像他们偶然相遇一般。她的父亲和我两人将要权充一下密探,躲在可以看见他们、却不能被他们看见的地方,注意他们的会面情形,从他的行为上判断他的疯病究竟是不是因为恋爱上的苦闷。

---

1 H. D. F. Kitto, *Form and Meaning in Drama* (London: Methuen, 1956), p. 231. 当然了,把悲剧主人公的问题推移为人类的一般问题,并不是 Kitto 的首创。柯勒律治对《哈姆雷特》的批评,在以后的批评界引起强烈的反响,后来的读者多关注哈姆雷特对人类生存的疑问。

1 借用 Turgenev 的观点。屠格涅夫在《哈姆雷特与堂吉诃德》(Hamlet and Don Quixote) 一文中说,哈姆雷特是一个利己主义者,而且他只为自己活着。转引自 L. G. Knights, *"Hamlet" and Other Shakespearean Essays* (Cambridge: Cambridge University Press, 1979), p. 46。

Sweet Gertrude, leave us too,
For we have closely sent for Hamlet hither,
That he, as 'twere by accident, may here
Affront Opgelia.
Her father and myself, lawful espials,
We'll so bestow ourselves that, seeing unseen,
We may of their encounter frankly judge,
And gather by him, as he is behav'd,
If't be th' affliction of his love or no
That thus he suffers for.

（第三幕,第一场,第 28-37 行）

这个地点是克劳狄斯和他的大臣们来来往往的地方,就哈姆雷特的警惕性和敏感性而言,他很可能已经意识到他会被偷看偷听,因为我们可以十分确信地说,他已经看到了奥菲莉娅在旁边默默地读书,而且他很清楚奥菲莉娅会被克劳狄斯用作诱饵,来探测他疯癫的虚实以及他的用意何在。这样,哈姆雷特的这段独白,至少有一个剧中人物——奥菲莉娅——和观众一样在倾听。当然了,在这种情况下,我们可以把这段独白理解为一个疯子的自言自语,正如戏中的人物有时对哈姆雷特的理解一样。那么,哈姆雷特的这段话就应该是他故意的表演,[1] 因为他的疯是装出来的。在这种情况下,他的话在一定程度上就应该是交际的(一定程度上,是因为即使在这种情况下有些话语也是表述性的),它所传递的信息从哈姆雷特的角度而言主要应该是"疯话"。而且,从这段话的结尾以及奥菲莉娅紧接着的问话看,也应该是哈姆雷特先看见了奥菲莉娅,再者,奥菲莉娅的问话也没有明确表示她没有听见哈姆雷特的自言自

---

1 Michael Mangan, *A Preface to Shakespeare's Tragedies* (Beijing: Peking University Press, 2005), p. 138. 然而,Beter Alexander 根据哈姆雷特在独白结尾的一句话"Nymph, in thy orisons be all my sins remembered"断定,哈姆雷特没有偷听到克劳狄斯和普隆涅斯为探测哈姆雷特而用奥菲莉娅作诱饵的密谋(Hamlet: *Father and Son* [Oxford: Clarendon Press, 1955], p. 21)。我们可以同意 Alexander 所说的"没有偷听到",但是这并不等于哈姆雷特没有戒备之心。

语。这样,哈姆雷特的这段话用词模棱两可、语义含糊不清也就顺理成章了。

罗兰·巴尔特在《批评与真实》(*Critique et vérité*, 1996)中说道:

> 作品不受任何情境的限制、指示、保护和指导,任何现实生活都不能告诉我们究竟应该向它提供哪些意义……不论作品怎样拖沓,它都具备类似德尔菲神谕的某种简洁性,它的词语都必须符合最初的准则……并且它也可能会有好几种意义,这是因为,我们所说的词语是不受任何情境限制的,除了模棱两可的情境本身……[1]

哈姆雷特这段独白的开始"To be, or not to be",恰恰说明了巴尔特这里所说的文学作品以及文学作品的词语具有"德尔菲神谕"似的"简洁性"和"模棱两可"性。当然了,文学文本的解读,尽管可以无限地延续下去,而且每一次解读都可以与以前的不同,但是它还是在一定程度上受到文学文本的和读者的社会文化语境的限制。"To be, or not to be"亦复如此。

当然了,我们可以从另一个方面对哈姆雷特"To be, or not to be"的意义的开放性提出疑问。我们可以问这样一个问题:莎士比亚在写作的时候为哈姆雷特选用了"To be, or not to be",是否他的目的是为它赋予这么丰富甚至模棱两可的意义?对这个问题的回答,我们同样可以借用罗兰·巴尔特的观点。巴尔特在《作家与作者》(1960)一文中认为,作家在写作的过程中,只专注于手段本身,或者语言本身,而不过多地考虑目的和意义:"他的行动内在于行动的对象,他的手段变成了自身实践作用其上的对象,即语言;作家只是用语言(即使是富有启发性的语言)来工

---

1 转引自约翰·斯特罗克,《结构主义以来:从列维·斯特劳斯到德里达》,渠东等译,沈阳:辽宁教育出版社,1998年,第52-53页。

作,并纯为实用地融入他的作品之中。"[1] 当然了,作家在写作过程中,必然要把他对世界——以及作品所承载的世界——的思考带入他的写作活动和作品之中,也不完全排除作家在遣词造句时赋予它们某种或某些意义,因为他是一个有着意识的主体:作家应该很清楚他想说些什么,而且他也会决定——他有权利、有自由来决定——采用何种方式及选用哪些词语去说。那么,一方面,作家可以确定能指与所指之间的相对固定的关系;另一方面,他也可以刻意地模棱两可,刻意地使他的作品具有开放性。莎士比亚无论在喜剧还是悲剧中,往往把问题表现得含混且不确定,常常把对立的意义放置在一起,引起对立解读的可能。他所提出的问题,往往要接受观众个人的评判,但是任何评判都不是不可争议的,任何确定的观点,都会失之偏颇。

总之,"To be, or not to be"是富有隐喻性的独白话语,它颠覆了相似性的原则(the principle of resemblance),打破了能指与所指之间的固定关系。按照福柯的观点,文艺复兴时期思想的主流是在相似性原则的支配下来寻找确定性的意义,在语言符号与客观存在之间确立相似的联系。像其他对象一样,词语的诠释不是围绕着它的表象功能进行的,而是围绕着关于世界的(主观的和客观的)表现进行的。[2] 然而在"To be, or not to be"中,词语是自主的,疏离了它与世界的物质连接,也疏离了它与某种特定释义的确定连接,从而也从世界的束缚中解脱出来。另外,"To be, or not to be"还展示了它作为指示符号,其燃烧的火炬是忽明忽暗的,它与被指示的事物之间蕴蓄着张力,甚至暴力,这是因为词语行动的原动力来自意识与无意识之间循环流动的能量;它指称关系的模糊性,正是由于其隐喻投射过程中不可预料、不可确定的置换;它的意义在一

---

1 转引自约翰·斯特罗克,《结构主义以来:从列维·斯特劳斯到德里达》,渠东等译,沈阳:辽宁教育出版社,1998 年,第 63 页。罗兰·巴尔特在该文中区别地运用了"作家"和"作者",认为作家注重功能,作者注重活动,但是在以后的论述中放弃了两词的区分。笔者这里引用巴尔特的观点,不对两者做本质上的区分,因为在文学写作过程中活动和功能是分不开的,活动中包含着功能,而功能又是由活动体现的。当然,这里所谓的功能,主要是艺术功能和审美功能,尽管并不排除其他功能,如社会功能。

2 Michel Foucault, *The Order of Things: An Archaeology of the Human Sciences* (London: Tavistock, 1970), p. 27.

定程度上可以说只是心理活动的标记,以其投射到背景上的映像传达某种含义。它丰富的隐喻性,以及它与所指之间不即不离的游戏性,玩弄着能指与所指的符指定势,也玩弄着读者因习惯而养成的解读倾向,从而颠覆任何确定的、毫无争议的解读。"To be, or not to be"是莎士比亚投向星光灿烂的夜空中的一颗流星,它闪亮,它滑动,它汇入莎士比亚的银河系。

哈姆雷特的命运意识

亚里士多德把过去的固定性与未来的开放性区别开来,他认为,没有人能改变已经发生的一场海战,但是有人能够避免一场未来的海战或改变一场未来的海战的结果。哈姆雷特的父亲已经被谋杀,母亲已经改嫁,这些都是无可挽回的,即使他让母亲了解了真相从而与克劳狄斯离婚。但她曾经嫁给了这个人,而且这桩婚姻过程已经对哈姆雷特的心理造成了伤害,是无可挽回的。然而未来,"无论我们怎样辛苦图谋,我们的结果却早已有一种冥冥中的力量把它布置好了"[There's divinity that shapes our ends,/Rough-hew them how we will——(第五幕,第二场,第 10-11 行)],而且"一只雀子的死生,都是命运预先注定的"[There is special providence in the fall of a sparrow(第五幕,第二场,第 215-216 行)]。这两句话可以解释为他为父复仇的时间地点是注定的,也可以解释为他不能为父复仇同样是命定的,不能为父复仇,不是他的过错,从而推卸了责任。宿命的观念,同样涉及自由意志的问题:被动选择还是主动选择。主动选择,进而涉及行为的法律和宗教戒律以及道德意图;被动选择,关注的是行为本身和行为的后果。康德认为,要成为道德上负责任的人,自由意志就是必需的。哈姆雷特对于为父复仇这个问题,一直处于犹豫摇摆的状态中,他再三找借口延宕复仇。康德说道:"假如人们能够彻底摆脱一切利害关系的考虑,对理性的主张不考虑后果,而是根据其依据的内在说服力来考察的话,并且假设人们摆脱困惑的唯一办法是坚持相反的主张中的一个或另一个,那么,人们就将一直处于犹豫动摇的状态中。"[1]故而,把问题的解决推给上天的决定,无疑暂时地缓释了心理的压力。然而,对于哈姆雷特而言,即使他以宿命的观念为借口试图摆脱道德上的责任,被动的选择同样是他自由意志的结果:他选择了生死在天。或许,哈姆雷特对霍拉旭所说的这两句话,反映出哈姆雷特已经认识到了自我,认识到了自我的搏斗抗争不了天命的力量,或者说已经对自我有所认识。这是通过内省体验到的自我,是哈姆雷特的现象自我,而位于现象自我下面的才是哈姆雷特的本体自我。然而,现实又何尝不是体现于现象中的呢?

在索福克勒斯笔下,俄狄浦斯决意与命运斗争,要用一己的力量推翻天命的布置,最终却不得不在天命的左右下剜眼流浪。然而,悲剧的结果,不但不能掩盖俄狄浦斯作为一个英雄人物——作为一个普通人——人格的光辉,反而凸显了他绝不屈服、勇敢面对厄运的高尚精神:勇于承担苦难和罪责,本身就是一种高尚的责任感。任何悲剧,都是建立在两种考虑之上的:一是悲剧主人公,二是陌生的、异己的、无形的、控制不了的外在力量。无论是古希腊悲剧还是莎士比亚悲剧,皆然。在《俄狄浦斯王》中,外在的力量相对显;而在《哈姆雷特》中,则较为晦隐。在《哈姆雷特》的伊始,整个世界浑浑噩噩,人们只能在黑暗中活动,对它无从认识,故而也无所适从,不愿意接受它,然而又不能抛弃它。这一外在的力量不是命运,然而却似乎与古希腊悲剧中的命运同样恐怖和神秘。露台上当值的哨兵弗兰西斯科禁不住说道:

我的心里很是难受。

I am sick at heart.

（第一幕,第一场,第9行）

---

1 Immanuel Kant, *The Critique of Pure Reason*, in Mortimer J. Adler (ed), *Great Books of the Western World*, Vol. 39, 2nd ed (Chicago: Encyclopaedia Britannica, Inc., 1990), p. 149. 参阅蓝公武译:《纯粹理性批判》,北京:商务印书馆,2003 年,第 362 页。

显然,它预示着悲剧主人公哈姆雷特在这一无形的、异己的外在力量的打击下将要遭受的苦难。这种苦难,与一般的悲剧主人公一样,与其说是肉体的,不如说是心灵的、精神的。一位悲剧主人公,必须对自己所处的环境十分敏感,必须了解自己所处的环境并对之做出反应;同时,也需十分清楚地认识在这种或那种环境中行动的那个人,即那个自己。威廉·麦克考林说道:"如果悲剧主人公从不思考他的命运的意义,如果他从不知道'什么在打击他',那么这部悲剧则是不完善的。"[1]不言而喻,作为一个威登堡大学的学生,哈姆雷特是一位善思之人,他不可能不对命运做深入的思考。他的独白,彰显了他的善思,甚至是过于思考;而哈姆雷特的善思和过思,暗示着他的受难的性质。命运竟然安排他的母亲在他父亲死后不到两个月的时间就再婚了,而且再嫁的人竟然是他的叔父:"想不到居然会有这种事情"[That it should come to this!(第一幕,第二场,第 137 行)],所以,"可是碎了吧,我的心"[But break, my heart(第一幕,第二场,第 159 行)]。这桩婚姻,他极不情愿接受,但又不得不接受,这就是命运;而且,福无重受日,祸有并来时。[2] 愁云密布、忧锁眉头的此时此刻,霍拉旭向他禀告了露台上午夜鬼魂出现的情况。他决定当夜与他们同至露台,去会一会那个鬼魂。他不去则已,一去惊魂:那鬼魂父亲告诉哈姆雷特,他的父王是被其亲兄弟谋杀致死的:"那毒害你父亲的蛇",不但头上戴着他的王冠,而且"那个乱伦的奸淫的畜生……凭着他阴险的手段,诱惑了我的外表上似乎非常贞淑的王后,满足他的无耻的兽欲"[The serpent that did sting thy father's life/Now wears his crown...that incestuous, that adulterate beast,/With witchcraft of his wit, with traitorous gifts—/O wicked wit, and gifts that have the power/So to seduce! — won to his shameful lust/The will of my most seeming-virtuous queen(第一幕,第五场,第 39-46 行)]。这杀父之仇! 这辱母之耻! 不共戴天! 且不说鬼魂父亲要他复仇,即使它没有提出这样的要求,哈姆雷特也必须要报仇雪耻,手挥白杨刀,清昼杀仇家。[3] 这是他义

---

1 William G. McCollon, *Tragedy* (New York: Macmillan, 1957), p. 71.

2 僭用关汉卿《包待制三勘蝴蝶梦》词句。

3 僭用李白《秦女休行》诗句。

不容辞的责任。

　　然而,善思和过思是哈姆雷特的心理特征,用柯勒律治的话说,是哈姆雷特思考得太多,因而不能付诸行动,他的思想过分的活跃,从而导致了他对行动的厌恶。[1] 而且,在哈姆雷特的心理结构的深层,世界是一个"荒芜不治的花园,长满了恶毒的莠草"[unweeded garden/That grows to seed; things rank and gross in nature/Possess it merely(第一幕,第二场,第135-137 行)]。一方面是过于思考而不能采取行动,另一方面是"荒芜不治"而没有采取行动的必要。然而,复仇雪耻的责任却使他不得安宁:鬼魂父亲的话语已经刻印在他的脑海中——"记着我"[Remember me(第一幕,第五场,第91 行)]。对于哈姆雷特来说,在这双重的打击下,要恢复正常的心理,应该是忘却父亲、宽恕母亲。但是,忘却是不可能的,既然不能忘却,那么宽恕也就失去了基础。哈姆雷特有动机、有能力、有理由为父复仇,[2] 然而所有的与复仇雪耻相关的行动,全都停留在思考上,或者用他自己的话说,不过是"用空话发发牢骚"[unpack my heart with words(第二幕,第二场,第581 行)]而已。尽管他责骂自己是一个"不中用的蠢材"[a rouge and peasant slave(第二幕,第二场,第544 行)]、一个"糊涂颟顸的家伙"[a dull and muddy-mettled rascal(第二幕,第二场,第562 行)]、一个"懦夫"[a coward(第二幕,第二场,第566 行)],但是他绝不是如他所说的那样,是一个糊涂的蠢材和懦弱之人,因为,"他被描绘为其时代最勇敢的一位",而且"所有人性中善良的、优秀的品德全都

---

1 Sameul Taylor Coleridge, "On Literature", in *Coleridge's Poetry and Prose*, ed. Nicholas Halmi et al. (New York & London: Norton, 2004), p. 336. 柯勒律治还说道,当然他自己并没有意识到这种心理机制。不过笔者倒是认为,固然是这种心理机制在一定程度上导致了哈姆雷特不能采取行动,但是这仅仅是针对杀死克劳狄斯为父复仇而言,至于杀死其他的人,例如,普隆涅斯、罗森克兰兹和吉登史腾,他采取行动非常果断,毫不犹豫。另外,哈姆雷特的宿命观,在一定意义上说明他对于不能采取果断行动杀死克劳狄斯为父复仇是有意识的,在这一意识之上,才走向宿命论,为自己的不行动找借口。

2 动机和理由,毋庸多言;能力,可见于第五场第二幕他与剑术赫林有名的勒替斯比剑轻松取胜。哈姆雷特对霍拉旭说道,他"有理由、有决心、有力量、有方法"去动手干他想要干的事[I have cause, and will, and strength, and means/To do't(第四幕,第四场,第45-46 行)]。

体现在哈姆雷特的身上"。[1] 问题的关键,是他不能做出杀死克劳狄斯为父复仇这样的事情。[2] 责任和义务与完成这一责任和义务之不可行性之间的矛盾,沉重地积压在哈姆雷特的心中,加上丹麦破碎的山河等待着他重整乾坤,真是"父仇未复留遗恨,破碎山河安足问"[3]。哈姆雷特感到郁闷。哈姆雷特患了抑郁症。[4]

哈姆雷特的宿命观,并不只是因为他意识里必须完成为父复仇的义务而潜意识里又不能杀死克劳狄斯从而听天由命产生的。在探讨哈姆雷特的宿命观的时候,有一个细节我们必须加以考虑,这就是第一幕第四场里哈姆雷特与霍拉旭在露台上等待鬼魂的出现时听见城堡里喇叭吹奏花腔和礼炮轰鸣,哈姆雷特向霍拉旭对这一喝酒狂欢的风俗进行解释的一段话:

可是我虽然从小就熟习这种风俗,我却以为把它破坏了倒比遵守它还体面些。这一种酗酒纵乐的风俗,使我们在东西各国受到许多非议;他们称我们为酒徒醉汉,将下流的污名加在我们头上,使我们各项伟大的成就都因此而大为减色。在个人方面也常常是这样,有些人因为身体上长了丑陋的黑痣——这本来是天生的缺陷,不是他们自己的过失——或者生就一种令人侧目的怪癖,虽然他们此外还有许多纯洁优美的品性,可是为了这一个缺点,往往受到世人的歧视。

But to my mind, though I am native here

And to the manner born, it is a custom

---

1 Sameul Taylor Coleridge, "On Literature", in *Coleridge's Poetry and Prose*, ed. Nicholas Halmi et al. (New York & London: Norton, 2004), pp. 332, 336. 哈姆雷特的勇敢表现在,鬼魂召唤他时,尽管霍拉旭和玛昔勒斯提醒他鬼魂会把他引向大海或深渊,他依然跟随鬼魂前去(第一幕,第四场);尽管他明知国王克劳狄斯派他去英国是一个阴谋,他仍然与罗森克兰兹和吉登史腾前往(第四幕,第三场);尽管奥斯力克说勒替斯的剑术在法国无人能敌,他也毫不迟疑地答应与勒替斯比剑(第五幕,第二场)等。

2 至于他不能杀死克劳狄斯为父复仇的这种原因,参见前文《哈姆雷特的延宕与阿里奇亚丛林中的仪式》和下文《〈哈姆雷特〉的批评轨迹》。

3 僭用黄叔琳《柏林寺观李晋王画像歌》"国仇未复留遗恨,破碎山河安足问"句。

4 哈姆雷特抑郁症的病因是多方面的。A. C. 布雷德利和西格蒙德·弗洛伊德对哈姆雷特抑郁症的经典分析,参见下文《〈哈姆雷特〉的批评轨迹》。

More honour'd in the breach than the observance.

This heavy-headed revel east and west

Makes us tradu'd and tax'd of other nations;

They clepe us drunkards, and with swinish phrase

Soil our addition; and, indeed, it takes

From our achievements, though perform'd at height,

The pith and marrow of our attribute.

So, oft it chances in particular men

That, for some vicious mole of nature in them,

As in their birth, wherein they are not guilty

Since nature cannot choose his origin,

By their o'ergrowth of some complexion,

Oft breaking down the pales and forts of reason,

Or by some habit that too much o'erleavens

The form of plausive manners—that these men,

Carrying, I say, the stamp of one defect,

Being Nature's livery of Fortune's star,

His virtues else, be they as pure as grace,

As infinite as man may undergo,

Shall in the general censure take corruption

From that particular fault. The dram of evil

Doth all the noble substance often dout

To his own scandal.

（第一幕,第四场,第 14-38 行）

哈姆雷特在这个语境中阐释了亚里士多德关于悲剧主人公天生具有的且自身无法克服的悲剧性弱点(harmartia, tragic flaw)。某些人所具有的"天生的缺陷"如果出现在悲剧主人公的身上,而它之所以是悲剧性的,原因是这一缺陷或弱点正是导致主人公走向悲剧结局的因素。哈姆雷特用"黑痣"比喻,仅仅在"天生的"这个意义上比较恰当,而在另一个隐含的意义上,即这一缺陷或弱点往往是他们没有意识到的,"黑痣"却失之偏颇。然而,关键的是,"黑痣"的比喻,暗示哈姆雷特意识中对天命的承认,无论你愿意与否,无论你做何种选择,无论你采取行动与否或采取何种行动,你都无法避免命运预先的安排。哈姆雷特从一个人延伸至一个国家:国家和个人一样,均没有认识到这一缺陷,更不知道这一缺陷会导致个人甚至国家的毁灭。哈姆雷特在说这些话的时候,"无意识间把我们的注意力集中在他自己的性格的悲剧性弱点"[1]。在俄狄浦斯,批评家认为是蔑视命运的傲慢导致他的悲剧结局;在哈姆雷特,往往说成他性格中的犹豫不决。批评家忽视了一个重要的现象,即哈姆雷特只有在杀死克劳狄斯为父复仇这个问题上犹豫不决,而在处理其他事务时很是果断且毫不手软。而且,哈姆雷特的悲剧性弱点,并不像李尔王的傲慢张狂、奥赛罗的生性多疑和轻信,以及麦克白的野心和权力欲膨胀那样彰显。布雷德利在谈到莎士比亚笔下悲剧主人公的 harmartia 时说道,他们身上致命的弱点,同样是他们的伟大所在。[2] 在俄狄浦斯,我们见到的不只是傲慢,还有一颗高贵的心灵:他勇敢地向命运挑战,并不是害怕命运之神把灾难降临到自己身上,也并不是逃避自己的责任,而是为了避免弑父娶母这一极大的罪孽。在索福克勒斯的《俄狄浦斯在克罗诺斯》(*Oedipus at Colonus*)中,俄狄浦斯不但不承认自己是一个罪人,反而认为自己是英雄:他的行为不是因为自己内在的罪恶;相反,他的行为以高尚的美德为动机。哈姆雷特在复仇的问题上犹豫不决,并不是本性迟疑不敢行动这一天生的缺陷,而是考量着行动的后果,尤其是如何铲除丹麦王国的腐败毒草,重建一个健康的社会。这一点正是悲剧主人公对人性中高尚情操正能量的启迪。

哈姆雷特宿命的观念,是在他目睹了掘墓人挖掘坟墓时挖出了人的骷髅及得知奥菲莉娅溺水身亡之后坦诚表白的。这个场景对他的触动,也是不容忽视的。

---

1 Beter Alexander, *Hamlet: Father and Son* (Oxford: Clarendon Press, 1955), p. 41.

2 A. C. Bradley, *Shakespearean Tragedy* (London: MacMillan, 1905, rep 1985), p. 14.

哈:这家伙难道对于他的工作没有一点什么感觉,在掘坟的时候还会唱歌吗?

霍:他做惯了这种事,所以不以为意。

哈:正是;不大劳动的手,它的感觉要比较灵敏一些。

掘墓人甲:(唱)谁料如今岁月潜移,

　　　　　　老景催人急于星火,

　　　　　　两腿挺直,一命归西,

　　　　　　世上原来不曾有我。(掷起一骷髅。)

哈:那个骷髅里面曾经有一个舌头,它还会唱歌哩,瞧这家伙把它摔在地上,好像他是第一个杀人凶手该隐的颔骨似的! 它也许是一个政客的头颅,现在却让这蠢货把它丢来踢去;也许他生前是个偷天换日的好手,你看是不是?

霍:也许是的,殿下。

哈:也许是一个朝臣,他会说,"早安,大人! 您好,大人!"也许他就是某大人,嘴里称赞某大人的马好,心里却想把它讨了来,你看是不是?

霍:是,殿下。

哈:啊,正是;现在却让蛆虫伴寝,他的下巴也脱掉了,一柄工役的锄头可以在他头上敲来敲去。从这种变化上,我们大可看透生命的无常。难道这些枯骨生前受了那么多的教养死后却只好给人家当木块一样抛着玩吗? 想起来真是怪不好受的。

甲:(唱)锄头一柄,铁铲一把,

　　　殓衾一方掩面遮身,

　　　挖松泥土深深掘下,

　　　掘了个坑招待客人。(掷起另一骷髅。)

哈:又是一个;谁知道那不会是一个律师的骷髅? 他的玩弄刀笔的手段,颠倒黑白的雄辩,现在都到哪儿去了? 为什么他让这个放肆的家伙用龌龊的铁铲敲他的脑壳,不去控告他一个殴打罪? 哼! 这家伙生前也许曾经买下许多地产,开口闭口用那些条文、具结、罚款、证据、赔偿一类的名词吓人;现在他的脑壳里塞满了泥土,这就算是他所取得的最后的赔偿了吗? 除了两张契约大小的一方地面以外,谁能替他证明他究竟有多少地产？这一抔黄土，就是他所有的一切了吗，嘿？

霍：这就是他所有的一切了，殿下。

······

哈：你想亚历山大在地下也是这副形状吗？

霍：也是这样。

哈：也有同样的臭味吗？呸！（掷下骷髅。）

霍：也有同样的臭味，殿下。

哈：谁知道我们将来会变成一些什么下贱的东西，霍拉旭！要是我们用想象推测下去，谁知道亚历山大高贵的尸体，不就是塞在酒桶口上的泥土？

霍：那未免太想入非非了。

哈：不，一点不，这是很可能的；我们可以这样想：亚历山大死了；亚历山大埋葬了；亚历山大化为尘土；人们把尘土做成烂泥；那么为什么亚历山大所变成的烂泥，不会被人家拿来塞在啤酒桶的口上呢？

恺撒死了，他尊贵的尸体

也许变了泥把破墙填砌；

啊！他从前是何等的英雄，

现在只好替人挡雨遮风！

Han. Has this fellow no feeling of his business, that'a sings in grave-making?

Hor. Custom hath made it in him a property of easiness.

Ham. 'Tis e'en so; the hand of little employment hath the daintier sense.

Grave-digger. (*Sings*)   *But age, with his stealing steps,*

                 Hath clawed me in his clutch,

                 And hath shipped me intil the land,

                 As if I had never been such.

                                  [*Throws up a skull.*

Ham. That skull had a tongue in it, and could sing once.

How the knave jowls it to the ground, as if 'twere

Cain's jawbone, that did the first murder! This
might be the pate of a politician, which this ass now
o'erreaches; one that would circumvent God, might
it not?

Hor. It might, my lord.

Ham. Or of a courtier, which could say 'Good morrow,
sweet lord! How dost thou, good lord?' This might
be my Lord Such-a-one, that praised my Lord
Such-a-one's horse, when 'a meant to beg it—might it
not?

Hor. Ay, my lord.

Ham. Why, e'en so; and now my Lady Worm's, chapless,
and knock'd about the mazard with a sexton's spade.
Here's fine revolution, an[d] we had the trick to see't.
Did these bones cost no more the breeding but to play
at loggats with them? Mine ache to think on't.

Grave. (*sings*)   *A pick-axe and a spade, a spade,*

                  For and a shrouding sheet,

                  O, a pit of clay for to be made

                  For such a guest is meet.

                               [*Throws up another skull.*

Ham. There's another. Why may not that be the skull of
a lawyer? Where be his quiddities now, his quillities,
his cases, his tenures, and his tricks? Why does he
suffer this mad knave now to knock him about the
sconce with a dirty shovel, and will not tell him of his
action of battery? Hum! This fellow might be in's
time a great buyer of land, with his statutes, his
recognizances, his fines, his double vouchers, his
recoveries. Is this the fine of his fines and the

recovery of his recoveries, to have his fine pate full of
fine dirt? Will his vouchers vouch him no more of
his purchases, and double ones too, than the length
and breadth of a pair of indentures? The very con-
veyances of his lands will scarcely lie in this box; and
must th' inheritor himself have no more, ha?

Hor. Not a jot more, my lord.

     ...

Ham. Dost thou think Alexander look'd a this fashion
    i' th' earth?

Hor. E'en so.

Ham. And smelt so? Pah!

                        [*Throws down the skull.*

Hor. E'en so, my lord.

Ham. To what base uses we may return, Horatio! Why
    may not imagination trace the noble dust of
    Alexander till'a find it stopping a bung-hole?

Hor. 'Twere to consider too curiously to consider so.

Ham. No, faith, not a jot; but to follow him thither with
    modesty enough, and likelihood to lead it, as thus: Alexander
    died, Alexander was buried, Alexander returneth
    into dust; the dust is earth; of earth we make loam; and
    why of that loam whereto he was converted might
    they not stop a beer-barrel?
    Imperious Caesar, dead and turn'd to clay,
    Might stop a hole to keep the wind away.
    O, that that earth which kept the world in awe
    Should patch a wall t' expel the winter's flaw!

（第五幕,第一场,第65-111; 191-219 行）

这个场景是在哈姆雷特挫败了克劳狄斯的阴谋,从英国返回丹麦后发生的一幕。在此之前,哈姆雷特让水手送给克劳狄斯一封信,告诉克劳狄斯他很快就要返回英国并且要"拜谒"克劳狄斯的"御容"[see your kingly eyes…thereunto recount the occasion of my sudden and more strange return(第四幕,第七场,第43-45行)]。这封信当然是要克劳狄斯明白,他的阴谋没有得逞,哈姆雷特要回来复仇了,而且哈姆雷特已经撕去了装疯卖傻的面具,要清清楚楚地与克劳狄斯来个了断。

哈姆雷特重新踏上丹麦国土时的心情是不难推断出来的:即便他在遇上海盗时[Now the next day/Was our sea-fight(第五幕,第二场,第53-54行)]能够凭着高超的剑术和骁勇睿智没有被海盗扔进大海喂了鲨鱼,那么在伪造国书时若不是碰巧身上带着他父亲的私印,[1]他无论如何也逃不过一登上英伦的海岸便"不等磨好利斧,立即枭下我的首级"[With ho! Such bugs and goblins in my life,/That on the supervise, no leisure bated,/No, not to stay the grinding of axe,/My head should be struck off(第五幕,第二场,第22-25行)]这一劫难。这九死一生的经历即使没有让他心有余悸(我们记得,柯勒律治说他是最勇敢的人之一),心情沉重也是自不待言,于是不免暗自庆幸命运女神对他的惠顾。此时遇见掘墓人在刨坑挖坟,从泥土里接二连三地挖出一个个骷髅,触景生情,怎能不感慨万千。

一是感慨死后的光景。拥有那颗头颅之人生前或许是朝中大臣,曾摇唇鼓舌玩弄朝廷于股掌之中;或许是法庭律师或刀笔小吏,凭着诡辩小能偷天换日为自己挣得大片田产。无论是谁,他们都曾经春风得意、叱咤风云,可是现在他们的头颅却让蛆虫伴寝,被一个身处社会最下层之人用脏兮兮的铁锹敲来敲去。历史上亚历山大大帝和恺撒是何等人物?可谓名垂青史,举世闻名,永垂不朽。可是他们高贵的尸体不是同样变成了泥土吗?不是同样被草民拿去堵塞破墙的窟窿或者和成软泥抹塞酒桶口的缝隙了吗?不管他们曾经创造了什么样的英雄业绩,最

---

1 哈姆雷特认为,他恰巧带着父亲的私印,使得他能够伪造国书,让英王杀死罗森克兰兹和吉登史腾,都是"上天预先注定"的["Why, even in that was heaven ordinant"(第五幕,第二场,第48行)]。

后,一抔黄土不就是他们的全部所有吗? 如此看来,那扭转乾坤的使命、那为父复仇的责任、那王权霸道的荣耀,即便是通过争斗全都完成,到头来又有什么意义?

二是感叹生命的无常。我们记得,哈姆雷特在王庭第一次见到发小罗森克兰兹和吉登史腾谈到他们的境况时,就是以命运女神作为隐喻的:"哈:……你们两人都好? 罗:不过像一般庸庸碌碌之辈,在这世上虚度光阴而已。基:无荣无辱便是我们的幸福;我们不是命运女神帽上的纽扣。哈:也不是她鞋子的底吗? 罗:也不是,殿下。哈:那么你们是在她的腰上,或是在她的怀抱之中吗? 基:说老实话,我们在她的私处。哈:在命运身上秘密的那部分吗? 啊,对了,她本来是一个娼妓"[*Ham.* …Good lads, how do you both? *Ros.* As the indifferent children of the earth. *Guild.* Happy in that we are not over-happy: on Fortune's cap we are not the very button. *Ham.* Nor the soles of her shoe? *Ros.* Neither, my lord. *Ham.* Then you live about her waist, or in the middle of her favours? *Guild.* Faith, her privates we. *Ham.* In the secret parts of Fortune? O, most true; she is a strumpet(第二幕,第二场,第225-236行)]。这段对白,在一定意义上反映了普遍的宿命观,而哈姆雷特的最后一句话则揭示出他对不可捉摸且多舛的命运的忧虑。在对付克劳狄斯的阴谋以及应对海盗的袭击上,可以说哈姆雷特处于命运女神的帽子上,然而他明白,命运女神不可能总是他的同盟军,所以他说"她本来是一个娼妓"。现在,哈姆雷特看见曾经的大臣或律师的头颅被掘墓人随意敲击,说道:"从这种变化上,我们大可看透生命的无常。"从这样的话中,我们怎能听到"生来就是要扭转乾坤"的英雄气概? 对于返回丹麦挑战国王克劳狄斯会是什么结果,哈姆雷特不可能毫无顾虑。然而,顾虑又有什么用呢? 一旦认识到命运无常以及最终结果都是一抔黄土,对于结果是什么也就无所谓了。

三是感喟掘墓人的人生态度。掘墓人在挖掘坟坑的时候,不但随意玩弄挖出来的骷髅头颅,而且还一边挖一边哼着小曲,一副悠闲自得的样子。哈姆雷特嘴上说他对挖坟坑没有一点感觉,竟然在掘土的时候还唱歌,其实这话却暴露了哈姆雷特内心深处的沉重感觉:掘墓人明知一个人——而且他十分清楚是一个年轻的姑娘——就要葬在这坑里,却还能悠然自得,相形之下,那鬼魂父亲的"记着我"一直积压在哈姆雷特的心头,且不说作为王子时刻念想着重整乾坤收拾破碎的山河了。掘墓人自得其乐的态度在哈姆雷特的心湖中肯定激起了阵阵涟漪,要不是这样,他也不会酸溜溜地说人家对于一个人死去没有一点感觉。而且,掘墓人的这种吃粮不管酸、今朝有酒今朝醉的听天由命的宿命观念渗透进了他的生活方式。

而且,紧接着这一场景的就是奥菲莉娅的葬礼。这里讨论的主题与哈姆雷特和奥菲莉娅的哥哥勒替斯在坟坑里的扭打无关,然而,不可否认的是,哈姆雷特在得知这是奥菲莉娅的葬礼后跳下坟坑时所说的话:"哪一个人的心里装载得下这样沉重的悲伤? 哪一个人哀恸的词句,可以使天上的流星惊疑止步? 那是我"[What is he whose grief/Bears such an emphasis, whose phrase of sorrow/Conjures the wand'ring stars and makes them stand/Like wonder-wounded hearers? This is I(第五幕,第一场,第248-251行)],真实地反映了哈姆雷特此时此刻的情感:深切的爱交织着深切的悲伤。剧中表现哈姆雷特对奥菲莉娅的爱情,这里不是唯一的地方。在前面奥菲莉娅的父亲普隆涅斯设计以奥菲莉娅为诱饵偷窥哈姆雷特的疯癫时,哈姆雷特第一眼看见奥菲莉娅时自言自语道:"美丽的奥菲莉娅! ——女神,在你的祈祷之中,不要忘记替我忏悔我的罪孽"[The fair Ophelia! Nymph, in thy orisons/Be all my sins rememb'red(第三幕,第一场,第89-90行)],没有人怀疑这是真挚感情的流露。[1] 威尔逊·奈特认为,哈姆雷特与勒替斯在奥菲莉娅的坟坑里打斗,象征着死亡与生命为了争夺爱而进行的搏斗。[2] 哈姆雷特与奥菲莉娅的爱情是真挚的,因为是真挚的才是悲剧性的。但是,莎士比亚在这里并不是为了制造一个产生悲剧效果的因素。对于哈姆雷特而言,爱情可以重新创造目的感,

---

1 Beter Alexander 认为,哈姆雷特的这句话与此前国王与普隆涅斯设计利用奥菲莉娅作诱饵形成鲜明对比,说明哈姆雷特没有偷听到国王和普隆涅斯探测哈姆雷特的安排[*Hamlet: Father and Son* (Oxford: Clarendon Pres, 1955), pp. 20-21]。Alexander 的观点也证明哈姆雷特所说的话是发自内心的。

2 G. Wilson Knight, *The Wheel of Fire* (London & New York: Routledge, 1989, rep. 2008), p. 44. 但是,笔者觉得,奈特认为这里哈姆雷特象征着死亡,恐怕失之偏颇。

激发英勇气概和行动,而且爱情也是富于自我创造性的。然而,哈姆雷特唯一的希望——爱——也被剥夺了。[1]

在这样一种情况下,难道我们还会期望哈姆雷特展现自我意志的力量,展现与天斗其乐无穷的气概? 他的结论只能是:"无论我们怎样辛苦图谋,我们的结果却早已有一种冥冥中的力量把它布置好了"[There's divinity that shapes our ends,/Rough-hew them how we will—(第四幕,第二场,第10-11行)]。

在西方的传统中,宿命的观念由来已久。如上文所述,在古希腊的悲剧作家笔下,命运往往是驱动戏剧行动的因素。但是,悲剧主人公的自由意志同样在戏剧行动中起着重要作用,而命运与自由意志就形成了类似于二元对立的关系。主人公总是尽一切力量按照自己的意志行动,以避免命运的安排,然而,无论他怎样努力,结果命运总是胜利者。在俄狄浦斯是这样,在阿伽门农、俄瑞斯忒斯亦是这样。古代人认为,一个人的命运在一出生就已决定。然而,古代人也不怀疑个人进行选择的意志和权利,不怀疑通过自己的努力改变命运的可能。塔西佗说道,尽管大多数人"不能摆脱一个人的未来在出生之时已经决定这一信念",但是至于到底是"命运和不可变更的必然或者机遇控制着人类事物的轮回"这一问题,"古代明智之人……为我们留下了选择我们自己的生活的空间"。[2]

尽管命运之观念暗含着一种超自然的意志,甚至主神宙斯也受命运的支配。在埃斯库勒斯的《被缚的普罗米修斯》中,这一观念彰明较著:

合唱队:那么到底谁是必然之结果的操手呢?

普罗米修斯:多变的命运三女神和不会忘记的复仇女神。

合唱队:宙斯也不如她们强大吗?

---

1 参见 G. Wilson Knight, *The Wheel of Fire* (London & New York: Routledge, 1989, rep. 2008), p. 22。奈特认为,哈姆雷特是一个失去了目的感之人,所以"不会有创造性行动的可能"。

2 Tacitus, *The Annals and the Histories*, in Mortimer J. Adler (ed), *Great Books of the Western World*, Vol. 14, 2nd ed (Chicago: Encyclopaedia Britannica, Inc., 1990), p. 91.

普罗米修斯:是的,因为他也逃脱不掉天命。

Chorus. Who then is the steersman of necessity?

Prometheus. The triple-formed Fates and the remembering Fruries.

Chorus. Is Zeus weaker than these?

Prometheus. Yes, for he, too, cannot escape what is fated. [1]

但是,古代人似乎并非严格意义上的宿命论者,他们相信,他们敬神的态度和行为在一定程度上还影响了神的态度。例如,在《伊利亚特》中,诸神选择支持希腊大军或选择保护特洛伊城池;在《奥德赛》中,诸神甚至还亲自参战相互厮杀。在莎士比亚的《哈姆雷特》中,哈姆雷特也表现出通过自己的努力改变情状之积极的一面。例如,他在奥菲莉娅和普隆涅斯面前表现得疯疯癫癫以隐藏自己的目的;他利用伦敦戏班巡回演出的机会,改编剧本来测试克劳狄斯,以证明鬼魂的话的真实性;他在母亲的卧室里劝诫母亲不要再上克劳狄斯的床等。哈姆雷特在某些场合所表现的宿命的观念,并不是说他的性格产生了急剧的变化,而是悲剧主人公在特定环境下必须呈现的一种悲剧精神。"英雄在他纯粹的消极的态度中达到了超越他生命的最高积极性。"[2]

---

1 Aeschylus, *Prometheus Bound*, trans. David Grene, in Mortimer J. Adler (ed), *Great Books of the Western World*, Vol. 4, 2nd ed (Chicago: Encyclopaedia Britannica, Inc., 1990), p. 46. 汉语为笔者试译。至于宗教中尤其基督教中关于命运的问题,主旨所限,此处不加论述。

2 尼采,《悲剧的诞生》,周国平译,上海:三联书店,1986 年,第 36 页。

哈姆雷特与披勒斯的复仇

《哈姆雷特》第二幕第二场里,哈姆雷特安排伶人背诵了一段长长的戏文,接着是他自己长长的独白。伶人的戏文引起了批评界的争论,主要的原因是它似乎独立于悲剧的其他部分。尽管它文辞瑰玮、劲健有力(这一点与其余的部分毫无二致),但是批评家对它的感受与其说是惊叹不如说是惊奇,与其说是惊奇不如说是不解(less admiration than curiosity, less curiosity than bewilderment)。一些批评家与普隆涅斯一样,坦诚地表示不喜欢伶人的这段戏文;有的批评家认为这一段戏文不是莎士比亚的原作,而是克里斯托弗·马娄(Christopher Marlowe)、乔治·查普曼(George Chapman)、托马斯·基德(Thomas Kyd)或其他某位剧作家加进去的;有的批评家则认为这是莎士比亚在戏仿其他作家;有的批评家认为它与其他部分脱节;有的批评家则认为它恰如其分地反映了哈姆雷特此时此刻的心理。[1]

我们在考虑伶人的这一段话语的时候,不应当孤立地看待它,而是应该在特定的语境中进行。表面上,这是伶人应哈姆雷特的要求来表现自己的专业技能,表现他的"品位"[a taste of your quality(第二幕,第二场,第426行)]。从功能上看,哈姆雷特后来说他要利用演出探测国王内心的秘密[I'll catch the conscience of the king(第二幕,第二场,第601行)],那么,他能否成功在很大程度上要看演员表演的技巧和水平:能否投入真情实感,以至于把虚构的故事表演成真实的,从而打动观众,使之行动失常,或者使他们的表情随着剧情的展开和人物的语言而发生变化。可以说,哈姆雷特对于他们的表演天赋一直是认可的,但又怕他们疏于练习而变得生疏,如果真是这样,他的心思就白费了。所以,先试一

---

1 这一段戏文以及其后的哈姆雷特的独白,在劳伦斯·奥利弗主演并导演的荣获第二十一届奥斯卡最佳影片、最佳男主角等四项大奖的《王子复仇记》中被删去。

下也顺理成章。当然了,正如许多批评家所言,伶人的这段富于激情的戏文,在一定程度上反映出哈姆雷特的心理状态。尤其是这段戏文出现了赫邱芭(Hecuba)的名字,她不仅是伶人的试演与哈姆雷特随后的独白之间的联系,而且还含蓄地影射着王后:王后没能像赫邱芭一样悲痛和贞烈。

在探索这段戏文的渊源时,我们一般追溯到维吉尔的《埃涅阿斯纪》(Aeneid)(506-558 行)。维吉尔的《埃涅阿斯纪》中的这一部分是萨利爵士(Earl of Surrey)试用无韵体(blank verse)译为英语的,马娄和托马斯·纳什(Thomas Nashe)在其早期悲剧《迦太基女王狄多》(Dido, Queen of Carthage)里也曾涉及它。但是,狄多似乎没有给予哈姆雷特以直接的影响。莎士比亚的喜剧《驯悍记》(The Taming of the Shrewd)的第三幕第一场中,卢森蒂奥(Lucentio)曾提及赫邱芭疯了,而这里所诠释的正是奥维德的《变形记》中所讲的故事(XIII ,488-575)。

在《哈姆雷特》中,莎士比亚把史诗转变为抒情诗,重点从事件的描述转为感情的宣泄;哈姆雷特也把注意力从特洛伊国王普赖姆(Priam)转移到王后赫邱芭身上:在塞内加的悲剧中,赫邱芭是母性悲痛和王后受难的原型,甚至她在特洛伊陷落后变成一只狗,也在塞内加的悲剧《阿伽门农》(Agamemnon)中得以叙述。

伊丽莎白时期的英国人一般认为,悲剧表现的是人物从高峰向深渊的堕落。那么,特洛伊王和王后的覆亡,肯定是最具悲剧性的题材之一。所以,英国最早的悲剧《戈布达克》(Gorboduc)中的女主人公被比作赫邱芭,那最最悲哀的人,生来就是为了成为一面镜子。托马斯·基德典型的复仇悲剧《西班牙悲剧》(The Spanish Tragedy)中的主人公告诉画家要"表现激情",告诉志愿者要摆好姿势,"像特洛伊的老王普赖姆一样"。然而,悲剧不仅仅是国王死去王后悲痛欲绝这一悲惨故事,它还记录王朝的衰败、城市的毁灭、文明的沦亡。欧洲文化在回顾自己历史的时候,不仅看到古希腊,而且还透过古希腊看到特洛伊神话所暗示的主题,并从神话中导出自身的渊源。尽管《哈姆雷特》植根于北欧的传说,但是它同样具有古典的成分:它使得我们想起恺撒、尼禄(Nero)、亚历山大(Alexander)、赫拉克勒斯(Hercules)、许珀里翁(Hyperion)、战神玛尔斯

（Mars）、尼俄伯（Niobe），以及这段戏文里被推至前景的披勒斯（Pyrrhus）、普赖姆和赫邱芭。古希腊的神话，尤其是特洛伊战争，被莎士比亚有效地用来塑造他笔下的人物，他用得得心应手，就像他随手运用英格兰的素材一样。我们知道，英国历史上有著名的玫瑰战争，即约克家族与兰卡斯特家族长达三十年的战争（1455—1485），这场战争有"英国的特洛伊战争"之称。在《亨利六世》（Henry VI）第三部中，失手杀死自己的儿子的父亲（第二幕，第五场，第120行），似乎重现了特洛伊王普赖姆；而《科里奥拉努斯》（Coriolanus）里的罗马母亲（第一幕，第三场，第43-46行）及《辛柏林》（Cymbeline）里不停地在诅咒的妻子（第四幕，第二场，第311-312行），却可以说是以赫邱芭的形象再现于舞台的。无怪乎哈姆雷特把披勒斯当作自己的一面镜子，拿母亲与赫邱芭对照。

这段戏文是由哈姆雷特挑选并首先开始背诵的，哈姆雷特背诵了14行（第445-458行），接着由伶人（First Player）背诵。哈姆雷特以希腊英雄阿喀琉斯（Achilles）的儿子披勒斯在特洛伊的大街上一边杀戮一边寻找杀父仇人特洛伊国王普赖姆这一情节开始。哈姆雷特所背诵的台词有几个明显的特点：一是词语多为单音节或双音节词（这一特点一直延续至伶人戏文的结束）。二是黑色和红色意向格外突出并构成强烈对比。例如，他在描写披勒斯的时候，说他"黝黑的手臂和他的决心一样，像黑夜一般阴森而恐怖"［sable arms,/Black as his purpose, did the night resemble（第二幕，第二场，第445-446行）］，而且他"在黑暗狰狞的肌肤之上，现在更染上令人惊怖的纹章"［Hath now this dread and black complexion smear'd/With heraldry more dismal（第二幕，第二场，第449-450行）］，与之形成鲜明对比的是他"从头到脚，全身一片殷红，溅满了父母子女们无辜的血；那些燃烧着熊熊烈火的街道，发出残忍而惨恶的凶光……焙干了到处横流的血泊；冒着火焰的熏炙，像恶魔一般，全身胶黏着凝结的血块，圆睁着两颗血红的眼睛"［Head to foot/Now is he total gules, horridly trick'd/With blood of fathers, mothers, daughters, sons,/Bak'd and impasted with the parching streets…Roasted in wrath and fire,/An o'ersized with coagulate gore,/With eyes like carbuncles（第二幕，第二场，第450-457行）］，寻找着年迈的国王普赖姆。三是个别的新创词和生僻词,例如"impasted""o'ersized""coagulate"和"carbuncles",产生一种异乎寻常的感觉和基调,而这一感觉和基调正好与满怀仇恨的披勒斯的行为和心理相辅相成;同时,与黑色和红色的对照相得益彰:内心的仇恨表现为外部的火焰导致的毁灭性的行为和结果。

就在披勒斯遇见普赖姆的时刻,哈姆雷特让伶人把台词接了过去。在接着的 10 行里,伶人继续用现在时讲述他们相遇时的情景:普赖姆仍在挥舞着他从年轻时就一直使用的长剑,但是他显然老了,似乎长剑已经不听他的使唤了;[1] 而年富力强的披勒斯上下挥舞着复仇的利剑,把普赖姆击倒在地。这里描写剑到之处所夹带的风声时,用的是一对象声词"whiff and wind"(第二幕,第二场,第 567 行)。它们不但与现在时态一起增强了叙事的生动性,而且还与描写普赖姆的长剑"lies where it falls"(第二幕,第二场,第 464 行)形成对比。恰在这时,旁边冒着火焰的房子的屋顶突然坍塌,声响像一声巨雷。正如罗森克兰兹对克劳狄斯所言:"君王的薨逝不仅是个人的死亡,它像一个旋涡一样,凡是在它近旁的东西,都要被它卷去同归于尽"[The cease of majesty/Dies not alone, but like a gulf doth draw/What's near it with it(第三幕,第三场,第 15-17 行)]。当然,普赖姆被击倒时旁边的屋顶塌下,这只是偶然的,但这偶然的事件却让披勒斯惊呆了:他举起的利剑好像被钉在空中没有落下,甚至有一阵子他的意志和意识也不服从他了,他"兀立不动"[Pyrrhus stood,/And like a neutral to his will and matter,/Did nothing(第二幕,第二场,第 474-476 行)],他的利剑也"在空中停住"[his sword…seem'd i' th' air to stick(第二幕,第二场,第 471-473 行)]。而且描述至此诗行戛然而止,后边空出了多半行。停顿在延续着,听众的呼吸似乎也屏住了。披勒斯与哈姆雷特之间暂时画了个等号:不能采取行动。我们知道,哈姆雷特在听到父亲的鬼魂向他讲述谋杀的经过,并要求他复仇至现在已经

---

1 参见维吉尔的《埃涅阿斯纪》:"then in vain the old man throws his armor, long unused, across his shoulders, tottering with age; and he girds on his useless sword"[*The Aeneid*, Book II(New York: Random House, 1983), pp. 509-511]。

过去了差不多四个月了。[1] 一方面,他要尽孝道为父复仇;另一方面,他又不能采取行动,内心的压力和纠结可想而知。哈姆雷特选择这一段戏文让伶人背诵,一方面,借披勒斯的行动激励自己"快要蹉跎下去的决心"[almost blunted purpose(第三幕,第四场,第 112 行)];另一方面,借他人之口诉说自己的思想,以便宽释心中的压力。其实,披勒斯复仇的举动,正是哈姆雷特心理的外化:无论怎样想挥剑击倒普赖姆,披勒斯还是"兀立不动"。一方面,哈姆雷特的复仇心理投射在披勒斯击倒普赖姆的行动上,想象着自己挥剑砍倒克劳狄斯;另一方面,潜意识里不能杀死克劳狄斯的心理机制又投射在披勒斯在欲杀死普赖姆的刹那间,使他"兀立不动",无论哈姆雷特潜意识里不能杀死克劳狄斯的原因是恋母情结,是自身对行动的厌恶,还是求生本能的驱使。

此时的披勒斯就"像一个画像上的暴君"[as a painted tyrant(第二幕,第二场,第 474 行)]一般兀立不动,[2] 意象从听觉转变为视觉,这样,停顿也在听众的心里拉长了。在接着的诗行里,叙事者加进了一个比喻:他把这时的停顿比喻为惊雷之前的宁静,[3] 转变为听觉、触觉和视觉的综合,听众似乎感觉到凝重的空气中酝酿着惊雷以及它所夹带的暴风雨。短暂的瘫痪之后,狂暴的披勒斯把举起的鲜血淋淋的利剑劈向了普赖姆,而劈向普赖姆的这一剑之凶狠无情,同样是用比喻描述的:古代神话中著名的独眼巨人赛克洛普为战神铸造盔甲时挥落在铁砧上面的铁锤还没有披勒斯劈落的剑的力量大[never did the Cyclop's hammers fall/On Mars's armour, forg'd for proof eterne,/With less remorse than Pyrrhus' bleeding sword/Now falls on Priam(第二幕,第二场,第 483-486 行)]。哈

---

1 在接着的戏中戏之前,哈姆雷特说自己的父亲刚刚去世两个小时,而奥菲莉娅说哈姆雷特的父亲已经过世"两个两个月"[*Ham.* ...my father died within's two hours. *Oph.* Nay,'tis twice two months, my lord(第三幕,第二场,第 125-126 行)]。

2 朱译:"像一个涂抹朱彩的暴君。"

3 "在一场暴风雨未来以前,天上往往有片刻的宁静,一块块乌云静悬在空中,狂风悄悄地收起它的声息,死样的沉默笼罩整个大地;可是就在这片刻之内,可怕的雷鸣震裂了天空"[But as we often see against some storm/A silence in the heavens, the rack stand still,/The bold winds speechless, and the orb below/As hush as death, anon the dreadful thunder/Doth rend the region(第二幕,第二场,第 477-481 行)]。

姆雷特复仇的决心被形象地表现出来。命运之神被搬了出来[Out, out, thou strumpet Fortune！（第二幕,第二场,第 487 行）],用以解释普赖姆及他所代表的特洛伊城的覆亡。它使我们想起罗森克兰兹与吉登史腾第一次与哈姆雷特见面时谈论命运女神时的情景,[1] 并且为下一幕开始哈姆雷特在其著名的"To be, or not to be"的独白中对命运暴虐的毒箭之思考埋下伏笔。值得注意的是,伶人在这里祈求天上的诸神"剥夺她的权力……拆毁她的车轮"[All you gods…take away her power,/Break all the spoke and fellies from her wheel(第二幕,第二场,第 487-489 行)],似乎表达了对普赖姆的同情。我们说哈姆雷特选择了这一段戏文让伶人表演,是他借以抒发自己的心情,那么伶人所表达的同情,同样暗示着哈姆雷特对于披勒斯杀死普赖姆的心理反应。

如果说哈姆雷特的心里所关注的只是复仇问题,那么,伶人背诵至此应该结束了:哪怕杀死普赖姆仅仅是哈姆雷特杀死克劳狄斯为父复仇的意淫,也使得哈姆雷特在心理上获得一时痛快。而且,伶人的表演,已经表明他对表演技艺并没有生疏,达到哈姆雷特想要的效果是没有问题的。[2] 然而,哈姆雷特却要伶人"念下去,下面要讲到赫邱芭了"[Say on; come to Hecuba(第二幕,第二场,第 497)]。[3] 在维吉尔的《埃涅阿斯纪》和奥维德的《变形记》中均有对赫邱芭的描述,而且在这两部作品中赫邱芭给人的印象是因为丈夫和儿子们被杀死而痛不欲生的妇女形象。伶人在这里对赫邱芭的讲述,并没有像奥维德在《变形记》中那样描述赫邱

---

1 参阅前文《哈姆雷特的命运意识》。

2 尽管在戏中戏开始的排练过程中,哈姆雷特对于伶人的表演给予了指导(第三幕,第二场,第 1-45 行),哈姆雷特在伶人和普隆涅斯下场后的独白中,认可了伶人的表演:"这一个伶人不过在一本虚构的故事,一场激昂的幻梦之中,却能够使他的灵魂融化在他的意象里,在它的影响之下,他的整个的脸色变成惨白,他的眼中洋溢着热泪,他的神情流露着仓皇,他的声音是这么呜咽凄凉,他的全部动作都表现得和他的意象一致"[Is it not monstrous that this player here,/But in a fashion, in a dream of passion,/Could force his soul so to his own conceit/That from her working all his visage wann'd,/Tears in his eyes, distraction in his aspect,/A broken voice, and his whole function suiting/With forms to his conceit？（第二幕,第二场,第 543-549 行）]。

3 朱生豪先生的译文,似乎与原文所表现的哈姆雷特的语气有些出入。原文的意思应该是"背诵赫邱芭那一部分"。命令的语气更清楚地表明哈姆雷特对于母亲在父亲死后很快再婚的不满态度。

琶和其他特洛伊妇女被希腊人掠走时的情景以及以后发生的事情,而是用简约精练的语言浓墨描绘赫邱琶看到披勒斯残忍地肢解她丈夫时"忍不住大放哀声,那凄凉的号叫"使"光明的日月也会陪她流泪,诸神的心中都要充满悲愤"[The instant burst of clamour that she made,/Unless things mortal move them not at all,/Would have made milch the burning eyes of heaven/And passion in the gods(第二幕,第二场,第509-512)]。

我们不难看出,在哈姆雷特的心里,他还是被其母在他父亲刚死了两个月就再婚了这件事纠缠着。他拿赫邱琶与他母亲相比:同样为一国的王后,同样地死了丈夫,赫邱琶忠贞不贰、悲痛不已,她宁愿一死也不愿被希腊人掳走沦为女奴而苟活,最终在神的相助下变成一只狗。在伶人所背诵的这一段中,没有赫邱琶变狗的描述,但是结尾的诗句"诸神的心中都要充满悲愤"明显暗示了诸神对她的同情之心,以至于把她变成一只狗,免得她被色雷斯人击打致死。[1] 而哈姆雷特的母亲却是很快地再婚,真是"罪恶的匆促,这样迫不及待地钻进了乱伦的衾被"[O wicked speed! To post/With such dexterity to incestuous sheets!(第一幕,第二场,第156-157行)],而且她所嫁的人正是害死她丈夫的凶手。这对哈姆雷特来说,是无论如何都不愿意接受的,也是无论如何都不能接受的。

然而,我们这里的问题是,哈姆雷特以披勒斯为自己的镜子,投射自己复仇的决心,还以披勒斯果敢的行动反衬自己的蹉跎延宕,从而激励自己采取行动为父复仇。可是,为什么从复仇突然转到赫邱琶的悲痛呢? 他仅仅是为了拿赫邱琶与自己的母亲进行对比吗? 这里揭示了哈姆雷特心理上的哪些潜意识活动?

我们在哈姆雷特和伶人的这一段戏文中看出,哈姆雷特一方面把自己与披勒斯对比;另一方面,也把自己看作披勒斯,想象自己杀死克劳狄斯为父复仇,从而缓解自己的心理压力。在这种情况下,哈姆雷特自然而然地把普赖姆看作克劳狄斯。披勒斯杀死了普赖姆,但仍然不解心头

---

1 在奥维德的《变形记》中,并没有说赫邱琶变成一只狗是诸神同情所致,但是她悲惨的命运的确获得了特洛伊人、希腊人以及诸神的同情,甚至天后朱诺还说赫邱琶的悲惨结局是不公正的。

之恨,所以用血淋淋的利剑割下普赖姆的四肢,这一举动也反映了哈姆雷特对克劳狄斯恨之入骨,恨不得解其肢、剥其皮、啖其肉,方解心头之恨,那弑父窃位、污母辱己之恨。然而,如果杀死克劳狄斯并将其肢解剥皮,他自己是解了恨、了了仇,但是他的母亲会怎么样呢?要知道,现在他的母亲已经不再是他父亲的王后了,而是克劳狄斯的王后。如果说赫邱芭就是他母亲的镜子形象的话,那么伶人所背诵的诗行所描述的赫邱芭的悲痛景象,便是他母亲看到克劳狄斯被哈姆雷特杀死后的景象,毕竟他的母亲不知道是克劳狄斯谋杀了其前夫,[1] 她不会认为哈姆雷特杀死克劳狄斯是为父复仇的正当行为,反而会认为这是哈姆雷特在神志不清的时候的亲人相残,这种痛苦要比知道自己的丈夫被仇人杀死更加强烈,更加难以忍受:她无法接受目睹自己的儿子杀死自己的丈夫,恐怕她宁肯自己死去也不愿意看到这种悲惨的事情发生。

葛特露德毕竟是哈姆雷特的母亲,尽管他宁愿她不是他的母亲,[2] 他们的母子之情还是使得哈姆雷特顾忌他的行为会给母亲造成伤害。[3]

哈姆雷特患了忧郁症,而且还很严重。这不仅是布雷德利和弗洛伊德的观点,而且也是批评界所公认的,尽管对哈姆雷特忧郁症的根源批评界有不同的认识。忧郁症的表征之一,是心里总是纠缠着某些想法而不能自拔。这里,哈姆雷特拿赫邱芭与他母亲相比,进一步证实了哈姆雷特患有忧郁症:他不由自主会联想他母亲的再婚,这个他不愿接受的事实。从哈姆雷特第一段独白中,我们已经看到他对母亲再婚的反应。哈姆雷特认为这是"罪恶的"和"乱伦的"行为,这种事情不应该发生在一个王室家庭里,这使他作为一个儿子、作为丹麦王室的继承人无颜面对世人。我们且看哈姆雷特在遇见好友霍拉旭的时候谈到他母亲的再

---

1 第三幕第四场的 closet scene 里葛特露德的表现,显然暗示她对谋杀毫不知情。

2 哈姆雷特在 closet scene 对葛特露德说道:"你又是我的母亲——但愿你不是"[would it were not so, you are my mother(第三幕,第四场,第 15 行)]。

3 同样,克劳狄斯在对待哈姆雷特的问题上,也是顾忌妻子的感受。克劳狄斯在哈姆雷特杀死普隆涅斯后没有对哈姆雷特采取严厉的行动,这是因为"王后,他的母亲,差不多一天不看见他就不能生活"[The Queen his mother/Lives almost by his looks(第四幕,第七场,第 11-12 行)]。

婚时所说的话:

　　霍:殿下,我是来参加您的父亲的葬礼的。
　　哈:请你不要取笑我,我的同学,我想你是来参加我的母亲的婚礼的。
　　霍:真的,殿下,这两件事情相去得太近了。
　　哈:这是一举两便的办法,霍拉旭! 葬礼中剩下的残羹冷菜,正好宴请婚宴上的宾客。霍拉旭,我宁愿在天上遇见我最痛恨的仇人,也不愿看到那样的一天!

> *Hor.* My lord, I came to see your father's funeral.
> *Ham.* I prithee do not mock me, fellow-student.
> 　　I think it was to see my mother's wedding.
> *Hor.* Indeed, my lord, it follow'd hard upon.
> *Ham.* Thrift, thrift, Horatio. The funeral bak'd meats
> 　　Did coldly furnish forth the marriage table.
> 　　Would I had met my dearest foe in heaven
> 　　Or ever I had seen that day, Horatio.

(第一幕,第二场,第176-183行)

　　作为哈姆雷特最好的朋友、最知己的同学,霍拉旭来参加哈姆雷特父亲的葬礼,这是一件很寻常的事情。可是当霍拉旭以实话相告时,哈姆雷特不由自主地想起克劳狄斯刚才所说的话:"殡葬的挽歌和结婚的笙乐同时并奏"[With mirth in funeral and with dirge in marriage(第一幕,第二场,第12行)],所以也就从父亲的葬礼联想到母亲的婚礼。尽管霍拉旭并无羞辱哈姆雷特的意思,可是哈姆雷特仍然感到自尊受到极大的伤害而无地自容,故而说"请你不要取笑我"。一个女人在丈夫死后两个月就再婚,这在任何人看来都是极不恰当、极不正常的。但是霍拉旭不宜对此事评头论足,所以就用中性的语词表达自己的看法:这两件事情不应该这么相近。哈姆雷特不管在什么场合,也不论什么话题都可以用机敏的语言进行调侃:葬礼没有吃完的饭菜又摆在婚宴的餐桌上,这样多么节省呀![1] 然而,调侃还是不能完全消除哈姆雷特的羞耻感,[2] 他还是向霍拉旭倾吐了内心的话:宁愿死去也不愿意看到自己的母亲与叔父的婚礼。

哈姆雷特因为自己的母亲的再婚而产生羞耻感,正说明他对于母亲的感情很深,他十分在乎母亲:这是对一个他真心爱戴的女人所犯罪孽自然而然的心理反应。如果说哈姆雷特在与母亲的对话中抓住她的话把儿而抢白母亲显得无礼,[3] 如果说他在紧接着的独白中选用粗鲁的词语形容自己的母亲而显得出言不逊,[4] 那也是他对母亲的爱戴所致,是因为他心目中理想的母亲形象被打破了。

---

1 哈姆雷特所谓的节省、节约(Thrift, thrift)在朱生豪的译文中没有表现得很到位。

2 哈姆雷特由于母亲的再婚而产生的羞耻感,与俄瑞斯忒斯(Orestes)由于母亲的不忠而产生的强烈的羞耻感相同。在这一点上,哈姆雷特更接近俄瑞斯忒斯,而不是古代斯堪的纳维亚传说中的安姆莱特(Amleth),虽然莎士比亚的《哈姆雷特》素材取自古代斯堪的纳维亚的传说。

3 葛特露德劝说哈姆雷特不要总在泥土里寻找他高贵的父亲,因为生老病死是极为普通的事情,接着是他们的对话:"哈:这是一件很普通的事情。后:既然是很普通的,那么你为什么瞧上去好像老是这样郁郁于心呢?哈:好像,母亲!不,是这样就是这样,我不知道什么'好像'不'好像'。好妈妈,我的黑黑的外套,礼俗上规定的丧服,勉强吐出来的叹气,像滚滚江流一样的眼泪,悲苦沮丧的脸色,以及一切仪式,外表和忧伤的流露,都不能表示我的真实的情绪。这些才真是给人瞧的,因为谁也可以做作成这种样子。它们不过是悲哀的装饰和衣服,可是我的郁结的心事是无法表现出来的[Queen. ...Do not for ever look with thy vailed lids/Seek for thy noble father in the dust./Thou know'st 'tis common—all that live must die, Passing through nature to eternity. Ham. Ay, madam, it is common. Queen. If it be,/Why seems it so particular with thee? Ham. Sees, madam? Nay, it is; I know not seems./'Tis not alone my inky cloak, good mother,/Nor customary suits of solemn black,/Nor windy suspiration of forc'd breath,/No, nor the fruitful river in the eye,/Nor the dejected haviour of the visage,/Together with all forms, moods, shapes of grief,/That can denote me truly. These, indeed, seem;/For they are action that a man might play;/But I have that within which passes show——/These but the trappings and the suits of woe.(第一幕,第二场,第70-86行)]。哈姆雷特这里所谓的郁结的心事,不仅仅是父亲的亡故,恐怕主要还是母亲的再婚和王位的旁落。

4 哈姆雷特心中不满母亲的再婚,说:"一头没有理性的畜生也要悲伤得久一些……她那流着虚伪之泪的眼睛还没有消去红肿,她就嫁了人了。啊,罪恶的匆促,这样迫不及待地钻进了乱伦的衾被"[a beast that wants discourse of reason/Would have mourn'd longer... Ere yet the salt of most unrifhteous tears/Had left the flushing in her galled eyes,/She married—O most wicked speed! To post/With such dexterity to incestuous sheets! (第一幕,第二场,第150-157行)]。

哈姆雷特的心里总是纠缠着母亲再婚所反映出的不忠和乱伦,以及布雷德利所谓的粗俗的性欲的勃发(eruption of coarse sexuality)[1]而不能自拔。这还与鬼魂向哈姆雷特讲述完他被谋杀的经过后要哈姆雷特"记着我"密切相关。哈姆雷特发誓要"记着你!"并且要从"记忆的碑版上,拭去一切琐碎的记录,一切书本上的格言,一切陈言套语,一切过去的印象……少年的阅历所留下的痕迹,只让你的命令留在我的脑筋的书卷里"[Remember thee? /Yea, from thr table of my memory/I'll wipe away all trivial fond records,/All saws of books, all forms, all pressures past/That youth and observation copied there,/And thy commandment all alone shall live/Within the book and volume of my brain,/Unmix'd with baser matter(第一幕,第五场,第97-104行)]。然而,哈姆雷特所记住的,并不是父亲在世时的形象,而是鬼魂所讲述的谋杀的故事以及所牵涉的他的"外表上似乎非常贞淑的王后……淫欲罩上神圣的外表 ……一个淫妇搂抱人间的朽骨"[my most seeming-virtuous queen...lewdness court it in a shape of heaven,/So lust, though to a radiant angel link'd,/Will sate itself in a celestial bed/And prey on garbage(第一幕,第五场,第46-57行)]。本来应该从脑海里抹去的,却偏偏要牢记;本来应该保留在记忆中的理性的书卷,却偏偏要拭去,这种病症恐怕连医生也难以医治:

医:回陛下,她没有什么病,只是因为思虑太过,继续不断地幻想扰乱了她的神经,使她不得安息。

麦:替她医好这一种病。你难道不能诊治一个病态的心理,从记忆中拔去一桩根深蒂固的忧郁,拭掉那写在脑筋上的烦恼,用一个使人忘却一切的甘美的药剂,把那堆满在胸间、重压在心头的积毒扫除干净吗?

医:那还是要仗病人自己设法的。

麦:那么把医药丢给狗子吧;我不要仰仗它。

Doctor. Not so sick, my lord,

---

1 A. C. Bradley, *Shakespearean Tragedy*. 2nd ed (London: MacMillan, 1905, rep. 1985), p. 94.

As she is troubled with thick-coming fancies,

That keep her from her rest.

Macbeth. Cure he of that;

Canst thou not minister to a mind diseas'd,

Plunk from memory a rooted sorrow,

Raze out the written troubles of the brain,

And with some sweet oblivious antidote

Cleanse the stuff'd bosom of what perilous stuff

Which weighs upon the heart?

Doctor. Therein the patient

Must minister to himself.

Macbeth. Throw physic to the dogs; I'll one of it.

(《麦克白》,第五幕,第三场,第37-47行)

　　麦克白的话非常清楚:要医治一个人的疯癫,必须从他的"记忆中拔去一桩根深蒂固的忧郁,拭掉那写在脑筋上的烦恼,用一个使人忘却一切的甘美的药剂,把那堆满在胸间、重压在心头的积毒扫除干净"。医生也明白,要达到这一效果,只靠药物是不行的,患者自己必须调整自己,努力忘记那些"perilous stuff"(有害的东西)。我们看到,哈姆雷特与麦克白夫人一样,不但不努力忘记那些有害的东西,反而要牢牢地记住它们,甚至还不时地寻找机会提醒自己。所以我们说,哈姆雷特让伶人表演的这长长的一段戏文,戏文中涉及披勒斯的复仇,又从披勒斯转移到赫邱芭,是他的忧郁症所致,也是他的忧郁的心理的表现:如鲠在喉,不吐不快。

《哈姆雷特》翻译中的缺失

英语文学经典的汉译,尤其是诗体作品的翻译,可以说是很成功的。这主要是因为我国有一批英语和汉语均造诣很深的学者,为我国的翻译工作做出了巨大的贡献,使英语文学经典成了我国家喻户晓的著作。英语和汉语,这两种语言都没有复杂的语尾变化,而且在节奏和声调上又比较接近(汉语的四声进而划分成平仄,与英语的抑扬近似),所以诗体作品的翻译,绝大多数都能成功地传达原著的精神和风格。在这两种语言的互译中,英译汉尤显优势,汉译英稍显逊色,这主要是因为汉语更注重声音效果、字句更为精练简约、语言蕴含的意味更丰富深刻。然而,两种语言毕竟存在着很大的差距,翻译过程中很难完全避免缺失,有时候这些缺失又是关键性的,对我们解读整个作品产生很大影响。

莎士比亚的《哈姆雷特》是我们译介过来的最经典的作品之一,而在这部经典作品中,哈姆雷特在第三幕第一场开始时的独白,可谓经典中的经典。然而,这段经典的独白的第一行"To be, or not to be — that is the question",我们翻开不同的汉语译本,可以看到十多种译法,例如:

朱生豪:"生存还是毁灭,这是一个值得考虑的问题。"

卞之琳:"活下去还是不活,这是问题。"

方平:"活着好,还是死了好,这是个难题。"

梁实秋:"死后是存在,还是不存在——这是问题。"

裘克安:"活着,还是不活了,问题就在这里。"

王佐良:"生或死,这就是问题所在。"

许国璋:"是生,是死,这是问题。"

孙大雨:"是生存还是消亡,问题的所在。"

杨烈:"生呢?还是死呢:这就是根本的问题。"

某剧本:"生存或毁灭,这是个必答之问题。"

某教授："做与不做,真是个问题。"

可以说,这些译文似乎都抓住了原文的根本,似乎既考虑了这一句话本身的意义又兼顾整个独白以及《哈姆雷特》整个语篇的意义。在某种意义上,哈姆雷特的这一独白,的确是围绕着生和死的问题展开的,尽管我们对各译文的解读会导致不同的侧重,[1] 但是这些译文相对于原文都有缺失,而且是相当严重的缺失。我们的问题在于:为什么哈姆雷特用的词是"be",而不是"die""live"或者其他的什么词,从而使这一行的前半句变为"To die, or not to die""To live, or not to live"或者"To live, or to die"等。换了这类的词,并不影响诗行的节奏和格律,不但意思明确并与接着的话语契合,而且似乎在声音上比"be"更响亮、更富感情色彩。另一个问题是:为什么哈姆雷特接着说"**that** is **the** question",而不是"**this** is the question""that is **a** question"或者"**this** is **a** question"等。[2] 这里,"be"在哈姆雷特的独白中,是"生存",又不是"生存",是"活[着]",又不是"活[着]",它是发散式的,充溢着语言的张力,它所蕴含的现实性和超现实性使阅读指向开阔的智力空间;指示代词"that"和定冠词"the"也并非任何相近的词汇所能替代,它们反映了主体的自我省察、自我叩问。原文中蕴含着强烈的不确定性(这也是该剧作的重要主题之一),显现了哈姆雷特的性格特点。[3] 译文不但没有把这些蕴意体现出来,反而让读者感觉到一种确定性、一种封闭性,这不能不说是翻译的严重缺失。

《哈姆雷特》翻译的缺失,还表现在一些哈姆雷特在对话里所用的双关

---

1 本文的目的不是讨论各译文的优劣,但是许渊冲先生的谈论也可以为我们借鉴:比较以下几种译文,可以说没有一种比得上卞译的。朱译"毁灭",孙译"消亡"一般用于国家或集体,不用于个人;梁译异想天开,不是译界共识;徐译、王译像是哲学教授讲课,方译则是讨论哲学问题,不是舞台独白;所以只有卞译最好,超过了各家(豆瓣评述)。许渊冲的话只是讨论了前半句,后半句却未涉及。另外,笔者认为,徐、王、方的译法有哲学味,并不见得是不好,因为哈姆雷特本人就有浓厚的哲学家的味道;梁译则是更多地关注独白的后半部分的内容,朱译的后半句则充分考虑了哈姆雷特的性格特点,故增词"值得考虑"(当然,是否恰当,尚可讨论)。所以,他们各有所长。

2 着重号为笔者所加。

3 请参阅前文《哈姆雷特"To be, or not to be"的隐喻性》对该句意义的讨论,此不赘言。

语上。例如,在第一幕第二场他第一次出场时与新王克劳狄斯的对话:

King. ...But now, my cousin Hamlet, and my **son** —
Ham. [Aside] A little more than kin, and less than kind.
King. How is that the clouds still hang on you?
Ham. Not so, my lord; I am too much in the **sun**.

王:……可是来,我的侄儿哈姆雷特,我的**孩子**——
哈:[旁白]超乎寻常的亲族,漠不相干的路人。
王:为什么愁云依旧笼罩在你的身上?
哈:不,陛下;我已经在**太阳**里晒得太久了。[1]

(第一幕,第二场,第64-67行)

这是《哈姆雷特》中克劳狄斯与哈姆雷特的第一次对话。克劳狄斯是哈姆雷特的叔父,登上王位后又新近与王后——哈姆雷特的母亲——结婚,所以称哈姆雷特既为"我的侄儿"(my cousin)又为"我的儿子"(my son)。哈姆雷特厌恶后一种称呼,但是又碍着母亲的面子不能在大庭广众之下正面表示他的反感,所以采用旁白,说他与克劳狄斯的关系比叔侄要近一些,可是又比父子远。在克劳狄斯(假装?)关心地问他为什么闷闷不乐(the clouds still hang on you)的时候,哈姆雷特回敬了一句:"I am too much in the sun."从字面上,回答的确对应克劳狄斯的上句:太阳(sun)对应密云(clouds)。然而我们知道,《哈姆雷特》是戏剧,是为了表演的。听众在这里听到的不只是"clouds"一词,而且还有前面的"my **son**","sun"与"son"是同音词。所以,哈姆雷特的这句话是双关:既

---

1 朱译,着重号为笔者所加。采用朱译,只是为了讨论的方便。本文中所涉及的文学经典翻译的缺失,是一个普遍现象,而不是甲译缺失、乙译不缺失的问题,为了节省篇幅,除必要外,不再引录各家译文。

是"我已经在**太阳**里晒得太久了"又是"我这个**儿子**也做得太多了"。[1]
这样的双关,不但听众听得真真的,就连剧中的人物也同样心照不宣。
克劳狄斯听了这话就没话好说了,好在有哈姆雷特的母亲解围。她把话
茬儿接了过去,说道:"好了,哈姆雷特,脱下你的黑衣,对你的父王应该
和颜悦色一点;不要老是垂下了眼皮,在泥土之中找寻你的高贵的父亲"
[Good Hamlet, cast thy nighted colour off,/And let thine eye look like friend
on Denmark. /Do not for ever with thy veiled lids/Seek for thy noble father in
the dust(第一幕,第二场,第68-71 行)]。原文中哈姆雷特的话,非常鲜
明地传达了他对克劳狄斯作为自己继父的态度:他不但内心里不承认这
个继父,而且明确地否认了克功狄斯与自己的父子关系。译文在一定程
度上传达了哈姆雷特对待克劳狄斯的态度,但因为表现不出双关的意
义,不但失去了很多韵味,也妨碍了我们对哈姆雷特的性格和他的语言
特色进行了解。

在一段哈姆雷特与奥菲莉娅的对白中,哈姆雷特装疯卖傻,表面听
起来前言不搭后语,但他话中有话,令奥菲莉娅不知所措。这里的一词
多义,翻译的时候就很难全面传达了:

Ham. Ha, ha! Are you honest?

Oph. My lord?

Ham. Are you fair?

Oph. What means your lordship?

---

1 在第二幕第二场中有一段哈姆雷特与普隆涅斯的对白,哈姆雷特问道:"…Do you have a
daughter?"普隆涅斯答道:"I have, my lord."哈姆雷特接着给普隆涅斯一个警告:"Let her not
walk i' th' sun…"这里的"sun"同样是双关:既指阳光下即公开场合,又指"the son of the Danish
king"即他自己,言语道出普隆涅斯禁止奥菲莉娅与哈姆雷特继续相爱这一事实。在翻译的
时候,只能照顾字面意思,而同音异义的"son"却缺失了,不能明确地表达出哈姆雷特的语言
特色。中国诗词中这种现象也不在少数。例如,刘禹锡的《竹枝词》中"东边日出西边雨,道
是无晴却有晴"。这里的"晴"字,即表示天气阴"晴"又双关爱"情",与《哈姆雷特》有异曲同
工之妙。此句翻译成英语,不免有缺失,请看许渊冲的译文:"The west is veiled in rain; the
east enjoys sunshine. /My dear one is as deep in love as day is fine."

哈:哈哈！你贞洁吗？

奥:殿下！

哈:你美丽吗？

奥:殿下是什么意思？

（第三幕,第一场,第103-106行 ）

奥菲莉娅偶遇哈姆雷特,便遵从父亲的嘱咐,把哈姆雷特送给她的示爱的物件还给他。哈姆雷特否认曾经送给她任何东西,但是奥菲莉娅还是坚持要还回去,说道:"殿下,我记得很清楚您把它们送给我,那时候您还向我说了许多甜蜜的言语,使这些东西格外显得贵重;现在它们的芳香已经消散,请您拿了回去吧,因为送礼的人要是变了心,礼物虽贵,也会失去了价值。拿去吧,殿下"［My honour'd lord, you know right well you did,/And with them words of so sweet breath compos'd/As made the things more rich. Their perfume lost,/Take these again; for to the noble mind/Rich gifts wax poor when givers prove unkind./There, my lord（第三幕,第一场,第97-102 行）］。哈姆雷特接着的话是"Ha, ha! Are you honest?"这里的意思应为"你当真?""honest"是一词多义,从上文看,应该是"真诚的",但是它也有"贞洁的"的含义,奥菲莉娅听出了哈姆雷特话中有话,而且主要从"贞洁"的意义理解,所以有些吃惊,语言中表现出疑问。我们如果把"honest"翻译为"贞洁的",如朱生豪先生,那么它与上文丝毫衔接不上;如果翻译为"你当真?"那么奥菲莉娅的吃惊就没有道理。哈姆雷特接着用"fair"来解释"honest",然而"fair"又是一词多义,它有"诚实"、"公正"（just）的意义,兼有"美丽"（pretty）和"天真"、"无罪"（innocent）的意义,而且在这个意义上它与"honest"相近。所以,奥菲莉娅听了更为不解,问道:"殿下是什么意思?""fair"和"honest"两词翻译成汉语,只能照顾一方面,择其重而避其轻（诚然孰重孰轻,就看译者的解读了）,不能兼顾。当然了,哈姆雷特接着就"honesty"和"beauty"进行了一番演绎,基本的意义是"贞洁"和"美丽"。然而,原文所传达的哈姆雷特故意话中有话、语义双关的意味,在翻译中就缺失了。[1]

第五幕第一场有一段哈姆雷特与掘墓人的对话。那掘墓人思维敏捷、话锋犀利,与哈姆雷特话里的双关针锋相对,毫不示弱。然而这段精彩的对白中关键的词"lie"和"quick"却很难翻译到位:

Ham. ...Whose grave's this, sirrah?

Grave. Mine, sir.

　　　...

Ham. I think it be thine indeed, for thou **liest** in't.

Grave. You **lie** out on't, sir, and therefore'tis not yours.

For my part, I do not **lie** in't, yet it is mine.

Ham. Thou dost **lie** in't, to be in't and say it is thine.' Tis for the dead, not for the **quick**: therefore thou **liest**.

Grave. 'Tis a **quick lie**, sir; 'twill away again from me to you. [2]

哈:……老哥,这是谁的坟墓?

甲:老哥,是我的坟墓。……

---

1 接着哈姆雷特对"honesty"和"beauty"的演绎之后,他说道:"Get thee to a nunnery…"(进尼姑庵去吧)。"nunnery"一词的字面意义是"尼姑庵",而且汉语皆作如是译,从紧接着的哈姆雷特的一句话[Why, wouldst thou be a breeder of sinners?(为什么你要生一群罪人出来呢?)]看,译为"尼姑庵"毫无问题,因为尼姑庵是一个净洁的地方,是一个清洗罪孽、避免一个人成为 a breeder of sinners 的地方。然而,"nunnery"一词在莎士比亚时期的俚语中还有另一层意思,即"brothel"(窑子),而且该词的这一层意思与《哈姆雷特》中频频出现的"whore"意象密切相关。翻译中的缺失同样显而易见。而且,一词多义在诗歌中是一个常见的现象,济慈的《希腊古瓮颂》第一行"Thou still unravish'd bride of quietness"中的"still",可做形容词"安静的""一动也不动的"解,又可做副词"仍然"或其他意义理解(相关讨论,参阅袁宪军,《英国浪漫主义诗歌绎论》,上海:上海文化出版公司,2015 年,第 128 页注 2)。翻译只能选择一个,不能兼顾其他,失去了原文的复义性和开放性,也就失去了原文中该词所传达的朦胧美。

双关在中国诗词里更是常见的艺术修辞手法。贺知章的《咏柳》第一行"碧玉妆成一树高"中"碧玉"就是典型的双关,它既指字面上的意义,说春天的柳枝新翠鲜嫩如玲珑剔透的碧玉,又隐喻乐府《碧玉歌》里的"碧玉小家女",把婀娜多姿的柳枝比做亭亭玉立的少女。翻译成英语"The tall willow tree seems to be dressed with green jade"(杨纪鹤译),意味缺失自是不言而喻。当然,《红楼梦》中的人名翻译成外语,意味缺失更是自不待言。

2 着重号为笔者所加。

哈：我也真觉得是你的坟墓，
　　因为你处在它里面。

甲：老哥，你处在它外面，所以这坟墓就不是你的；
　　至于我，我不在它里面撒谎，然而它还是我的。

哈：你的确在里面撒谎，说在它里面它就是你的；
　　这坟墓是死人用的，不是活人用的；
　　所以说你是在撒谎。

甲：老哥，那是很快的撒谎；它又传递，
　　再由我传给你。（杨烈译）

（第五幕，第一场，第114-125行）

"lie"在以上的对白里重复了六次，有时候用作动词，有时候用作名词，既有"躺"又有"撒谎"的意义。杨烈先生尽量捕捉原文的风采，两次译为"处在"，四次译为"撒谎"。朱生豪先生的译文省略了大部分内容："哈：……喂，这是谁的坟墓？／甲：我的，先生。……／哈：胡说！坟墓是死人的，怎么说是你的？"朱先生的处理也颇有道理，免得画虎不成反类犬。"quick"在哈姆雷特的话里意思是"活着的人"，但是掘墓人接着哈姆雷特的话所用的"quick"既有"活着的人"的意义又有"敏捷的""聪明的"的意思，可以解读为"活着的人撒谎倒是很敏捷的"，话中之意是说死人是不会撒谎的。翻译中所缺失的，不仅是词汇所蕴含的意义，重要的是缺失了妙语连珠中的"妙"，失去了英语词语的韵味。

汉语经典作品中有的人名翻译为英文，就缺失了原文的韵味，《红楼梦》中的人名大多如此；而人名中所蕴含的典故丧失殆尽，进而就缺失了名字本身所暗含的人物的性格特征及名字本身所传达给我们的美感。《西厢记》由许渊冲先生译为英文，人物"红娘"译为"Rose"。"红娘"在《西厢记》中只是一个人物的名字，但是它却深入中国的传统文化根基之中，远远地超出了名字的范畴。想一想，西方也有一位类似于"红娘"的人物，只是那位穿针引线的人是个男的，名字叫"Pandarus"，我们在乔叟的叙事长诗《特罗勒斯和克丽西达》和莎士比亚同名的剧作里见过他。性别的差异，使得我们不能张冠李戴，况且"Pandarus"已经引申为英语的"pander"，是一个贬义词，根本无法与汉语的"红娘"相提并论。记得《西厢记》英文本刚出版不久时，笔者在北大的一个小书店里遇见了许先生,顺便问他为什么把"红娘"译为"Rose",因为"Rose"在西方文化里是爱的对象,而不是"go-between"。许先生回答说,这里只是个名字而已。这个回答也对。作为一个名字,它相对应的只是《西厢记》里的一个确切的人物,不蕴含文化的因素。但是,"红娘"译为"Rose"难免让我们感觉缺失了许多。

《哈姆雷特》中人物"Ophelia",按照拉康的诠释是"O-phallus",名字本身以及她在剧中的角色都代表了哈姆雷特男性欲望的对象,所以拉康称"Ophelia"为"the object Ophelia"。[1]"O"在英语中代表"zero",所以也代表"nothing"。在第三幕第二场有一段哈姆雷特与奥菲莉娅的对白,颇能反映拉康的诠释:

> *Ham.* Lady, shall I lie in your lap?
>   [*Lying down at Ophelia's feet.*
> *Oph.* No, my lord.
> *Ham.* I mean, my head upon your lap?
> *Oph.* Ay, my lord.
> *Ham.* Do you think I meant country matters?
> *Oph.* I think nothing, my lord.
> *Ham.* That's a fair thought to lie between maids' legs.
> *Oph.* What is, my lord?
> *Ham.* Nothing.

> 哈:小姐,我可以睡在您的怀里吗?
> [躺在奥菲莉娅身旁]
> 奥:不,殿下。
> 哈:我的意思是说,我可以把我的头枕在您的膝上吗?
> 奥:嗯,殿下。

---

1 Jacques Lacan, "Desire and the Interpretation of Desire in *Hamlet*", in *Yale French Studies*, No. 55/56 (1977), p. 11. 转引自 Susanne L. Wofford (ed), *William Shakespeare: Hamlet* (Boston & New York: Bedford Books of St. Martin's Press, 1994), p. 220。

哈：您以为我在转着下流的念头吗？

奥：我没有想到，殿下。

哈：睡在姑娘大腿的中间，想起来倒是很有趣的。

奥：什么，殿下？

哈：没有什么。

（第三幕，第二场，第108-116行）

哈姆雷特的话"Lady, shall I lie in your lap?"具有明显的性暗示，奥菲莉娅也非常明白这句话的意思，所以她毫不犹豫地拒绝："No, my lord."可是哈姆雷特接着又解释了他的话，说是把头枕在她的腿上。原文中"in your lap"和"upon your lap"重复了"your lap"，只变了介词，语言精练、形象。朱译为"睡在您的怀里"和"枕在您的膝上"，尽管关键的词没有了重复，但节奏和语调均接近原文，同时汉语表达也很生动。译文稍有缺失，但完全可以接受。到此哈姆雷特说清楚也就罢了，可是他偏偏还要旧题重提，反而质问奥菲莉娅："Do you think I meant country matters?"奥菲莉娅即便明明知道他是这个意思，也不好承认，如果说"No"，恐怕哈姆雷特还会问下去："那你想的是什么？"所以就干脆说"I think nothing"。谁知道哈姆雷特装疯卖傻儿乎到了无耻的程度，说"That's a fair thought to lie between maids' legs"。这句话又一次令奥菲莉娅吃惊，她不知所措，脱口而出："What is, my lord?"其实奥菲莉娅并非在问"什么"，而只是表示惊讶罢了。但是，哈姆雷特接着话茬儿进而解释道"Nothing"。这样上下文联起来正好符合哈姆雷特对奥菲莉娅的诠释："What is/lies between maids' legs［is］nothing."而且，哈姆雷特接着还是胡言乱语，什么他的父亲刚死了两个钟头，又是什么教堂木马，结尾的时候特意提及木马的墓志铭："For O, for O, the hobby-horse is forgot！"（第三幕，第二场，第129-130行）。这里大写的英语字母"O"强化了"zero""nothing"以及奥菲莉娅的名字的意义，用拉康的话就是"O-phallus"。朱生豪先生这段对白的翻译颇为传神，只是"Ophelia"在词形上或者词源上与"O-phallus"的联系无论如何也翻译不出来。词形上的差别，恐怕是我们方块字与拼音文字之间最大的差别，两种文字之间的翻译所造成的词

形上的缺失，可以说是难以弥补的一大缺失。[1]

---

[1] 英国小说家查尔斯·狄更斯和美国小说家亨利·詹姆斯都是著名的起名字专家，他们笔下的人物的名字，大多都有深刻的含义，有的时候翻译过来就明显地缺失了原文的味道。如果说狄更斯的《皮科威克外传》(*The Pickwick Papers*)中一个混混的名字"Mr. Jingle"翻译为"丁哥儿"，还能传达一点原文中所涵盖的"声色其外、败絮其中"的味道，那么另一个人物"Fogg"律师就不好译了：译为"雾"不像人名，按音译则传达不出该人物像雾一样捉摸不定的性格。要想传神地译出《大卫·科波菲尔》(*David Copperfield*)里凶狠、残忍的"Miss Murdstone"恐怕就更不可能了。亨利·詹姆斯在《美国人》(*The American*)为一位心地善良、乐于助人的太太取名"Mrs. Bread"，原文形象传神，但汉语译为"面包太太"总觉不妥。

这种词形和词源的关联，不但体现在人名上，在其他词汇中更是一种常见的现象。济慈的《希腊古瓮颂》最后一节第一行最后一词"brede"就与该诗的第一行的比喻"bride"刻意在词形上和声音上关联，使两者统一到古瓮的美质。这种联系恐怕翻译是难以做到的。柯勒律治的《忽必烈汗》开始第二行"A stately pleasure dome decree"中"dome"一词意为"宫殿、大厦"，但是这个英语词在我们所引起的视觉意象却是形状像蒙古包一样的建筑物，它建立在苍松翠柏之间，进而使我们联想到中国古代皇帝的陵墓，而且这一意象与诗歌的主题密切相关。我们翻译时除非在"宫殿"前加上一个长长的定语："形状像蒙古包一样的宫殿"，才能比较准确地表达。然而，加上这样的定语又觉得读起来不像诗歌，所以缺失不知如何弥补。杰弗里·哈特曼(Geoffrey Hartman)对华兹华斯的短诗"*A slumber did my spirit seal*"的诠释，也是一个很有说服力的例子。

A slumber did my spirit seal；
I had no human fears：
She seemed a thing that could not feel
The touch of earthly years.

No motion has she now，no force；
She neither hears nor sees，
Rolled round in earth's diurnal course
With rocks and stones and trees.

昏睡曾蒙住我的心灵，
我没有人类的恐惧；
她漠然于尘世岁月的相侵，
仿佛感觉已失去。

如今她不动，没有力气，
什么也不听不看，
每天与岩石和树木一起，
随地球循环旋转。（彭少健译）

华兹华斯的诗歌的第一节关键的是押韵词："seal"与"feel"，"fears"与"years"，它们彼此在词形上和声音上相互关联，让读者对其产生直接、强烈的印象和联想，而且令读者感觉到彼此明确的因果关系：因为"spirit seal"才有了"could not feel"，而"earthly years"就是导致"human fears"的原因，或者说那"human fears"就是"earthly years"。这样，解读的结果就与诗歌字面的意义相去甚远，构成新批评强调的诗性元素"paradox"：我的心灵被昏睡"封住"，从此就不再"感觉""尘世岁月"中"人类的忧伤"，所以，"她"的死亡给我带来了解脱。

哈特曼对第二节中后两行以及其中"diurnal course"和"trees"的解构很有点意思。"diurnal"一词从词形上和声音上可以分解为"die+urn+al"。"die"为"死亡"，"urn"为"骨灰盒"，"al"为形容词的后缀；"course"一词从词形上和声音上与"corpse"（死尸）相近，加上这行诗"Rolled round in earth's diurnal course"表现的是"gravitate"（受引力作用而运动），而"gravitate"与"grave"是同根词。这样一来，这行诗寄托的是人死后葬入坟墓后的意象。本诗节第一行说她现在一动也不动没有了"force"（力气），"force"与"course"押韵，产生直接的词形和声音的联系，从而暗示着她只剩下了"corpse" "Rolled round.../With rocks and stones and trees"。颇有意思的是哈特曼把"trees"从词形上解构为"tears"。这样，"rocks and stones"就完全失去了"坚硬""永久"的意味，而变成了"僵硬""死亡"的象征，所以伴随着她的坟墓的除了"岩石"和"石块"之外，还有我的"泪水"。通过以上简短的分析可以看出，我们从原诗中读到的诗的韵味与从译文中得到的韵味差距颇大。

　　文学讲究的是语言的艺术处理,作品着意练就的是字词,字词除了传达意义之外,更重要的是在它的语境里的审美特点。文学作品的翻译,缺失在所难免,只是有些缺失无关紧要,有些缺失则是严重地影响了读者对原著的欣赏和解读。这里提出这个问题,一是供读者就这些具体的缺失进行讨论,二是想引起学界和译界对弥补缺失和避免缺失的方法进行探讨,以便使文学经典的翻译更加完美。

哈姆雷特与窦娥[*]

　　把哈姆雷特与窦娥置于一起讨论,即使不是风马牛不相及,也会有很多人觉得有些驴唇不对马嘴。之所以就此题目略加刍议,只是为了从悲剧精神的层面论证关汉卿的《窦娥冤》可以被认为是严格意义上的悲剧。"中国没有悲剧,只有悲惨的故事"之说,在国内有一段时期甚嚣尘上。持有这种观点的人,把西方悲剧理论尤其亚里士多德的悲剧理论拿来硬套中国古典戏剧,[1]尤其从人物的角度,把亚里士多德所谓的"悲剧人物需在社会地位高于普通人,而在道德层面又不完善,从而他的悲剧结果会在观者中产生最佳的感情宣泄和净化"这一理论拿过来衡量中国古典戏剧的悲剧人物。然而,亚里士多德这里所谓的悲剧主人公的特征,只是悲剧人物的表面特征,而内在的特征,尤其是悲剧特征,在中外悲剧中却是一致的。

　　悲剧的要义不在于悲剧人物的悲惨结果,而是在于悲剧人物的受难以及受难的时候所闪现的人性尊贵之光芒。哈姆雷特一上场就是在受难,而且是心灵的受难:父亲亡故,母亲再嫁,王位也被叔父篡夺,内心极度痛苦以至于到了无法忍受的程度。他在剧中说:"但愿这一个太坚实的肉体会溶解,消散,化成一堆露水! 或者那永生的真神未曾制定禁止自

＊原载《跨文化研究》2018 年第 2 辑(2018 年 12 月)。

1 中国古代戏剧家并没有"悲剧"的严格概念,所以他们的悲剧意识是浸透在其他的戏剧门类里。元代戏剧家的作品,我们习惯称之为"杂剧"。明代朱权在其《太和正音谱》上卷《杂剧十二科》中把杂剧分为十二种:"一曰神仙道化;二曰隐居乐道,又曰林泉丘壑;三曰披袍秉笏,即君臣杂剧;四曰忠臣烈士;五曰孝义廉节;六曰叱奸骂谗;七曰逐臣孤子;八曰钱刀赶棒,即脱膊杂剧;九曰风花雪月;十曰悲欢离合;十一曰烟花粉黛,即花旦杂剧;十二曰神生鬼面,即神佛杂剧。"(北京:中华书局,2010 年,第 38-39 页)《窦娥冤》大概属于"悲欢离合"一种,但是这里的"悲",似乎也不是严格意义上"悲剧"之"悲"。游国恩等在《中国文学史》中把《窦娥冤》列为"公案剧"一类,笔者倒是同意这一说法:关汉卿在创作这部戏剧的时候,是以冤假错案得以昭雪为其主旨的。当然了,现当代人把《窦娥冤》视作悲剧(例如,王季思,《中国十大古典悲剧集》,上海:上海文艺出版社,1982 年),亦无可厚非。

杀的律法！上帝啊！上帝啊！人世间的一切在我看来是多么可厌,陈腐,乏味而无聊！"［O, that this too too solid flesh would melt,/Thaw, and resolve itself into a dew!（第一幕,第二场,第129-130行）］。窦娥七岁卖身到蔡婆婆家,尽管不愁吃穿,也不像刘兰芝那样受婆婆在肉体上的虐待,但是这卖身的现实,以及结婚两年不到夫君便因肺痨死去的境遇,给她精神上造成了极大的创伤:"则问那黄昏白昼,两般儿忘餐废寝几时休？大都来昨宵梦里,和着这今日心头。催人泪的是锦烂熳花枝横绣闼,断人肠的是剔团圝月色挂妆楼。长则是急剪剪按不住意中焦,沉闷闷展不彻眉尖皱,越觉的情怀冗冗,心绪悠悠。似这等忧愁,不知几时是了也呵！"（第一折）¹哈姆雷特更惨烈的受难,是在父王的鬼魂对他讲述了自己中午在花园里睡觉时被同胞弟弟毒死的经过之后,在背负了为父复仇、重整乾坤的责任之后,在他有理由、有义务、有能力完成复仇的使命时仍然再三延宕。他的自责反映了他内心深处的痛苦:"可是我,一个糊涂颠顸的家伙,垂头丧气,一天到晚像在做梦似的,忘记了杀父的大仇；虽然一个国王给人家用万恶的手段掠夺了他的权位,杀害了他的最宝贵的生命,我却始终哼不出一句话来。我是一个懦夫吗？谁骂我恶人？谁敲破我的脑壳？谁拔去我的胡子,把它吹在我的脸上？谁扭我的鼻子？谁当面指斥我胡说？谁对我做这种事？嘿！我应该忍受这样的侮辱,因为我是一个没有心肝、逆来顺受的怯汉,否则我早已用这奴才的尸肉,喂肥了四境之内的兀鹰了……我的亲爱的父亲被人谋杀了,鬼神都在鞭策我复仇,我这做儿子的却像一个下流女人似的,只会用空言发发牢骚,学起泼妇骂街的样子来,在我已经是了不得的了！呸！呸！"［Yet I,/A dull and muddy-mettl'd rascal, peak,/Like John-a-dreams, un-pregnant of my cause,/And can say nothing; no, not for a king/Upon whose property and most dear life/A damn'd defeat was made. Am I a coward? /Who calls me villain, breaks my pate across,/Plucks off my beard and blows it in my face,/Tweaks me by the nose, gives me the lie I' th' throat/As deep as to the lungs? Who does me this? Ha! /'Swounds, I should take it; for it

---

1《窦娥冤》的文本,引自（元）关汉卿,《窦娥冤》,长春:长春出版社,2013年版。

cannot be/But I am pigeon-liver'd and lack gall/To make oppression bitter, or ere this/I should'a fatted all the region kites/With this slave's offal… Why, what an ass am I! This is most brave./That I, the son of a dear father murder'd,/Prompted to my revenge by heaven and hell,/Must, like a whore, unpack my heart with words,/And fall a-cursing like a very drab,/A scullion! Fie upon't! foh!（第二幕,第二场,第560-583行）]。而窦娥,寂寞守寡不说,还要受张驴儿的不休纠缠,甚至蒙冤在公堂上遭受大刑折磨:"这无情棍棒教我捱不的。……呀! 是谁人唱叫扬疾,不由我不魄散魂飞。恰消停,才苏醒,又昏迷。捱千般打拷,万种凌逼,一杖下,一道血,一层皮。打的我肉都飞,血淋淋,腹中冤枉有谁知!"(第二折)窦娥的受难是肉体的,更是精神的——她的冤屈比天大、比海深:"你道是暑气喧,不是那下雪天;岂不闻飞霜六月因邹衍? 若果有一腔怨气喷如火,定要感的六出冰花滚似绵,免着我尸骸现;要什么素车白马,断送出古陌荒阡!"(第三折)哈姆雷特也冤:他被篡夺了王位,他被剥夺了爱情,他也被剥夺了重整乾坤的机会。但是,比起窦娥的冤,他的冤那是小巫见大巫。窦娥的冤为后来的事实所证实:行刑后,窦娥的血都飞在那白练上,无半点落地;六月里,天降大雪,落在窦娥的身上;楚州亢旱,三年不雨。

　　西方古典悲剧人物的另一个特征是受到命运的捉弄。哈姆雷特本来在大学读书,作为丹麦的王子,他年富力强、剑术过人、学识非凡。等父王年老驾崩之后,他继承大统、一展宏图,本也水到渠成,可是恰恰命运捉弄人,父王被谋杀,母亲又嫁人,王位被篡夺。在《窦娥冤》中,命运的安排更是彰明较著。窦娥的母亲早逝,父亲借了高利贷,她不得不在七岁时与父分离;蔡婆婆举家迁移,以致若干年后其父寻她不到;结婚两年丈夫便患病亡故;赛卢医赖债害命,蔡婆婆被张驴儿父子相救,但这对无赖父子又对她们婆媳二人使诈逼婚。后来,张驴儿的父亲误食有毒的羊肚汤身亡,官司的判决由一位糊涂官做出。这一切,无不彰显着命运的渗透。面对命运的捉弄,哈姆雷特说道:"一只雀子的死生,都是命运预先注定的"[There is special providence in the fall of a sparrow(第五幕,第二场,第211-212行)]。[1] 窦娥却不愿向命运低头,她哭天抢地地哭嚎,控诉社会的不公,言道:"有日月朝暮悬,有鬼神掌着生死权,天地也,只合把清浊分辨,可怎生糊突了盗跖颜渊。为善的受贫穷更命短,造恶的享富贵又寿延。天地也,做得个怕硬欺软,却原来也这般顺水推船。地也,你不分好歹何为地? 天也,你错勘贤愚枉做天!"可是,窦娥也不得不承认自己的哭叫改变不了天地分毫,"哎,只落得两泪涟涟"(第三折)。个人的意志和努力,并不能与天命抗争,即使抗争,也只能以失败告终,这一观念,在哈姆雷特和窦娥身上皆然。这并不奇怪,因为命运之不可抗拒是中西传统思想的主要内容,而悲剧表现人类的这一悲剧意识是再好不过的形式。命运的力量,总是以某种灾难性的事件呈现,而这样的事件的发生,又总是需要环境中某些罪恶作为导引,这一点在《哈姆雷特》和《窦娥冤》中均显而易见。在《哈姆雷特》中,罪恶发生于戏剧开始之前,是兄弟谋杀兄长并篡夺王位;在故事展开之后,罪恶是克劳狄斯阴谋杀死哈姆雷特,以及与勒替斯密谋在剑尖上和酒杯中放毒以便毒死哈姆雷特。当然,哈姆雷特在母亲卧室不假思索刺死普隆涅斯也是一种罪恶行为。在《窦娥冤》中,罪恶一环接一环:蔡婆婆放高利贷并逼迫窦天章以女还账,赛卢医试图勒死蔡婆婆以逃避偿还高利贷,张驴儿下毒逼婚,糊涂官草菅人命等。莎士比亚借霍拉旭之口在《哈姆雷特》结尾处说道:

> So shall you hear
> Of carnal, bloody, and unnatural acts
> Of accidental judgments, casual slaughters,
> Of deaths put on by cunning and forc'd cause;
> And, in this upshot, purposes mistook
> Fall'n on th' inventors' heads.

(你们可以听到奸淫残杀、反常悖理的行为,冥冥中的判决,意外的屠戮,借手杀人的狡计,以及陷害他人反而自害的结局。)

(第五幕,第二场,第372-377行)

---

1 关于哈姆雷特的命运意识,前文《哈姆雷特的命运意识》已经探讨,此处不再赘言。

这段话,是对《哈姆雷特》中所发生的罪恶事件的描述,但又何尝不是对《窦娥冤》中所呈现的罪恶的概括呢?这些罪恶,是人的欲望使然,似乎又是冥冥中的暗力作用的结果。悲剧人物在这样的环境中,纵然使尽浑身解数,也逃不出那罪恶的设计,他/她只能走向毁灭。莎士比亚安排霍拉旭说这样的话,目的并非在纯粹地描述悲剧中的事件,而是借这样的罪恶事件揭示悲剧中应有的——至少会有的——重要因素。

当然了,这样的罪恶,与亚里士多德在《诗学》中所确定的悲剧人物的"harmartia"即悲剧性弱点没有关系。这些罪恶只是悲剧人物的外部环境,在一种意义上,可以说是悲剧人物暴露其悲剧性弱点的导因。悲剧人物被置于某种环境中,在这种或那种环境中,他/她采取某种行动,或不能采取行动;而且,行动与不行动导致了其周围的人相应的行动或不行动,从而导致不可避免的悲剧结局。"罪恶酝酿罪恶,并且导向毁灭。"[1] 所以,在另一种意义上,这样的罪恶也是悲剧结局的导因。

关于哈姆雷特悲剧的成因,布雷德利著名的性格悲剧理论已经很透彻地阐明了。当然,丹麦宫廷的腐败,造成了哈姆雷特悲剧结局,这可谓是另一种解释。至于窦娥悲剧结局的成因,我们也有不同的说法。比如,认为高利贷是造成窦娥悲剧结局的直接原因,这一观点在国内文学界具有代表性;[2] 也有人认为,高利贷并非窦娥悲剧的真正原因,高利贷仅仅对剧情的发展起了推进作用,而真正造成窦娥悲剧结局的是元代社会黑暗残暴的政治制度;[3] 还有人认为,元代的司法制度中的有罪推定是窦娥悲剧的直接原因;[4] 更有人认为,窦娥身上明显的封建道德印记,即

1 H. D. F. Kitto, *Form and Meaning in Drama* (New York: Bames and Noble, 1956), p. 324.

2 例如,游国恩等,《中国文学史》,北京:人民文学出版社,1984 年。

3 例如,张仲仪,《窦娥悲剧成因别解》,载《西北师范大学报》:社会科学版,1998 年 4 期,第 13 页。

4 例如,苏力,《法律与文学:以中国传统戏剧为材料》,北京:生活·读书·新知三联书店出版,2017 年版。

尽孝守节是窦娥悲剧性格的深层意蕴。[1] 这些观点,既有外部的又有内在的,然而均是从表面现象来讨论窦娥的悲剧成因,均没有能像布雷德利探讨哈姆雷特的悲剧性格那样深入透彻。笔者觉得,杨栋在《窦娥非勇士辩:兼析〈窦娥冤〉杂剧的文化意蕴》一文中说,窦娥是一个善良的弱女子,是一个被传统道德束缚、经受严酷打击的受害者,是喘息在封建社会里的千百万中国劳动妇女的典型,这些道出了窦娥悲剧的根本原因。窦娥的形象,我们可以追溯到《孔雀东南飞》中的刘兰芝这一原型,也可以说,窦娥就是中国封建社会里妇女的原型。说穿了,窦娥就是传统中国的集体无意识妇女形象。从这个意义上讲,窦娥与哈姆雷特有相同之处:哈姆雷特的原型可以追溯到俄狄浦斯和俄瑞斯忒斯等;同时,哈姆雷特自身是一个原型,心灵备受折磨之原型、宿命论之原型、君子动脑不动手之原型、面对种种磨难显示人性高贵之原型。

面对冤屈,面对身心的摧残,哈姆雷特与窦娥不但均表现出人性的尊贵,而且在表现的程度上也均是令人称道的。

《哈姆雷特》的剧情是在阴冷的"午夜"展开的。午夜的黑暗,不仅象征丹麦王国里所发生的罪恶,[2] 而且还预示着哈姆雷特将要承受极大的心理打击。在紧接着的第二场中,我们就得知,哈姆雷特父亲新亡,而荣登大宝的却是他的叔父,不仅如此,就连自己所敬爱的一向贞淑的母亲也嫁给了她的小叔子。父亲突然驾崩,令他悲伤;叔父篡夺了王位,使他郁闷;母亲又在父亲过世不到两个月的时间就再婚,而且所嫁的是父亲的亲兄弟,这无疑是在他心灵的伤口上撒盐。自己的王位被叔父篡夺,母亲又嫁给了叔父,这使得这位本要"重整乾坤"的王子颜面扫地。所以,他想着自杀,这样一了百了。"碎了吧,我的心,可是我必须紧住我的嘴"[Butbreak, my heart, for I must hold my tongue(第一幕,第二场,第159 行)]。心已碎了,可是不能述说,也无处述说,只有咬碎了牙往肚子里咽。不仅如此,哈姆雷特还深深地爱着奥菲莉娅,却不能坦坦荡荡地

---

1 例如,张人和,《重评〈窦娥冤〉》,载《东北师大学报:哲学社会科学版》,1979 年 4 期,第 109-144 页。刘中华,《论窦娥悲剧性格的美学价值》,载《社会科学辑刊》1992 年 3 期,第123-125 页。

2 关于《哈姆雷特》伊始的解读,参见前文《哈姆雷特怀疑和探索所折射的悲剧意义》。

去表白,反而要用语言去伤害他所钟情的少女;而且,奥菲莉娅不但不能理解他的苦衷并给他丝毫安慰,反而被敌人用作钓饵来探测他的秘密,他内心的痛苦可想而知,而这样的痛苦只能隐忍。打击和隐忍,无疑是悲剧展示主人公坚韧性格的重要侧面。

勇敢,是自古希腊以降西方所崇尚的人格美德。悲剧英雄,与历史上英雄人物一样,或许会残暴、无情、不公正、自暴自弃,但绝对不会是一个懦夫。他们无论面对多么大的苦难或者打击,也绝不会退缩,他们会沿着自己的意志所确定的方向努力。如果缺乏了勇敢的精神,他们就绝对不配英雄的称号。在荷马史诗《伊利亚特》中,勇敢可谓希腊英雄和特洛伊英雄的首要德行,超过了其他任何美德。[1] 在古希腊悲剧中,勇敢同样是悲剧主人公必备的特质,尽管他们的勇气与其说表现在肉体上不如说表现在精神上,俄狄浦斯、安提戈涅,均是如此。尽管哈姆雷特责备自己是一个懦夫,但是他本性却绝不是一个懦夫。哈姆雷特在得知父亲的鬼魂夜游露台之后,决定跟随哨兵前往,一探究竟。当鬼魂出现时,霍拉旭和当值的哨兵均力劝哈姆雷特不要跟随鬼魂:"千万不要跟它去……要是它把您诱到潮水里去,或者把您领到下临大海的峻峭的悬崖之巅,在那里它现出了狰狞的面貌,吓得您丧失理智,变成疯狂,那可怎么好呢?您想,无论什么人已到了那样的地方,望着下面千仞的峭壁,听见海水奔腾的怒吼,即使没有别的原因,也会吓得心惊胆战的"[No, by no means... What if it tempt you towardthe flood, my lord,/Or to the dreadful summit of the cliff/That deetles o'er his base into the sea,/And these assume some other horrible form,/Which might deprive your sovereighty of reason/And draw you into madness? Think of it:/The very place puts toys of desperation,/Without more motive, into every brain/That looks so many fathoms to

---

1 柏拉图在《法律篇》把勇敢列在四种善的最后一位:智慧(wisdom)是第一位的,接着是节制(temperance),第三位的是正义(justice),而第四种美德是勇气(courage)。但是,亚里士多德认为勇气比节制更值得赞扬,因为面对痛苦、克服恐惧比克制所爱更为不易。之后,也有思想家把人的世俗生活四德改为勇气、节制、正义和审慎(prudence),如托马斯·阿奎那。阿奎那甚至认为勇气贯穿其他任何一个德行,比如,节制也是勇气的体现,因为坚韧不拔的精神(fortitude)是节制不可或缺的品质。

the sea/And hears it roar beneath(第一幕,第四场,第 62;69-78 行)]。然而,哈姆雷特毅然前往:"我的命运在高声呼喊,使我全身每一根细微的血管都变得像怒狮的筋骨一样坚硬"[My fate cries out,/And makes each petty arture in this body/As hardy as the Nemean lion's nerve(第一幕,第四场,第 81-83 行)]。面对鬼魂,他视死如归;面对敌人和阴谋,他同样无所畏惧。哈姆雷特在被遣往英国的途中遭遇海盗的袭击,他凭着自己的勇气和技艺,不但打败了海盗还使得他们为己所用。他明知国王安排他与勒替斯比剑是一个阴谋,却依然承诺应允,把一个人的生死托付于冥冥中的力量,而这种宿命的观念,也是哈姆雷特性格中把生死度外那种勇敢的气质使然。哈姆雷特处处表现的勇敢,彰显出悲剧主人公性格中高贵的一面。

我们不会忘记哈姆雷特的一段台词:"我近来不知为了什么缘故,一点兴致都提不起来,什么游乐的事都懒得过问;在这一种抑郁的心境之下,仿佛负载万物的大地,这一座美好的框架,只是一个不毛的荒岬;这个覆盖众生的苍穹,这一顶壮丽的帐幕,这个点缀着金黄色的火球的庄严的屋宇,只是一大堆污浊的瘴气的集合。人是一件多么了不得的杰作!多么高贵的理性!多么伟大的力量!多么优美的仪表!多么文雅的举动!在行为上多么像一个天使!在智慧上多么像一个天神!宇宙的精华!万物的灵长!可是在我看来,这一个由泥土塑成本质的生命算得了什么?人类不能使我发生兴趣;不,女人也不能使我发生兴趣"[I have of late—but wherefore I know not—lost all my mirth, forgone all custom of exercises; and indeed it goes so heavily with my disposition that this goodly frme the earth seems to me a sterile promontory, this most excellent canopy the air, look you, this brave o'er-hanging firmament, this majestical roof fretted with golden fire—why, it apppeareth nothing to me but a foul and pestilent congregation of vapours. What piece of work is a man! How noble in reason! How infinite in faculties, in form and moving how express and admirable! in action, how like an angel! in apprehension, how like a god! the beauty of the world! the paragon of animals! And yet, to me, What is this quitessence of dust? Man delights not me—nor woman neither(第二幕,第二场,第 295-308 行)]。这段台词,当然是哈姆雷特在向罗森克兰兹和吉

登史腾表明自己真的患了抑郁症,对自然界美好的事物甚至女人也没有了兴趣,以便使他们向国王汇报时证明自己的疯癫不是装出来的。但是,透过表面我们不难看出,哈姆雷特所说的话中,字里行间流露出他的人文主义思想:日月星辰宇宙万物的壮丽,是为人类欣赏的、为人类所用的,而人的理性、力量、仪表、行为和智慧,才是人类本性的特质。哈姆雷特的父王被谋杀,王位被篡夺,母亲的贞洁被玷污,复仇的愿望未实现,心爱的姑娘被敌人利用,心灵的痛苦不言而喻,然而在这种情况下他仍然不忘人的尊贵,仍然处处彰显人的尊贵。他在看见克劳狄斯祷告时本想刺死他,但理性让他决定在克劳狄斯"酗酒以后,在愤怒之中,或是在荒淫纵欲的时候,在赌博、咒骂,或是其他邪恶的行为的中间"杀死他,以便他"幽深黑暗不见天日的灵魂永堕地狱"(第三幕,第三场);他利用伦敦戏班测探克劳狄斯是否真的如鬼魂所言谋害王兄,在发现国王阴谋要英王害死他的时候巧改国书,不可谓没有智慧;他堂堂六尺男儿,明朗而俊伟,剑术冠盖法兰西,正是力量、仪表和行为的体现;哈姆雷特正是"宇宙的精华!万物的灵长!"之代表。难道这不是悲剧作家想要悲剧主人公在磨难中所展示给观众的人性美德吗?

《窦娥冤》的伊始,也是开门见山地述说窦娥不幸的遭遇:母亲早亡,父亲一心求取功名,但家境赤贫,无奈向蔡婆婆借来四十两纹银的高利贷,因无法偿还,不得不将年方七岁的窦娥卖给蔡婆婆做儿媳。窦娥虽然在蔡婆婆家也未受什么罪、吃什么苦,可是成年后刚刚结婚两年丈夫便因痨病命归西天。"莫不是八字儿该载着一世忧,谁似我无尽头!须知道人心不似水长流。我从三岁母亲身亡后,到七岁与父分离久。嫁的个同往人,他可又拔着短筹;撇的俺婆妇每把空房守,端的个有谁问,有谁偢?"(第一折)。年轻守寡,不仅暗示窦娥心灵的创伤和命运的悲惨,而且还是窦娥悲剧的潜因。如果没有窦娥守寡的前提,则不会有张驴儿逼婚的剧情。如前所述,对悲惨命运的隐忍,自身就显示人性中伟大的成分。

窦娥不屈服于张驴儿的威逼利诱,不听从于蔡婆婆的劝说,表面上是中国封建社会的礼教在窦娥意识里的作用,潜地里是窦娥坚强性格的闪光:她宁死也不愿委身张驴儿,并非孝义廉节的礼教在窦娥身上的彰显,[1] 而是嫌弃张驴儿人面兽心。张驴儿看到被他药死的不是蔡婆婆而是自己的父亲后,首先威逼蔡婆婆,如果将窦娥嫁给他,他便作罢。在看到窦娥不从时便又威胁窦娥:"(张驴儿云)窦娥,你药杀了俺老子,你要官休?要私休?(正旦云)怎生是官休?怎生是私休?(张驴儿云)你要官休呵,拖你到官司,把你三推六问!你这等瘦弱身子,当不过拷打,怕你不招认药死我老子的罪犯!你要私休呵,你早些与我做了老婆,倒也便宜了你"(第二折)。甚至在糊涂官说"人是贱虫,不打不招。左右,与我选大棍子打着",窦娥在"无情棒教我捱不了的"的时候,仍然鸣冤叫屈:"呀!是谁人唱叫扬疾,不由我不魄散魂飞。恰消停,才苏醒,又昏迷。捱千般拷打,万种凌逼,一杖下,一道血,一层皮。打的我肉都飞,血淋漓,腹中冤枉有谁知!"(第二折)。这种宁死不屈的精神,正是悲剧人物高贵的秉性。不仅如此,在窦娥身上所体现的更为壮丽的人性光辉,是在糊涂官威胁对她婆婆棍棒加身的时候,她明知自己招罪的结果就是一个死,却为了让婆婆免受皮肉之苦而蒙冤招认。窦娥在断头台上仍然在呼天唤地,用自己的冤屈会感天动地来表示自己的信念:正义最终会战胜邪恶。窦娥的信念与哈姆雷特对人的赞美一样,是悲剧主人公在遭受劫难之时所表现的高贵人性。窦娥身上彰显的这种种美德,不仅是哈姆雷特以其他方式所表现的人性特征,也是亚里士多德在《诗学》中界定的悲剧主人公所具有的特点:悲剧主人公经历和忍受苦难的方式,值得我们关注和尊敬,因为它们蕴含着令人崇敬的品质。

---

1 我国学者多有认为窦天章对窦娥教育的贞节观念,不但是窦娥不愿再嫁的原因,而且还是窦娥悲剧的无意识酵母。参见张人和的《重评〈窦娥冤〉》、刘中华的《论窦娥悲剧性格的美学价值》、周国维的《全面营造中国戏曲艺术规范——论关汉卿的杰出贡献》。笔者认为,封建礼教固然不能排除在窦娥的性格成因之外,但是元代是一个无节制、淫风盛行的社会,并不禁止妇女再嫁。再者,窦娥七岁离开父亲去蔡婆婆家,窦天章对她的教育也只能是识几个字而已,根本不到进行贞节教育的时候。所以,说窦娥拒绝张驴儿的逼婚,是从一而终的"贞节教育"起着决定性作用,这个定论很难站得住脚。

"To be, or not to be"再议*

　　在对莎士比亚浩如烟海的研究中,"To be, or not to be, that is the question",可以说是最受批评界关注的,正因如此,它又是被误读得最多的,因为 every reading is at the same time a misreading(每一种解读同时又是一种误读)。在一篇短文中,难于穷尽对它研究的文献。但是对主要的观点概述一下,也是必要的。较早对它进行比较深入探讨的,是霍拉斯·豪伍德·佛尼斯(Horace Howard Furness)所编的两卷本的《莎士比亚全集新编》(*A New Various Edition of Shakespeare*)系列中的《哈姆雷特》(1877年)。接着对它(包括接着的整段独白)进行探讨的,是 Irving T. Richards 的文章"The Meaning of Hamlet's Soliloquy"(哈姆雷特独白的意义),[1] 尽管这篇文章的观点可取之处不多。20世纪中叶的一些批评文章,V. F. Petronella 曾撰文综述。[2] 总的看来,有两种不同的观点。首先,一种观点始于 William Warburton(*The Works of Shakespeare. The Genuine Text... with ... Notes...*, 1747)。Warburton 首先提出了这段独白是哈姆雷特"自杀"心理的反映这一延续很久的看法。在 Warburton 之后,有一大批批评家持有这种观点,包括 Edmund Malone、A. C. Bradley 和 Dover Wilson 等一批知名批评家。另外一些批评家否认这段独白的主旨是自杀,甚至说它与自杀无关:"一柄小小的刀子"(a bare bodkin)并非为自己准备的,而是要刺向敌人的心脏。第二,这段独白是哈姆雷特在揭示自己心理的困境,还是在探讨人类普遍的命运,例如 George Lyman Kittredge 在他所编辑的《哈姆雷特》(1937)就认为哈姆雷特所思考的不是

---

* 尽管我们前面已经就该题做了专门讨论,但是为了使感兴趣的读者从不同的视角解读这段著名的独白,从而对它有更加深入的理解,笔者特意撰写了这篇小文,文章的写作过程中参阅了 Harold Jenkins 所编的《哈姆雷特》(Methuen, 1882)中的注释。

1 载 *Publications of Modern Language Association of America*, ⅩLⅧ, pp. 741-766.

2 *Studies in Philosophy*, ⅠⅩⅪ [1974], pp. 72-88。

个人问题,而是普遍问题。总的说来,认为探讨普遍人类命运的和认为思考个人问题的主要观点有如下几点:

(1)"To be, or not to be"这一"问题",涉及的是人类生存的长处和弱点,后者包括对于人通过自杀结束生存的能力之认识。

(2)所谓的"问题"就是生与死的选择,因而整段独白集中在自杀的可能性上。

(3)所谓的"问题"仅仅是哈姆雷特是否要结束自己的生命。

(4)"问题"是哈姆雷特不仅要自杀而且要杀死国王。[1]

(5)更加具体的是,这里的"问题"不仅是哈姆雷特是否要杀死克劳狄斯为父复仇,还是是否要把自己已经设计好的复仇计划付诸行动。[2]这一观点认为,戏剧效果的产生不仅在于这段独白,而且在于对这段独白的解释需要将其置于前后的语境关联之中。哈姆雷特独白的戏剧效果,使我们能够在最普遍的意义上审视哈姆雷特的境况。如果就独白论独白,我们只能得出哈姆雷特在思考人类生存与死亡的问题这一结论。

然而,一旦批评界试图把重点置于哈姆雷特没有说什么而不是哈姆雷特说了什么的时候,很多难题便出现了。Samuel Johnson 在 18 世纪的时候就断言,哈姆雷特的这段独白,与其说是口头的,不如说是心理的。Johnson 的话,无疑打开了批评界探讨哈姆雷特语言背后所隐藏的心理秘密的大门。哈姆雷特的话,明显缺乏逻辑连贯性,这一点很容易被随意夸大,甚至让人认为哈姆雷特的思想随着感情的潮流忽隐忽显而动,而感情的涌动正是意义的决定因素。[3] 包括 Jonhson 在内的大多数评论者认为极有可能探出哈姆雷特的思想,然而他们的结论却大相径庭,这在很大程度上是因为他们为哈姆雷特的话附加了不同的内容。Samuel Johnson 在注疏时对"To be, or not to be"进行了这样的解释:在这种悲伤

---

1 至于哈姆雷特"设想杀死克劳狄斯"和"杀死自己",Wilson Knight 认为两者并存(*The Wheel of Fire* [London & New York: Routledge, 1989, rep. 2008], p. 304)。

2 参见 Alex Newell, "The Dramatic Context and Meaning of Hamlet's 'To be or not to be' Soliloquy", in *Publications of Modern Language Association of America*, LXXX, pp. 38-50。

3 参见 L. G. Knights, *Some Shakespearean Themes and an Approach to "Hamlet"* (Stanford: Stanford University Press, 1966), pp. 74-80。

的压力下,在我能够形成任何理性的行动计划之前,很有必要确定,在我们目前这种状况下,我们是 to be, or not to be。[1] 这样的解读,解读者附加的因素显而易见,尤其是"在我们目前这种状况下",显然完全改变了哈姆雷特的"问题",尽管 Johnson 其他的附加物,例如"在我能够形成任何理性的行动计划之前",较少为批评界评论。Edmund Malone 仅仅删除 Johnson 的"在我能够形成任何理性的行动计划之前",接受了 Johnson 的解释,说道:"在我们目前这种状况下",我们是否生存,这一点并不困扰我们,困扰我们的是,在我们目前这种状况下他是继续活下去还是结束他的生命。[2] 可是,哈姆雷特在独白中用的是"we"和"us",而没有明显的词语指代他自己。在第 83 行,他清清楚楚地说"us all",是"we"在时间或者命运的摆布下受苦受难,这可以解释为哈姆雷特所谓的"to be"。一些批评家把"To be, or not to be"简单地解读为"to act, or not to act"(是采取行动,还是不采取行动),[3] 认为哈姆雷特并非在思考和试图确定他自己的路径,而是在就一个"问题"左思右想自我辩论,而这一问题涉及很多方面。例如,戚戚忧伤总比一点也不忧伤要好,而且,这些方方面面正是莎士比亚时代学校里常常争辩的问题。"question"(问题)一词,正是学术辩论中常用的词语。[4] 尽管"问题"需要有个决断,但是它不是付诸行动的事情,而是需要做出判断。

我们拒绝赋予独白的第一行任何特定意义的解读,同时我们也不承认毫不相关的形而上学解读,尽管我们可以接受对于"being"和"existence"两词在形而上学意义上的区别以及它们的区别在哈姆雷特独白中的意义。哈姆雷特本人意识到,人类生活不仅仅是"吃和睡"(第四幕,第四场),这并不等于"being"就包含了 Max Plowman 所谓的与"意

---

1 参见 Samuel Johnson (ed.), *The Plays of William Shakespeare*, vol. 8, 1765。

2 参见 Edmund Malone, *The Plays and Poems of William Shakespeare*, vol. 9, 1790。

3 John Middleton Murry 说道:To be or not to be 所关乎的不是哈姆雷特,而是哈姆雷特杀死克劳狄斯之努力[*Things to Come* (London: Macmillan, 1928), p. 231]。

4 参阅 D. Legge, *Studies in Honour of Margaret Schlauch* (Warszawa: Polish Scientific Publishers, 1966), pp. 213-217。

识"的密切联系,[1] 更不等于"To be, or not to be"的意义是波伊修斯所谓的"being"就是"善"而"non-being"就是"恶",[2] 或者形而上学意义上的身份、自我实现、本质等问题。[3] 对于哈姆雷特"To be, or not to be"进行一些形而上学方面的探讨,是无可非议的,如我们在前文《哈姆雷特"To be, or not to be"的隐喻性》中所言,毕竟哈姆雷特是威登堡大学的学生,对一些问题做形而上学的思考,不仅是合情合理的,恐怕也是习以为常的,但是,过分强调形而上学上的意义,或者把形而上学上的意义作为唯一解读,这样的努力注定随着对哈姆雷特独白中接着的文字的解读而根基松软。

哈姆雷特在"To be, or not to be"所言的"问题"(一些批评者简单而粗糙地解读为"Is life worth living?"),不仅仅是"To be, or not to be",而且与下文有密切的关系。就此而言,没有任何与自杀相关的信息,甚至连死亡也牵涉不上。然而,既然问题的提出必然是针对业已存在的对象,那么所隐含的选择只能是继续"to be"或者停止"to be",这样的话,死亡的意思在后者已经包含,而且,"问题"一旦放大至整个独白,那么它就立刻变得明朗(第60行:by opposing end them.)。当然,我们在反抗中所"end"(结束、消失)的,并不是"无涯的苦难",而是我们自己的生命,生命的结束又意味着苦难的结束,而且,接着的话语更明确地表达了这层意思:"To die, to sleep——No more"(第60-61行)。这样看来,选择是在继续"默然忍受"还是"结束"生命两者之间进行的,至少这是哈姆雷特话语表面的逻辑关系所指。从无涯的苦难之结束,自然过渡到死的想法,而且用路人皆知的表达方法:end、sleep、consummation(第60-64行)。至此,仍然没有任何与自杀相关的词语出现,哪怕是隐喻性的。可是,死的想法同样自然地导向死是一件多么容易的事儿这一念头,尤其是"用一柄小小的刀子,就可以清算他自己的一生"(第75-76行)。哈姆雷特说

---

1 参见 Max Plowman, *The Right to Live* (London: Daker, 1945),第156页及以后。

2 参见 L. G. Knights, *Some Shakespearean Themes and an Approach to "Hamlet"* (Stanford: Stanford University Press, 1966), pp. 76-77。

3 参见 Eleanor Prosser, *Hamlet and Revenge* (Stanford, Calif.: Stanford University Press, 1967), pp. 159-164。

的是"he",解读为也包括哈姆雷特自己,因此,自杀的概念第一次出现,是在第70行开始的疑问中:"谁愿意忍受人世的鞭挞和讥嘲,压迫者的凌辱,傲慢者的冷眼,被轻蔑的爱情的惨痛,法律的迁延,官吏的横暴,和微贱者费劲辛勤所换来的鄙视,要是他只要用一柄小小的刀子,就可以清算他自己的一生?"[For who would bear the whips and scorns of time,/Th' oppressor's wrong, the proud man's contumely,/The pangs of dispris'd love, the law's delay,/The insolence of office, and the spurns/That patient merit of th' unworthy takes,/When he himself might his quietus make/With a bare bodkin?（第三幕,第一场,第70-76行）]可是,这是一个修辞疑问句!这就意味着,答案本就隐含在疑问中了:自杀被完全否定了。而且对自杀的否定再次出现于之后的假设疑问中:"谁愿意负着这样的重担,在烦劳的生命的压迫下呻吟流汗,尚不是因为惧怕不可知的死后,那从来不曾有旅人回来过的神秘之国,是它迷惑了我们的意志,使我们宁愿忍受目前的折磨,不敢向我们不知道的痛苦飞去?"(Who would thesefardels bear,/To grunt and sweat under a weary life,/But that the dread of something afterdeath —/The Undiscover'd country, from whose bourn/No traveler returns—puzzles the will,/And makes us rather bear those ills we have/Than fly to others that we know not of?［第三幕,第一场,第76-82行)。而且对自杀的否定如自杀的出现一样自然而然。再者,死亡的隐喻睡眠,同样自然而然地走向做梦,又从做梦导向无人知晓的彼国,这就是"阻碍"(第65行)。所以,人们宁肯在此世受难,也没有人愿意死去:自杀的念头在形成之前就已经被歼灭——在70行开始考虑自杀之前,我们已经"停下"(pause)了(第68行)。看来,说这段独白的主旨是哈姆雷特在思考是否要用自杀的方式来结束自己的生命,显然是望文生义了。而且,哈姆雷特甚至认为,任何人都不应该以自杀的方式结束自己的生命。同时,选项毫无隐晦地做出:我们必须忍受"命运的暴虐的毒箭"[The slings and arrows of outrageous fortune(第三幕,第一场,第58行)]、"血肉之躯所不能避免的打击"[The heart-ache and the thousand natural shocks/That flesh is heir to(第三幕,第一场,第62-63行)]及第70-74行所列举的种种不公,"负着这样的重担,在烦劳的生命的压迫下呻吟流汗",而绝不能自杀。前面我们说道,哈姆雷特的这段独白,逻辑关系很是不严谨,但是生和死的对立,死之意向和死之恐惧的对立,生之苦痛和死之苦痛的对立,却是非常严密地保持着平衡。独白的结局更是把生与死这个问题做了决断:尽管人在此世的生活苦难重重,故而常常使得人们想到死,但是我们"宁愿忍受"。哈姆雷特做的选择如下:"to be","to suffer"(受苦受难),"to bear"(忍受)。独白最后的警语,可以说是前思后想的总结:理智(conscience)使我们惧怕死亡,因为一想到死后的境况,我们就宁愿继续活下去,不管这活下去是多么的痛苦。独白的结尾是一个悖论:与其说我们在两者之间进行了选择,不如说我们由于惧怕另一个而被动地接受了一个。这样,紧接着"To be, or not to be, that is the question"之后的选择疑问,即哪一个更勇敢(nobler,第57行),在第83行的"cowards"(懦夫)找到了答案:我们的态度是,两者均是勇敢的反面,所以,我们宁肯做个懦夫。

　　无可非议,对"To be, or not to be"最直接的解读,就是紧接着的四行诗句:"默然忍受命运的暴虐的毒箭,或是挺身反抗人世的无涯的苦难,在奋斗中结束了一切,这两种行为,哪一种是更勇敢的?"(Whether 'tis nobler in the mind to suffer/The slings and arrows of outrageous fortune,/Or to take arms against a sea of troubles/And by opposing end them［第三幕,第一场,第57-60行)。这四行与"To be, or not to be"在结构上相同,是一个两项选择,均是由"or"连接两个并列的子结构。所以,把"to be"解读为"默然忍受命运的暴虐的毒箭",把"not to be"解读为"挺身反抗人世的无涯的苦难,在奋斗中结束了一切",表面上看起来顺理成章。然而,这种解读仅仅完成了一半,既没有联系第56行的后半部分即"that is the question",又没有说明"这两种行为,哪一种是更勇敢的?"这一问题。更明确地说,第56行结尾的"question"并不是"哪一种是更勇敢的?"的答案。再者,从意义上看,这里的选项也不与"To be, or not to be"相匹配:"to take arms"(挺身反抗)并不是"to be";"to suffer"(默然忍受)更不是"not to be","to take arms"和"to suffer"均是 being 的方式,包含在"to be"中。当然了,挺身反抗的结局是"结束了一切",但是,这又是一个悖论:一切,既包括"无涯的苦难"又包括反抗者自己,而无涯的苦难正是反抗者的经历,只有随着反抗者的"结束",苦难方得以结束,所以,要结束无涯的苦难,其唯一的方式就是结束自己。进而看来,哈姆雷特不可能认为一个人可以通过反抗苦难来征服苦难。哈姆雷特相信,苦难与"being"(包括一个人的生存)是同在的,整段独白也证明这一点,而且第58行结尾处的"fortune"(命运)一词,[1]也说明这一点。另一个值得我们注意的是哈姆雷特比喻苦难的喻体——"sea"(海洋)。海洋是一切生命的来源,把苦难比作海洋,无疑既是说苦难深重无涯又是与生命的存在而同在的。众所周知,拿起武器与海洋作战(to take arms against a sea)是一项徒劳的行为,犹如挥起宝剑刺向罡风,或者如李白的诗句所言,抽刀断水。哈姆雷特的这个隐喻在英国读者并不陌生。它似乎是源自一个古老的传说:古代很多作家都曾描述凯尔特人为了掩盖他们惧怕浪潮的心理而挥剑冲向浪潮,以便把浪潮吓回去。当然了,凯尔特勇士们全都葬身大海。哈姆雷特所使用的隐喻意义很明确:奋起反抗的确是一种勇敢的行为,但是这一勇敢的行为是以牺牲自己为代价的。这样,这四行所提出的问题"哪一个更勇敢?"亚里士多德在他的《伦理学》早已给出了答案:"勇敢的人是处于适当的原因、以适当的方式以及在适当的事件,经受得住所该经受的,也怕所该怕的事物的人。……勇敢的人是因为一个高尚的目的之故而承受着勇敢所要求承受的那些事物,而做出勇敢所要求做出的那些行动的。"[2]

　　第84行从一个主题转向另一个新的主题,很多批评家忽视了这一转换,因为他们没有关注"thus"一词的重复(Thus conscience does make cowards of us all,/And thus the native hew of resolution/Is sicklied o'er with the pale cast of thought,/And enterprises of great pitch and moment/With this regard their currents turn awry/And lose the name of action[这样理智使我们全变成了懦夫,决心的赤热的光彩,被审慎的思维盖上了一层灰色,伟大的事业在这一种考虑之下,也会逆流而退,失去了行动的意义];第83-88行)。第一个"thus"(第83行)导入独白的结尾,表示由开始时

---

[1] 关于哈姆雷特的命运观念,参阅前文《哈姆雷特的命运意识》。
[2] 亚里士多德,《尼各马可伦理学》,廖申白译,北京:商务印书馆,2004年,第80页。

的"问题"引来的思考至此结束了。同时,这一结语因为接着的第二个"thus"(第84行)又导向进一步的思考,而后者同样与人类本性密切联系:无论我们选择"to be"还是"not to be",无论我们选择"默然忍受命运的暴虐的毒箭"或是"挺身反抗人世的无涯的苦难,在奋斗中结束了一切",均需要我们下定"决心",我们的任何决心都会发出炽热的光彩。但是,炽热只是暂时的,因为"理智"和"审慎的思维"会把这热度扑灭,行动的决心会被审慎的思维挫败。这样,哈姆雷特就把自己的不行动推演至人类的普遍本性。

行动的决心被挫败,这是一个重要的母题,它将要在第三幕第二场第182-208行(借助伶人所饰国王之口)以及第四幕第七场第110-122行(国王克劳狄斯表达了同样的意思)再三出现。这里的诗行,无疑是最著名的。由于它们是哈姆雷特的表述以及它们的光彩,我们往往对另外两处不太重视。我们需要注意的是,哈姆雷特自己并没有用它表述自己的情况,而是对人类普遍情况进行推理。然而,戏剧的情节很容易使得我们——无论是读者还是观众——把哈姆雷特独白的内容与哈姆雷特自己的境况联系在一起,一如我们在前一幕最后一场把哈姆雷特与披勒斯(第二幕,第二场,第448-514行)联系起来,尽管整个场景与哈姆雷特没有丝毫关系。[1] 柯勒律治曾经说这段独白由于所涉及的主旨是如此普遍,以至于在所有莎士比亚的戏剧人物中,最容易使我们认为它所指的就是哈姆雷特。而其他的一些批评家——包括 Johnson 和 Kenneth Muir[2]——认为,哈姆雷特在独白中所列举的社会弊病,没有一项是哈姆雷特本人所经历的。这段独白的确与其他的独白不同,它不与哈姆雷特的个人困境有直接联系,但是,它所表达的对人生的看法,并不是我们应该赋予哈姆雷特的那种客观而公正的看法,而只不过是哈姆雷特的困境状态下的一种观点而已。从而,也可以说是哈姆雷特在这特定的状况下所持有的观点:哈姆雷特的父亲被谋杀,他的罪恶累累的叔父篡夺了王位并占有了他的母亲,他觉得"人世间的一切"全都那么地"可厌、陈腐、

---

1 参见前文《哈姆雷特与披勒斯的复仇》。

2 参见 Kenneth Muir(ed), *Hamlet* (London: Edward Arnold, 1986), pp. 34-35。

乏味而无聊"(第二幕,第二场,第 133-134 行),他觉得整个世界不过是一个"荒芜不治的花园,长满了毒恶的莠草"(第二幕,第二场,第 135-136 行),这个"负载万物的大地,这一座美好的框架",对于他来说,只是"一个不毛的荒岬",而这个壮丽而庄严的苍穹,也只不过是"一大堆污浊的瘴气的集合"(第二幕,第二场,第 198-203 行)。由此,联系到哈姆雷特这段独白中相同或相似的意象:"暴虐的毒箭""无涯的苦难""呻吟流汗"等,如果死亡能结束了这一切,那当然是一个求之不得的结局。故而,批评家把哈姆雷特的这段独白看作关涉哈姆雷特自己的,也并非完全不合情理。

尽管哈姆雷特的这段独白金声玉振,闻名遐迩,但是它所表达的观念大部分却是传统的。哈姆雷特说,人们宁肯在此世受难也不愿意死去,是因为惧怕不可知的死后所去的神秘之国,而这个神秘之国不可知,是因为"没有一个旅人回来过"。奥古斯丁曾经说道:我不愿意死,我宁肯受难不幸而不想死去,原因是惧怕死后会更加地受难不幸。[1] 就这里的表述,一些批评家指责莎士比亚前后不一致,因为前面鬼魂曾出现在哈姆雷特的面前并向哈姆雷特讲述了他被谋杀的经过;另外一些批评家为莎士比亚找了理由,说哈姆雷特怀疑鬼魂的真实性(第二幕,第二场,第 594 行及以后),甚至把这里看作对新教鬼魂是魔鬼的化身这一观念的肯定;有的批评家认为这句话放置的位置不对,说应该放置于哈姆雷特见到鬼魂之前。[2] John Dover Wilson 认为,哈姆雷特此时此刻已经放弃了对鬼魂的信任,因为他已经安排验证鬼魂的真实性,所以,莎士比亚显然前后不一致。[3] 对于这样的观点,我们很容易反驳,因为"晚上游行地上,白昼忍受火焰的烧灼"[Doom'd for a certain term to walk the night,/ And for the day confin'd to fast in fires(第一幕,第五场,第 10-11 行)]的鬼魂,并非这里所言的从神秘之国回来的"旅人"。但重要的是,我们根本

---

1 奥古斯丁,《论自由意志》,王秀谷译,台南:闻道出版社,1974 年,第 19 页。

2 例如 W. J. Lawrence, *Speeding Up Shakespeare* (New York: Blom, 1968), pp. 57-59。

3 John Dover Wilson, *What Happens in Hamlet* (Cambridge: Cambridge Univeristy Press, 1959), p. 74.

不应该把这句话与鬼魂联系在一起。莎士比亚安排哈姆雷特在这里讲这样的话,是因为文艺复兴时期任何有良好人文素养的人思考死亡时都会这样想。有去无回的旅行这一隐喻,古罗马诗人卡图卢斯和塞内加均使用过,甚至《圣经》也有这样的说法。[1] 文艺复兴时期的意大利学者卡尔达诺(Cardano Girolamo, 1501—1576)就曾经说过:"在未知的国度旅行之人,没有回来的希望。"[2] 文艺复兴时期法国作家拉普里姆代耶(La Primaudaye, 1546—1619)在谈到死后的灵魂时说道,我们不知道"它们进入了什么国度,因为没有任何人从那里带回来任何消息"。[3] 在英国,莎士比亚也不是唯一使用这一隐喻的剧作家。克里斯托弗·马洛在他的《爱德华二世》说 Mortimer"像一个去探索未知国度的旅人"(第五幕,第四场,第65-66行)。无论从剧情的发展以及这段独白的语境讲,还是从传统上讲,莎士比亚在这里使用这个隐喻都是顺理成章的。

把死亡比作睡眠,在文艺复兴时期也是一个常见的比喻。[4] 卡尔达诺的 *De Consolatione* 被认为是莎士比亚的一个直接来源。正是在古典传统的基础上,卡尔达诺说死亡像睡眠一样,但是认为在这样的睡眠里我们什么也梦不见。蒙田也认为,这样的睡眠是人世间不可获得的甜美睡眠。[5] 莎士比亚与他们不同,认为死亡的睡眠里有可能做梦,且常常是噩梦,这不是莎士比亚的独创。莎士比亚的观念是传统的,然而是基督教传统。[6]

---

[1] 参见卡图卢斯:《歌集》(Ⅲ. 11-12);塞内加:*Hippolytus* (93, 625-26); *Hercules Furens* (865-66);《圣经·约伯记》(10: 21)。

[2] Cardano, *De Consolatione* (英译 Comfort, Bedingfield 译,1573),D3.

[3] Pierre de La Primaudaye, *The French Academie* (London: John Legat, 1618), p. 596.

[4] 参见前文《哈姆雷特怀疑和探索所折射的悲剧意义》第46页注2。

[5] 至于其他的来源,参见 Henry R D Anders, *Shakespeare's Books* (Berlin/Boston: De Gruyter, Inc.), 2017, p. 275。

[6] 参见《布道书》:对死亡的恐惧,主要是惧怕永劫之痛苦状态。

"I think nothing"

——父/夫权制下奥菲莉娅思想之缺失

Ham. Lady, shall I lie in your lap?

    ⌈ *Lying down at Ophelia's feet.*

Oph. No, my lord.

Ham. I mean, my head upon your lap?

Oph. Ay, my lord.

Ham. Do you think I meant country matters?

Oph. I think nothing, my lord.

Ham. That's a fair thought to lie between maids' legs.

Oph. What is, my lord?

Ham. Nothing.

哈:小姐,我可以睡在您的怀里吗?

奥:不,殿下。

哈:我的意思是说,我可以把我的头枕在您的膝上吗?

奥:嗯,殿下。

哈:您以为我在转着下流的念头吗?

奥:我什么也没有想,殿下。

哈:睡在姑娘大腿的中间,想起来倒是很有趣的。

奥:什么,殿下?

哈:没有什么。

(第三幕,第二场,第108-116行)

    在前文《〈哈姆雷特〉翻译中的缺失》中,笔者探讨了 Ophelia 作为名字翻译时所丧失的内涵,这里,笔者想简要谈一谈奥菲莉娅这个女性角色。

从这里引用的短短的对白中可以看出,占据主体位置的,或者说具有思想意识的,是哈姆雷特。因此,哈姆雷特不但决定着表达思想的话语的方式,也决定着话语的意旨和方向。

谈到主体的问题,离不开询问一个简单不过的问题,即"我是谁?"我是谁,在哈姆雷特的思想中与在奥菲莉娅的思想中截然不同。诚然,自我离不开我对我自己的感觉,我的经验的和感情的内容,我对我过去的经历的记忆,我对他人的感受,我在镜子里看到的自己,我感觉到自己的存在等,然而,这些尚且不能验证我是谁。我还必须是一个可以被他者认定的能说话的主体,一个能思想的主体,然而,这个能说话、能思想的主体,在哈姆雷特与奥菲莉娅之间也是迥然不同的。哈姆雷特所说的,哈姆雷特所思的,是按照自己的意志、意愿和欲望行动的主体之言语和思想,而奥菲莉娅或者是无语——如她在回应哈姆雷特咄咄逼人的话语——或者是无思——如这里"I think nothing",即使说话,也是父/夫权制的语言,即使大脑在活动,也是随着男性的思想而思想。按照拉康的说法,我之身份是从他者反映的一个相同之我(a likeness),所以,我必须是一个被他者认定的自我。奥菲莉娅的身份,不是由性别、个人爱好、自我对外界与自我的感觉、家庭和社会关系,以及在家庭和社会充当的角色等所构成的,而是由她所是的以及所不是的他者,她所不知道的如何才会是的他者,把她撕裂、使她不安、让她改变自己的那个他者!

哈姆雷特所安排的这场戏,是要"探视到"克劳狄斯的"灵魂的深处",以便弄清楚"国王内心的秘密"(第二幕,第二场)。国王、王后、奥菲莉娅及诸大臣都已经出席,照理说,哈姆雷特应该把注意力放在克劳狄斯身上,然而,哈姆雷特首先关注的是奥菲莉娅。在前面一场,哈姆雷特的独白之后,紧接着就是与奥菲莉娅的对白。那里,哈姆雷特玩弄辞藻、游戏双关,已经使奥菲莉娅陷入了语言的困境。如果说在那里奥菲莉娅听到哈姆雷特大谈特谈"beauty""honesty"和"nunnery"(第三幕,第一场,第103-130行)时已经不知所措,但那毕竟只有哈姆雷特和她在场。可是这一次却是哈姆雷特在众目睽睽之下用下流的词语调戏奥菲莉娅,奥菲莉娅的尴尬处境可想而知。哈姆雷特一次又一次地用语言戏弄奥菲莉娅,说明了在父/夫权制社会里,哈姆雷特确立自己男性身份的欲望和冲动一有机会就会迸发出来。哈姆雷特持续需要女性(不仅仅奥菲莉娅,还有他的母亲葛特露德)作为拥有和掌控的对象来声明自己的存在和身份。对奥菲莉娅所做的语言的戏弄,并不是要以这种方式彰显她的不存在,而是要在意识和无意识领域确定她异己的他者性或是被同化于他或是被他掌控,这样欲望就得到满足,他的自我也就彰显,尤其是在众目睽睽之下;而她的自我也就没有表现的空间,也就湮灭于他的语言掌控和游戏里。

显而易见的是,在我们于本文伊始所引用的这几句对白中,哈姆雷特说话肆无忌惮,奥菲莉娅说话谨小慎微;哈姆雷特说话放肆、挑衅、霸道,明显地表现他的欲望和权力;奥菲莉娅的话语怯弱、卑谦、轻柔,是长期被压抑、被管束、失去自我的心理的表现。哈姆雷特的话语,是自己精心编排之后又特意安置于策划好的语境里,单纯的词语后面隐藏着复杂的意义,尤其是隐喻意义;奥菲莉娅像一个堡垒一样,在受到外界力量的攻击和威胁时,不会用自我意志的驱动来护卫自己,而只是任凭潜意识领域的认知积淀和认知反应,被动地用简单、单义、口头、习惯的话语来护卫自己,结果却是,让哈姆雷特抓个正着,进而受到哈姆雷特不停地攻击,最后无奈地无言以对、彻底崩溃。直至哈姆雷特满足了对奥菲莉娅话语玩弄的欲望,才把话头转向母亲,把峭刻、辛辣的话语抛向她(哈:"你瞧,我的母亲多么高兴,我的父亲还不过死了两个钟头。"奥:"不,已经四个月了,殿下。"哈:"这么久了吗? 唉哟,那么让魔鬼去穿孝服吧,我可要去做一身貂皮的新衣啦。天啊! 死了两个月,还没有把他忘记吗?"[*Ham.* For look you how cheerfully my mother looks, and my father died within's two hours. *Oph.* Nay, 'tis twice two months, my lord. *Ham.* So long? Nay then, let the devil wear black, for I'll have a suit of sables. O heavens! Die two months ago, and not forgotten yet?]第三幕,第二场,第121-126 行)。这段对白,在政治层面和社会层面上看不出明显的意义,但是,话语所突出的是性别歧视、性别压迫、性别专制,完全是 Monique Wittig 所谓的"通过话语对个体的肉体压迫"(the material oppression of individuals by discourses)。一般来说,哪里有压迫,哪里就有反抗。然而在这里,我们看不见奥菲莉娅的任何反抗,而是逆来顺受,尽管有一些自我保护。

从心理分析的角度看,哈姆雷特用语言对奥菲莉娅进行肉体压迫以及从中获得自我之快感,与哈姆雷特拥有而奥菲莉娅没有 penis(男性生殖器)这一事实密切相关。[1] 朱丽叶·米歇尔(Juliet Mitchell)曾经说道,男性生殖器代表着个人实现的原则,而且,对于一个女孩子而言,"no phallus, no power"(没有男性生殖器,就没有权力)。[2] 哈姆雷特说"睡在您的怀里""下流的念头"和"睡在姑娘大腿的中间",显然是在向奥菲莉娅暗示他拥有 penis,故而也拥有权力,不仅是社会权力和话语权力,还是男性生殖器的权力,而这些恰恰是奥菲莉娅所缺失的能够帮助其确立身份的特质。缺失了身份,奥菲莉娅的"I think nothing"也就迎刃而解了:笛卡儿言"我思故我在",奥菲莉娅不思了,也就不在了,主体的缺失不言而喻。[3]

恰恰在此之前,奥菲莉娅被国王和父亲用作诱饵,以窥探哈姆雷特的疯癫,极其富于政治意味。奥菲莉娅本应该是一个普通单纯的女孩,她与哈姆雷特的恋爱,尽管有其上层社会的家庭背景,但是她看中哈姆雷特的,并不是他王子的身份,而是英雄人物所具有的特点:"朝臣的眼睛,学者的辩舌,军人的利剑,国家所瞩望的一朵娇花;时流的明镜,人伦的雅范,举世瞩目的中心"[The courtier's, soldier's, scholar's, eye, tongue, sword,/Th' expectancy and rose of the fair state,/The glass of fashion and the mould of form,/Th' observ'd of all observers(第三幕,第一场,第151-154行)]。然而,爱情本来完全是个人的,但是"个人的既是政治的"(Biddy Martin 和 Chandra Mohanty,《女权主义政治学:家与它有什么关系?》"Feminist Politics:What's Home Got to Do with It?"),正如勒替斯对奥菲莉娅所说的那样:"也许他现在爱你,他的真诚的意志是纯洁

---

1 正如拉康对奥菲莉娅所做的词源解构:Ophelia＝O+phallus,即男性生殖器为零。

2 Juliet Mitchell, *Psychoanalysis and Feminism:Freud, Reich, Laing, and Women* (New York:Pantheon, 1974), pp.392, 96.

3 参阅前文《〈哈姆雷特〉翻译中的缺失》中相关内容。

而不带欺诈的；可是……他有这样高的地位，他的意志并不属于他自己……他不能像一般庶民一样为自己选择，因为他的决定足以影响到整个国本的安危。他是全身的首脑，他的选择必须得到各部分肢体的同意"[Perhaps he loves you now,/And now no soil nor cautel doth besmirch/The virtue of his will; But … His greatness weigh'd, his will is not his own; … He may not, as unvalued persons do,/Carve for himself; for on his choice depends/The sanity and health of this whole state;/And therefore must his choice be circumscrib'd/Unto the voice and yielding of that body/Whereof he is the head(第一幕,第三场,第16-24 行)]。哈姆雷特作为丹麦的王子,他的言行与政治的关系非同一般。可是奥菲莉娅这样的"一般庶民"又怎能逃脱政治的牢笼呢？她不是被国王呼来唤去,验证哈姆雷特疯癫的真伪吗？她不是被哈姆雷特拿来当作自己表现疯癫以掩藏自己的政治意图的客体吗？她不是成了父/夫权制政治的牺牲品了吗？朱狄斯·巴特勒(Judith Butler)在《性别麻烦》(*Gender Trouble*, 1990)中说道,人作为一个政治的动物(political animal),是在政治生活中的表现而体现出人的身份、作用和本质的。对于女性而言,"表现"(representation)在政治过程中是一个具有操作性的词语,主要在于作为政治主体的女性在政治生活中的作用,是在真正意义上起着一个政治主体的作用,而且还是作为男性的客体起着政治傀儡的作用。一方面,奥菲莉娅在丹麦王国的政治游戏里,根本没有"主体"可言,其傀儡的作用彰明较著;另一方面,"表现"作为语言的正常功能或是曲解或是揭示与女性相关的事实真相。语言的正当运用,是培养女性政治意识所必需的。奥菲莉娅在哈姆雷特的话语体系里,连思想都不可能,又怎么能正当运用自己的语言呢？残酷的现实是,女性的真实总是被错误地表现,或者不能表现,或者完全不表现。表现女性为主体的政治和语言,在父/夫权制社会里根本不存在。女性自我身份的界定,与其说是女性在人际和政治语境下自我之"重写"(rewriting),不如说是自我之表现。而奥菲莉娅既不能重写自我,又不能表现自我,究其根源,仍然是她思想的缺失。

奥菲莉娅主体之缺失,还表现在她的哥哥勒替斯离开家去巴黎大学的时候与她的对话,以及之后她的父亲与她的对话。

勒：对于哈姆雷特和他的调情献媚，你必须把它认作一时的感情冲动，一朵初春的紫罗兰，早熟而易凋，馥郁而不能持久，一分钟的芬芳和喜悦，如此而已。

奥：不过如此吗？

勒：不过如此；因为像新月一样逐渐饱满的人生，不仅是肌肉和体格的成长，而且随着身体的发展，精神和心灵也同时扩大。也许他现在爱你，他的真诚的意志是纯洁而不带欺诈的，可是你必须留心，他有这样高的地位，他的意志并不属于他自己。因为他自己也要被他的血统所支配，他不能像一般庶民一样为自己选择，因为他的决定足以影响到整个国本的安危。他是全身的首脑，他的选择必须得到各部分肢体的同意，所以要是他说，他爱你，你可以相信他在他的地位之上，也许会把他的说话见之行事，可是那必须以丹麦的公意给他赞许为限。你再想一想，要是你用过于轻信的耳朵倾听他的歌曲，让他掠走了你的心，在他的狂妄的渎求之下，打开了你的宝贵的童贞，那时候你的名誉将要蒙受多大的损失。留心，奥菲莉娅，留心，我的亲爱的妹妹。不要放纵你的爱情，不要让欲望的利箭把你射中。一个自爱的女郎不应该向月亮显露她的美貌；圣贤也不能逃避谗口的中伤；春天的草木往往还没有吐放它们的蓓蕾，就被蛀虫蠹蚀；朝露一样晶莹的青春，常常会受到罡风的吹打。所以留心吧，戒惧是最安全的方策；即使没有旁人的诱惑，少年的血气也要向他自己叛变。

奥：我将要记住你这个很好的教训，让它看守着我的心。可是，我的好哥哥，你不要像某些坏牧师一样，指点我上天去的险峻的荆棘之途，自己却在花街柳巷流连忘返，忘记了自己的箴言。

勒：啊，不要为我担心。

Laer. For Hamlet, and the trifling of his favour,
    Hold it a fashion and a toy in the blood,
    A violet in the youth of primy nature,
    Forward not permanent, sweet not lasting,

The perfume and suppliance of a minute;
No more.

Oph. No more but so?

Laer.   Think it no more;
For nature crescent does not grow alone
In thews and bulk, but as this temple waxes,
The inward service of the mind and soul
Grows wide withal. Perhaps he loves you now,
And now nosoil nor cautel doth besmirch
The virtue of his will; But you must fear,
His greatness weigh'd, his will is not his own;
For he himself is subject to his birth:
He may not, as unvalued persons do,
Carve for himself; for on his choice depends
The sanity and health of this whole state;
And therefore must his choice be circumscrib'd
Unto the voice and yielding of that body
Whereof he is the head. Then he say he loves you,
It fits your wisdom so far to believe it
As he in his particular act and place
May give his saying deed; which is no further
Than the main voice of Denmark goes withal.
Then weigh what loss your honour may sustain,
If with too credent ear you list his songs,
Or lose your heart, or your chaste treasure open
To his unmast'red importunity.
Fear it, Ophelia, fear it, my dear sister;
And keep you in the rear of your affection,
Out of the shot and danger of desire.
The chariest maid is prodigal enough

If she unmask her beauty to the moon.

Virtue itself scapes not calumnious strokes;

The canker galls the infants of the spring

Too oft before their buttons be disclos'd;

And in the morn and liquid dew of youth

Contagious blastments are most imminent.

Be wary, then; best safety lies in fear:

Youth to itself rebels, though none else near.

Oph. I shall the effect of this good lesson keep

As watchman to my heart. But, good my brother,

Do not, as some ungracious pastors do,

Show me the steep and thorny way to heaven,

Whiles, like a puff 'd and reckless libertine,

Himself the primrose path of dalliance treads

And recks not his own rede.

Laer. O, fear me not!

（第一幕,第三场,第5-51行）

　　本来勒替斯出门,临行前对妹妹表示关心,叮嘱一两句也是合情合理的;同时,妹妹关心哥哥,也应该嘘寒问暖。可是在这长长的四十六行中,奥菲莉娅仅仅说了七行,而且除了涉及兄长的无关痛痒的话外,也都是按照勒替斯的思路迎合而已。勒替斯的话里,有七处是命令句,其中两次是"你必须",两次"不要",三次"留心",其余的内容,尽管语词斐然、譬喻生动,但是其口气全都是自以为是、不容争辩的,而奥菲莉娅不过是唯唯诺诺而已,没有表现出一点自己的思想,或者说自己一点也没有思想。勒替斯与奥菲莉娅的一席对话,反映了西方传统女性的角色和德行。贞节是一个女性最重要的德行,其他的诸如顺从、温柔、打理家务、相夫教子等均属于低等的德行。奥菲莉娅正值含苞欲放的花季,而且情窦初开,是最为家人担心因情或引诱而丧失贞节的年龄,就像鲜花极易被蛀虫噬咬一样。"一个女人如果丧失了贞节,你将成为一个多么可怜、悲惨、孤苦的人啊！被诱奸者遗弃，被亲友抛弃，没有容身之处。"[1] 单纯(用普隆涅斯的话是"a green girl")、没有自己的主意、容易受骗，就是勒替斯眼中的奥菲莉娅。

对于兄长的长篇大论,对于勒替斯警告奥菲莉娅不要陷入与哈姆雷特的爱情,奥菲莉娅既没有解释说明,也没有表明自己对爱情的态度,更没有进行有力的反驳,而她的反应仅仅是"我将要记住你这个很好的教训,让它看守着我的心"。这里,不仅是话语权力掌握在谁的手里的问题,而且还是"我思"之问题。它所暗示的是,如果"我思"是男性存在的本质,那么对于奥菲莉娅而言,"think nothing"正是她的特征。这样看来,当哈姆雷特说"您以为我在转着下流的念头吗?"时,奥菲莉娅的回答是"think nothing",并非因为哈姆雷特的话具有挑衅性故而奥菲莉娅有意避开其锋芒而选择的回答,而是奥菲莉娅积"不思"成习。这一"不思的习惯"与她拥有的其他的女性习惯一样,不是与生俱来的,而是在家庭生活和社会生活中逐渐养成的。正如波伏娃所言,一个人并非生来是一个女人,而是逐渐变成一个女人。

兄长离开后,接着就是父亲的教训。如果说兄长的警告还是比较婉转的,那么父亲的教训则是直截了当:

普:奥菲莉娅,他对你说些什么话?

奥:回父亲的话,我们刚才谈起哈姆雷特殿下的事情。

普:嗯,这是应该考虑一下的。听说他近来常常跟你在一起,你也从来不拒绝他的求见;要是果然有这种事——人家这样告诉我也无非是叫我注意的意思——那么我必须对你说,你还没有懂得你做了我的女儿,按照你的身份应该怎样留心你自己的行动。究竟在你们两人之间有些什么关系? 老实告诉我。

奥:父亲,他最近曾经屡次向我表示他的爱情。

---

1 *The Advocate of Moral Reform*, vol. 1, 15, from Carroll Smith-Rosenberg, "Writing History: Language, Class, and Gender", in Teresa de Lauretis (ed.), *Feminist Studies/Critical Studies* (Bloominton: Indiana University Press, 1986), p. 42.

普：爱情！呸！你讲的话完全像是一个不曾经历过这种危险的不懂事的女孩子。你相信他的那种你所说的表示吗？

奥：我不知道应该怎样想才好。

普：好，让我来教你！你应该这样想，你是一个小孩子，把这些假意的表示当作了真心的奉献。你应该把你自己的价值抬高一些。

奥：父亲，他向我求爱的态度是很光明正大的。

普：嗯，他的态度，很好，很好。

奥：而且，父亲，他差不多用尽一切指天誓日的神圣的盟约，证实他的言语。

普：嗯，这些都是捕捉愚蠢的山鸡的圈套。我知道在热情燃烧的时候，一个人无论什么盟誓都会说出口来。这些火焰，女儿，是光多于热的，一下子就会光消焰灭，因为它们本来是虚幻的，你不能把它们当作真火看待。从现在起，你还是少露一些你女儿家的脸；你应该抬高身价，不要让人家以为你是可以随意呼召的。对于哈姆雷特殿下，你应该这样想，他是个年轻的王子，他比你在行动上有更大的自由。总而言之，奥菲莉娅，不要相信他的盟誓，因为它们都是诱人堕落的鸩媒，用庄严神圣的辞令，掩饰淫邪险恶的居心。我的言尽于此，简单一句话，从现在起，我不许你跟哈姆雷特殿下谈一句话。你留点神吧！进去。

奥：我一定听从您的话，父亲。

Pol. What is't, Ophelia, he hath said to you?

Oph. So please you, something touching the Lord Hamlet.

Pol. Marry, well be thought!

　　'Tis told me he has very oft of late

　　Given private time to you; and you yourself

　　Have of your audience been most free and bounteous.

　　If it be so—as so 'tis put yo me,

　　And that in way of caution—I must tell you

　　You do not understand yourself so clearly

　　As it behoves my daughter and your honour.

What is between you? Give me up the truth.

Oph. He hath, my lord, of late made many tenders

Of his affection to me.

Pol. Affection! Pooh! You speak like a green girl,

Unsifted in such perilous circumstance.

Do you believe his tenders, as you call them?

Oph. I do not know, my lord, what I should think.

Pol. Marry, I will teach you: think yourself a baby

That you have ta'en these tenders for true pay

Which are not sterling. Tender yourself more dearly;

Or—not to crack the wind of the poor phrase,

Running it thus—you'll tender me a fool.

Oph. My lord, he hath importun'd me with love

In honourable fation.

Pol. Ay, fashion you may call it; go to, go to.

Oph. And hath given countenance to his speech, my lord,

With almost all the holy vows of heaen.

Pol. Ay, springes to catch woodcocks! I do hnow,

When the blood burns, how prodigal the soul

Lends the tongue vows. These blazes, daughter,

Giving more light than heat—extinct in both,

Even in their promise, as it is a-making—

You must not take for fire. From this time

Be something scanter of your maiden presence;

Set your entreatments at a higher rate

Than a command to parle. For Lord Hamlet,

Believe so much in him, that he is young,

And with a larger tether may he walk

Than may be given you. In few, Ophelia,

Do not believe his vows; for they are brokers,

Not of that dye which their investments show,
But mere implorators of unholy suits,
Breathing like sanctified and pious bonds,
The better to beguile. This is for all—
I would not, in plain terms, from this time forth
Have you so slander any moment leisure
As to give words or talk with the Lord Hamlet.
Look to't, I charge you. Come your ways.
Oph. I shall obey, my lord.

（第一幕,第三场,第 88-136 行）

　　这场戏的场景是一个家庭,表面上这个家庭的氛围是相互关心、和和睦睦,与王室的家庭关系构成鲜明的对比。然而,家庭里关心的对象让我们深思。在这个三人之家,奥菲莉娅年龄最小,又是唯一的女性,备受呵护本是情理之中的事。但是,我们也应该注意到,这场戏的主角应该是勒替斯,他要离家远去法兰西求学,本应该更多地得到父亲和妹妹的关怀;然而,涉及勒替斯的却是寥寥无几,只有父亲唠叨了几句不关痛痒的大道理（第 58-80 行）,其余的全都是针对奥菲莉娅和哈姆雷特的关系,而且父兄的调子是如此一致:奥菲莉娅不能与哈姆雷特谈情说爱。从常理来讲,普隆涅斯是丹麦宫廷的首席大臣,除了王室成员,地位可谓显赫至极,他漂亮的女儿被王子看上,将来与王子成婚,也是顺理成章的事情。可是,他及女儿的兄长却是极力反对,而且他们的理由均是冠冕堂皇,怕奥菲莉娅上当受骗。哈姆雷特作为丹麦王国的王子,他的为人处世、道德行为,应该是为人称道的,绝不是那种玩弄女性的花花公子,奥菲莉娅说他具有一颗"高贵的心灵",并称之为"人伦的雅范",绝不是凭空臆断。如果按照勒替斯的说法,哈姆雷特的婚姻会受到国家安危的因素的影响,倒也无可厚非,但是说哈姆雷特"少年的血气"会叛变自己,或者像普隆涅斯所说的哈姆雷特是个"年轻的王子","他的盟誓……都是诱人堕落的鸨媒,用庄严神圣的辞令,掩饰淫邪险恶的居心",那才真是睁着双眼说瞎话,故意抹黑哈姆雷特,以便奥菲莉娅彻底断了与哈姆雷特交往的念头。尽管奥菲莉娅试图为哈姆雷特的人格辩解,说哈姆雷特的态度是"正大光明"的,但是普隆涅斯却说"这些都是捕捉愚蠢的山鸡的圈套"。如此种种,使奥菲莉娅再也无话可说。那么,我们会问,到底为什么普隆涅斯和勒替斯坚决不让奥菲莉娅与哈姆雷特恋爱呢? 批评界对他们所做的心理分析,倒也不能不说是一种不错的解释。一方面,父/夫权制把自己的触角深入到女孩子恋爱这样完全是个人的问题上;另一方面,我们看到了弗洛伊德所提出的恋母/恋父情结如何发挥作用。当哈姆雷特投入到奥菲莉娅的怀抱,从中得到爱情、性满足以及婚姻(以便阻止自己与母亲的乱伦)的时候,他却陷入了一个家庭三角关系:他成为一个已经确立的父女关系的第三者。父亲、女儿以及她的求婚者之间的三角关系,对于一个女孩子来说很可能产生一个无法解决的冲突。在无意识领域,她有一个恋父情结。因此,奥菲莉娅陷入了一个两难之境,这就是:对父亲之爱和渴望有一个情人把自己从父亲身边拐走(以避免与父亲的乱伦)。在这个家庭中,普隆涅斯的妻子已经不在,所以奥菲莉娅就可以填补她父亲生活中的空白。同样,普隆涅斯可能在他的女儿身上获得了与妻子一样的东西。因此,普隆涅斯是绝不会让哈姆雷特把女儿从他身边带走的。至于勒替斯,奥菲莉娅对哈姆雷特的爱,造成了勒替斯的不满,也产生了一个竞争,这个竞争在后来奥菲莉娅的墓地的打斗中臻至高潮。[1]

在奥菲莉娅与普隆涅斯的对白中,关于奥菲莉娅的思想,有一个有意思的现象,那就是,奥菲莉娅思想的同样缺失。在普隆涅斯问到奥菲莉娅是否相信哈姆雷特的那些表示时,奥菲莉娅回答"我不知道应该怎样想才好",普隆涅斯接着说"让我来教你;你应该这样想"。奥菲莉娅已经出落成一个青春期的窈窕淑女了,可是父亲仍然说她像一个"baby"一样:一个"baby"怎么会有思想或想法呢? 对于兄长的警告,奥菲莉娅回答"我将要记住你这个很好的教训,让它看守着我的心";对于父亲的训诫,奥菲莉娅的表示是"我一定听从您的话"。

---

1 参阅 Theodore Lidz, *Hamlet's Enemy: Madness and Myth in Hamlet* (New York: Basic Books, Inc., Publishers, 1975), p. 15

难道奥菲莉娅就没有自己的愿望,自己的诉求,在形式和内容上完全与父兄不同的诉求? 显而易见,从心理分析的角度看,在家庭关系的处理过程中,始终有一个原则在默默地发挥着作用,这就是男性生殖器在造就传统家庭性别角色中的力量。女儿在成长过程中,不免会有一个阶段,就是模仿母亲,把自己与母亲视为一体,而母亲的愿望就是成为丈夫欲望的理想的客体。在奥菲莉娅的家庭生活中,母亲的缺失并不影响她潜意识里成为和母亲一样的女人之欲望。这样,男性生殖器无形中始终具有表现欲望的权力。在勒替斯和普隆涅斯对奥菲莉娅的话语中,不像哈姆雷特的话语把男性生殖器的权力表现得那么露骨,但同样是以使客体屈从于语言的压迫而显示男性生殖器的权力的。

在奥菲莉娅出场的几场戏中,[1] 她始终都是配角,始终都是男性表现自己身份、证实自己存在的客体,始终都是男性欲望发泄的客体,始终都是一个思想缺失的傀儡。然而,在《哈姆雷特》中,确实还有一场戏,是以奥菲莉娅为主角的,那就是第四幕第五场。在这场戏中,除了第 97 至 149 行勒替斯仗剑冲进宫廷要国王对他父亲之死给个说法,以及最后的 199 至 216 行克劳狄斯意欲与勒替斯合作谋害哈姆雷特的 69 行之外,其余的 140 多行全都与奥菲莉娅有关,或者是在谈论奥菲莉娅,或者是奥菲莉娅在说在唱。然而,这却是表现奥菲莉娅思想缺失最显著的一场戏:

（王后、霍拉旭及一侍臣上）

后:我不愿意跟她说话。

侍臣:她一定要见您。她的神气疯疯癫癫,瞧着怪可怜的。

后:她要什么?

侍臣:她不断提起她的父亲;她说她听见这世上到处是诡计;一边呻

---

1 至于奥菲莉娅被国王和父亲用作诱饵探测哈姆雷特的疯癫一场戏,我们在《〈哈姆雷特〉翻译中的缺失》一文中,已经对哈姆雷特玩弄词语、使用双关戏弄奥菲莉娅略做讨论,尽管主旨与此不同,但是同样表现出奥菲莉娅思想的缺失:哈姆雷特从"honest"谈到"beauty"再谈到"nunnery"等,肆意利用词语的歧义和多义旁敲侧击,奥菲莉娅却是一头雾水,丈二和尚摸不着头脑。

吟,一边捶她的心,对一些琐琐屑屑的事情痛骂,讲的都是些很玄妙的话,好像有意思好像没意思。她的话虽然不知所云,可是却能使听见的人心中发生反应,而企图从它里面找出意思来。他们妄加猜测,把她的话断章取义,用自己的思想附会上去。当她讲那些话的时候,有时眨眼,有时点头,做着种种的手势,的确使人相信在她的言语之间,含蓄着什么意思,虽然不能确定,却可以做一些很不好听的解释。

霍:最好有什么人跟她谈谈,因为也许她会在愚妄的脑筋里散布一些危险的猜测。

后:让她进来。

(侍臣下。)

> 我负疚的灵魂揣揣惊惶,
> 琐琐细事也像预兆灾殃;
> 罪恶是这样充满了疑猜,
> 越小心越容易流露鬼胎。

(侍臣率奥菲莉娅上。)

奥:丹麦的美丽的王后陛下呢?

后:啊,奥菲莉娅!

奥:(唱)

> 张三李四满街走,
> 谁是你情郎?
> 毡帽在头杖在手,
> 草鞋穿一双。

后:唉!好姑娘,这支歌是什么意思呢?

奥:您说?请您听好了。(唱)

> 姑娘,姑娘,他死了,
> 一去不复来;
> 头上盖着青草草,
> 脚下石头生苔。
> 嗬呵!

后:唉,可是,奥菲莉娅,——

奥:请您听好了。(唱)

殓衾遮体白如雪,——

(国王上。)

后:唉! 陛下,您瞧。

奥:(唱)

鲜花红似雨;

花上盈盈有泪滴,

伴郎坟墓去。

王:你好,美丽的姑娘?

奥:好,上帝保佑您! 他们说猫头鹰是一个面包师的女儿变成的。主啊! 我们谁也不知道自己将来会变成什么。愿上帝在您的食桌上!

王:她父亲的死激成了她这种幻想。

奥:对不起,我们以后再别提这件事了。要是有人问您这是什么意思,您就这样对他说:(唱)

情人佳节就在明天,

我要一早起身,

梳洗齐整到你窗前,

来做你的恋人。

他下了床披了衣裳,

他开开了房门;

她进去时是个女郎,

出来变了妇人。

王:美丽的奥菲莉娅!

奥:真的,不用发誓,我会把它唱完:(唱)

凭着神圣慈悲名字,

这种事太丢脸!

少年男子不知羞耻,

一味无赖纠缠。

她说你会答应婚嫁,

然后再同枕席;

谁料如今被你欺诈，

懊悔万千无及！

王：她这个样子已经多久了？

奥：我希望一切会转祸为福！我们必须忍耐；可是我一想到他们把他放下寒冷的泥土去，我就禁不住掉泪。我的哥哥必须知道这件事。谢谢你们很好的劝告。来，我的马车！晚安，太太们；晚安，可爱的小姐们；晚安，晚安！（下）

王：紧紧跟住她；留心不要让她闹出乱子来。（霍下）啊！深心的忧伤把她害成这样子；这完全是为了她父亲的死。啊，葛特露德！不幸的事总是接踵而来：第一是她父亲的被杀；然后是你儿子的远别，他闯了这样大祸，不得不亡命异国，也是自取其咎。人民对于善良的普隆涅斯的暴死，已经群疑蜂起，议论纷纷；我们这样匆匆忙忙地把他秘密安葬，更加引起了外界的疑窦；可怜的奥菲莉娅也因此而悲伤得失去了她的正常的理智，我们人类没有了理智，不过是画上的图形，无知的禽兽。最后，跟这些事情同样使我不安的，她的哥哥已经从法国秘密回来。

……

（在外一阵声响：放她进去！奥菲莉娅在唱。）

勒：怎么！那是什么声音？

（奥菲莉娅重上。）

勒：啊，赤热的烈焰，炎枯了我的脑浆吧！七倍心酸的眼泪，灼伤了我的视觉吧！天日在上，我一定要叫那害你疯狂的仇人重重地抵偿他的罪恶。啊，五月的玫瑰！亲爱的女郎，好妹妹，奥菲莉娅！天啊！一个少女的理智，也会像一个老人的生命一样受不了打击吗？

奥：（唱）

他们把他抬上柩架；

哎呀，哎呀，哎哎呀；

在他坟上泪如雨下；——

再会，我的鸽子！

勒：要是你没有发疯，你会激励我复仇，你的言语也不会比你现在这样子更使我激动了。

奥:啊,这纺轮转动的声音多么好听! 是那坏良心的管家把主人的女儿拐了去了。

勒:这一种无意识的话,比正言危论还要有力得多。

奥:这是表示记忆的迷迭香;爱人,请你记着吧:这是表示思想的三色堇。

勒:她在疯狂中把思想和记忆混杂在一起了。

奥:这是给您的茴香和漏斗花;这是给您的芸香;这儿还留着一些给我自己;啊! 你可以把您的芸香插戴得别致一点。这儿是一支雏菊;我想要给您几朵紫罗兰,可是我父亲一死,它们全都谢了;他们说他死得很好——(唱)

可爱的罗宾是我的宝贝。

勒:忧愁,痛苦,悲哀和地狱中的磨难,在她身上都变成了可怜、可爱。

奥:(唱)

他会不会再回来?

他会不会再回来?

不,不,他死了;

你的命难保,

他再也不会回来。

他的胡须像白银,

满头黄发乱纷纷。

人死不能活,

且把悲声歇;

上帝饶赦他灵魂!

求上帝饶赦一切基督徒的灵魂! 上帝和你们同在。(下)

勒:上帝啊,你看见这种惨事吗?

……

Enter QUEEN, HORATIAO, and a Gentleman.

Queen. I will not speak with her.

Gen. She is importunate, indeed distract.

Her mood will needs be pitied.

Queen.   What would she have?

Gen. She speaks much of her father; says she hears

There's tricks i' th' world, and hems, and beats her heart;

Spurns enviously at straws; speaks things in doubt,

That carry but half sense. Her speech is nothing,

Yet the unshaped use of it doth move

The hearers to collection; they yawn at it,

And botch the words up fit to their own thoughts;

Which, as her winks and nods and guestures yield them,

Indeed would make one think there might be thought,

Though nothing sure, yet much unhappily.

Hor. 'Twere good she were spoken with; for she may strew

Dangerous conjectures in ill-breeding minds.

Queen. Let her come in.

[*Exit Gentleman.*

[*Aside*] To my sick soul, as sin's true nature is,

Each toy seems prologue to some great amiss.

So full of artless jealousy is guilt,

It spills itself in fearing to be spilt.

Enter OPHELIA distracted.

Oph. Where is the beauteous majesty of Denmark?

Queen. How now, Ophelia!

Oph. [*Sings*]

How should I your true love know

From another one?

By his cockle hat and staff,

And his sandal shoon.

Queen. Alas, sweet lady, what imports this song?

Oph. Say you? Nay, pray you mark.

[*Sings*] He is dead and gone, lady,

He is dead and gone;

At his head a grass-green turf,

At his heels a stone.

O, ho!

Queen. Nay, but, Ophelia——

Oph.   Pray you mark.

[*Sings*] White his shroud as the mountain snow——

Enter KING

Queen. Alas, look here, my lord.

Oph. Larded with sweet flowers;

Which bewept to the grave didnot go

With true-love showers.

King. How do you, pretty lady?

Oph. Well, God dild you! They say the owl was a baker's
daughter. Lord, we know what we are, but know not
what we may be. God be at your table!

King. Conceit upon her father.

Oph. Pray let's have no words of this; but when they
ask you what it means, say you this:

[*Sings*] To-morrow is Saint Valentine's day,

All in the morning betime,

And I a maid at your window,

To be your Valentine.

Then up he rose, and donn'd his clothes,

And dupp'd the chamber-door;

Let in the maid, that out a maid

Never departed more.

King. Pretty Ophelia!

Oph. Indeed, la, without an oath, I'll make an end on't.

[*Sings*] By Gis and by Saint Charity,
    Alack, and fie for shame!
    Young men will do't, if they come to't;
    By cock, they are to blame.
    Quoth she 'before you tumbled me,
    You promised me to wed'.

He answers:
'So would I'a done, by yonder sun,
An thou hadst not come to my bed'.

King. How long hath she been thus?

Oph. I hope all will be well. We must be patient; but I
    cannot choose but weep to think they would lay him
    i' th' cold ground. My brother shall know of it;
    and so I thank you for your good counsel. Come, my
    coach! Good night, ladies; good night, sweet ladies;
    good night, good night.   [*Exit.*

King. Follow her close; give her good watch, I pray you.
                        [*Exeunt Horatio and Gentleman.*
    O, this is the poison of deep grief; it springs
    All from her father's death. And now behold—
    O Gertrude, Gertrude!
    When sorrows come, they come not single spies,
    But in battalions. First, her father slain;
    Next, your son gone, and he most violent author
    Of his own just remove; the people muddied,
    Thick and unwholesome in their thoughts and whispers,
    For good Polonius' death; and we have done but greenly,
    In hugger-mugger to inter him; poor Ophelia
    Divided from herself and her fair judgment,
    Without the which we are pictures, or mere beasts:

Last, and as much containing as all these,

Her brother is in secret come from France;

...

[*A noise within*: 'Let her come in. '

Laer. How now! What noise is that?

Re-enter OPHELIA.

O, heat dry up my brains! tears seven times salt

Burn out the sense and virtue of mine eye!

By heaven, thy madness shall be paid by weight

Till our scale turn the beam. O rose of May!

Dear maid, kind sister, sweet Ophelia!

O heavens! is't possible, a young maid's wits

Should be as mortal as an old man's life?

Nature is fine in love; and where 'tis fine

It sends some precious instance of itself

After the thing it loves.

Oph. [*Sings*] They bore him barefaced on the bier;

Hey non nonny, nonny, hey nonny;

Andin his grave rain'd many a tear —

Fare you well, my dove!

Laer. Hadst thou thy wits, and didst persuade revenge,

It could not move thus.

Oph. You must sing 'A-down, a-down', an [d] you call him a-

down-a.

O, how the wheel becomes it! It is the false steward, that stole

his master's daughter.

Laer. This nothing's more than matter.

Oph. There's rosemary, that's for remembrance; pray you,

love, remember. And there is pansies, that's for thoughts.

Laer. A document in madness—thoughts and remembrance fitted.

Oph. There's fennel for you, and columbines: there's rue
　　　for you; and here's some for me. We may call it
　　　herb of grace a Sundays. O, you must wear your rue with
　　　a difference. There's a daisy. I would give you
　　　some violets, but they wither'd all when my father
　　　died. They say 'a made a good end.

　　　[*Sings*] For bonny sweet Robin is all my joy.

Laer. Thought and affliction, passion, hell itself,
　　　She turns to favour and to prettiness.

Oph. [*Sings*] And will 'a not come again?
　　　　　　And will 'a not come again?
　　　　　　　No, no, he is dead:
　　　　　　　Go to thy death-bed:
　　　　　　He never will come again.

　　　　　　His beard was as white as snow,
　　　　　　All flaxen was his poll;
　　　　　　　He is gone, he is gone,
　　　　　　　And we cast away moan:
　　　　　　God-a-mercy on his soul!

　　And of all Christian souls, I pray God. God buy you.　　[*Exit*.

Laer. Do you see this, O God?

（第四幕,第五场,第 1-197 行）

　　这里做长长的引用,是为了与前面两次引用做比较,从中可以看出,这里的话语权完全掌握在奥菲莉娅的手里。她或唱或说,随心所欲,根本不像以前那样受男性话语的摆布。这一场戏几乎完全表现的是奥菲莉娅的情景。侍臣在向王后报告奥菲莉娅的情况时,说她疯疯癫癫,她的话不知所云,似乎有意思又没有意思。王后听不懂奥菲莉娅的歌是什么意思,国王说她"失去了她的正常的理智",没有了理智,与"画上的图形,无知的禽兽"就没有了区别。勒替斯说她"在疯狂中把思想和记忆混杂在一起",甚至学贯古今的霍拉旭也说奥菲莉娅"愚妄的脑筋"会散布些危险的想法。按照他们的看法,所有这些只说明一个问题,即奥菲莉娅失去了理智、没有了思想。

勒替斯对奥菲莉娅的描述,后来成为西方批评界界定奥菲莉娅的经典:"A document in madness—thoughts and remembrance fitted"(朱生豪先生译:"她在疯狂中把思想和记忆混杂在一起了")。"document"一词,来自拉丁语"*docere*",本义为"piece of instruction",可以解释为"教训",笔者觉得,此处引申义为"典型""范例",这里的基本意义是"疯癫的一个典型:把思想和记忆混淆在一起"。当然了,按照"document"的现代词义"文献"解,倒是意义更加丰富,即"疯癫的一部文献"。也就是说,在奥菲莉娅身上,我们可以看到女性疯癫的任何特点,无论是疯癫的根由还是疯癫的症状。诚然,这种说法也不无父/夫权制思维之嫌。这里的主旨不是在讨论翻译,而是意在让读者了解批评界把奥菲莉娅界定为"a document in madness",虽然这部疯癫的文献不仅是勒替斯说的把思想和记忆混淆在一起。笔者这里特意拿出这句话,是因为勒替斯的话中特别提起了"思想"。我们前面已经讨论过,奥菲莉娅在哈姆雷特面前,在普隆涅斯和勒替斯面前,其思想是缺失的,主体意识没有表现,也不能表现,或者是根本没有主体意识。她现在疯癫了,又失去了"理智",按照国王克劳狄斯的观点,连"人"也不是了,只不过是画形、禽兽。如果说奥菲莉娅疯了仍然有些"记忆",倒也说得过去,她的记忆里仍然有些哥哥和父亲的碎片,父亲的死也没有从她"愚妄的脑筋"里彻底抹去。当然,还有爱情的碎片,这是从她的歌声中我们推断出的。但是,当我们寻找"思想"的痕迹时,我们发现是空白的,是哈姆雷特所说的"零",就像她的名字的首字母"O"。

然而,我们可以用女性主义批评的方法来解读勒替斯所说的"思想",这样,奥菲莉娅的思想与她思想之缺失就形成了一个悖论。思想是在记忆的基础之上形成的。我们所追溯的记忆的碎片,恐怕不是奥菲莉娅的话语和歌声所传达的思想的基础,她的记忆是迷迭香,她的思想是三色堇,她的思想的基础是各种鲜花,是自然而不是文化,一如她以及她所代表的女性的疯癫是自然的,而哈姆雷特和他所代表的男性的疯癫是文化的。奥菲莉娅把鲜花分发给大家，是在播撒她的思想。在父/夫权制社会文化的语境下，奥菲莉娅的思想是一片空白，是一个零，这是因为奥菲莉娅潜意识里拒绝接受父/夫权制的思想，拒绝表达父/夫权制的思想。所以，她说话时不但词语寥寥无几而且还总是苍白无力，她生活在这样的一个社会里，不得不使用父/夫权制的语言。一旦她"疯癫"了，一旦她失去了父/夫权制的理智，她自己的思想就回归了，她的自我意识就苏醒了，她就用自己的语言（歌声）表达自己的思想，这也是为什么男性听不懂她的歌声、摸不着她话语的意思。王后尽管与奥菲莉娅一样是女性，但她已经彻底被父/夫权制的文化浸染同化，所以一样对奥菲莉娅的话语和歌声不知所谓。

批评界已对奥菲莉娅的歌进行了比较深入的探讨，包括歌的来源和歌词的意义。基于本文的主旨，此处不再赘言。但是，奥菲莉娅的歌中有句歌词颇有意思，就是在她一边说一边分发鲜花之后唱的那句："可爱的罗宾是我的宝贝。"英语原文是"For bonny sweet Robin is all my joy"，字面的意思是"可爱的罗宾是我全部的快乐"。这句歌词的"眼"是"Robin"一词。在莎士比亚时期，"Robin"作为一个名字指年轻的小伙儿，是一个家喻户晓的爱情隐喻，然而，它又是一个俚语，而且这个俚语同样为人们所熟知。作为俚语，它的意思是"penis"。莎士比亚的观众，在听到这句歌词时，大多会产生这样的联想，因为在奥菲莉娅此前所唱的歌中，不少歌词都能与它联系上，例如，"他下了床披了衣裳，他开开了房门；她进去时是个女郎，出来变了妇人"，"少年男子不知羞耻，一味无赖纠缠。她说你会答应婚嫁，然后再同枕席；谁料如今被你欺诈，懊悔万千无及！"从这些歌词以及"可爱的罗宾是我的宝贝"中，有的批评家推断，奥菲莉娅在父兄警告她不要跟哈姆雷特来往之前已经与哈姆雷特有了床第之欢，不管父兄怎么说，她一直相信哈姆雷特不是花花公子，不会背信弃义，不会在与她有了夫妻之实之后把她抛弃。但是现在，哈姆雷特杀死了她的父亲，即使将来哈姆雷特真的对她明媒正娶，她也不能嫁给哈姆雷特。她恨哈姆雷特，因为哈姆雷特杀死了她的父亲而恨，因为她不能嫁给哈姆雷特而恨。与此同时，她仍然深深地爱着哈姆雷特，因为她的身心早已全部交给了哈姆雷特。这样的爱恨交加无法解脱，使奥菲莉娅患上了精神分裂症。然而,哈姆雷特带给她的欢乐,是奥菲莉娅一生中享受到的最大的欢乐,已经深深地嵌入她的潜意识,所以时常在歌声中表达出来。当然了,这样的解读不无父/夫权制思维之嫌。

然而,我们也可以换一个角度解读这句歌词。奥菲莉娅所受到的最严重的父/夫权制话语的压抑,来自她的父亲普隆涅斯和情人哈姆雷特。生活在他们的影子中,奥菲莉娅根本不可能唤醒自我,不可能用自我的话语表达自己的思想。如今,父亲已死,哈姆雷特远在英格兰,另一个她也不得不屈从的人——她的哥哥勒替斯——也身在法兰西。终于,在外界诸事件的刺激下,奥菲莉娅激活了女人的性别潜力,找回了自己的思想和自己的话语,而关键的因素就是她有了男人所拥有的"penis",当然,这是在象征的意义上。一旦拥有了"penis",奥菲莉娅就斩钉截铁地回答了 Denise Riley 的书名所提出的那个尖锐的问题:"我是那个名字吗?"(Am I That Name?)那就是:"不!"奥菲莉娅不再是缺失,不再是零、空无、傀儡,而是一位有思想、有语言、有自己的活动空间的女性。

《哈姆雷特》的批评轨迹[*]

　　《哈姆雷特》大约写于 1601 年,是莎士比亚的四大悲剧的第一部。另外三部是《奥赛罗》(*Othello*)、《麦克白》(*Macbeth*)和《李尔王》(*King Lear*)。尽管这四部悲剧都是悲剧中的极品,但《哈姆雷特》无疑是莎士比亚最受批评界关注、赢得观众和读者最大兴趣的作品。它的魅力经久不衰,许多特点是显而易见的,尤其适于舞台演出,如城堡里鬼魂出没使观众惊惧兴奋,宫廷内明争暗斗再现历史风貌,坟坑内纠缠扭打令人啼笑皆非,决斗场刀剑无眼众人物命丧黄泉令人扼腕叹息。且不说它的语言应该精雕细琢时则鬼斧神工,应该粗陋疏阔时便直截了当,把不同人物各自特征表现得入木三分,单对于喜欢挖地三尺的批评家而言,它就是一座取之不竭的宝库。

　　早期的时候,人们普遍把《哈姆雷特》看作一部复仇悲剧(revenge tragedy)。最早的复仇悲剧可以追溯到古希腊悲剧作家埃斯库勒斯的《俄瑞斯忒斯》(*Oresteia*)三部曲,但是对英国伊丽莎白时期的复仇悲剧影响最大的是古罗马作家塞内加,他的主要悲剧于 1559—1581 年被翻译成英语。尽管最早的塞内加式的英语悲剧是《戈布达克》(*Gorboduc*,1561),但是典型的英国复仇悲剧的出现当推托马斯·基德的《西班牙悲剧》(*The Spanish Tragedy*,约 1586)。莎士比亚的早期历史剧《亨利六世》三部(*1,2&3 Henry Ⅵ*)和《理查三世》(*Richard Ⅲ*)以及悲剧《泰特斯·安德洛尼克斯》(*Titus Andronicus*)都是当时流行的复仇悲剧。这类剧作的情节常常是一位有权势者谋杀了剧中主人公的一位近亲,如妻子、丈夫等,而主人公又常常面临是否复仇或者如何复仇的问题,原因是谋杀

---

[*] 本文的写作参考了 Susanne L. Wofford (ed),*William Shakespeare:Hamlet* 中"A Critical History of *Hamlt.*"(Boston & New York:Bedford Books of St Martin's Press, 1994)。原载《北京第二外国语学院学报》,2007 年第二期,第 39-47 页;2007 年第四期,第 64-71 页。

者的社会地位往往使复仇者不能通过法律手段完成他的复仇。倘若不是这样,那也是因为法律在惩处权势者的时候不可信赖;或者人们的普遍观念认为,一个人不通过法律而是通过个人行为进行惩罚同样是一种犯罪行为;又或者认为,通过个人行为对一个人实行惩罚有悖于宗教的信念,所以同样是一种罪孽。当然,情节中充满了杀戮、流血和暴力,而且杀戮、流血和暴力皆在舞台上表现得淋漓尽致,以便在观众中间产生惊心动魄的效果。在这样的悲剧中,一些戏剧手段已经成为复仇悲剧的惯例。例如,鬼魂或其他超自然的力量,其作用是敦促主人公复仇;疯癫,常常表现在主人公身上,有时是装疯,有时则是真疯;延宕复仇,或是因为没有适当的机会,或是因为怀疑是否应该复仇;主人公不是从道德判断而往往是从个人责任的角度看待复仇;如此等等,不一而足。当然,其中还包括最终主人公英勇殒命。[1] 这些因素,我们在《哈姆雷特》中均能看到,而且《哈姆雷特》中出现的戏中戏(play within a play),也是托马斯·基德在其《西班牙悲剧》中使用过的手法。只是,与其他复仇悲剧相比,《哈姆雷特》的复仇情节蕴含着更深刻的思想内容。

《哈姆雷特》一直是英国舞台上备受青睐的剧目,剧中主人公丹麦王子哈姆雷特也自然地成为观众熟知和喜欢的悲剧人物。从《哈姆雷特》开始演出到17世纪末,哈姆雷特都被表现得强健、勇敢、有英雄气概,在面对不寻常的灾难和经受难以隐忍的苦难时表现出高尚的品质,这与文艺复兴时期人文主义对人的推崇歉然一致,也符合亚里士多德关于悲剧人物的覆亡引起观众的怜悯从而达到感情的净化这一理论。莎士比亚的同时代剧作家本·琼生(Ben Johson)称赞莎士比亚的悲剧是"自然的"(natural),本·琼生所谓的自然,是在悲剧的行动符合人性(human nature)意义上的自然,是内在规律决定人的行为、决定事物的发展变化意义上的自然。18世纪初,批评家用本·琼生的戏剧标准评判《哈姆雷特》,其人物塑造、情节发展的自然也就成了它的主要成就之一。例如,批评家认为,哈姆雷特对他母亲很快再婚的反应是"自然的",甚至哈姆

---

1 参见 Gino J. Matteo, "Introduction to Hamlet", from *The Tragedy of Hamlet*, *Prince of Denmark* (New York: Airmont, 1965), xix。

雷特在他母亲卧室里激烈的言辞和略显粗暴的行为也受到称赞,因为这些都"与理性和自然一致"(conformably to reason and nature)。[1] 至于哈姆雷特延宕复仇,那也是悲剧行动的自然要求:倘若哈姆雷特没有延宕,悲剧很快就会结束,正所谓"没有延宕就没有戏剧"(no delay, no play)。

到了 18 世纪后半叶,批评家开始更多地关注哈姆雷特的人物性格,尽管他们仍然把"自然"看作莎士比亚戏剧的杰出成就。[2] 约翰逊博士在称赞莎士比亚笔下的人物不是"个体的人",而是"一个种类"(a species)的同时,还认为哈姆雷特是一个性格丰满、有血有肉的人物。[3] 有的批评家在欣赏哈姆雷特丰满个性的同时,不无遗憾地说他不能始终如一(inconsistency)。[4] 传记作家詹姆斯·博斯韦尔(James Boswell)在欣赏哈姆雷特细腻的感情和敏锐的才思的同时,认为他优柔寡断、缺少判断力。博斯韦尔对哈姆雷特细腻感情的欣赏,昭示了 18 世纪末情感时代(Age of Sensibility)人们戏剧欣赏的取向。现代批评家多会看作性格弱点的感伤,当时却作为《哈姆雷特》的特点而受到观众的垂青,而且哈姆雷特的思想的高度敏感性(extreme sensibility of mind),也被认为是该剧的基本原则而备受赞赏。[5] 哈姆雷特这一性格特点,因歌德的小说《维廉·麦斯特的学习时代》(*Wilhelm Meisters Lehrjahre*, 1795)里的描写而广为流传:

　　莎士比亚原意……描写一项伟大的行动放置在不适合完成它的一

---

1 Harold Jenkins, "*Hamlet* Then Till Now", in Susanne L. Wofford (ed), *William Shakespeare*: *Hamlet* (Boston & New York: Bedford Books of St Martin's Press, 1994), p.185. 这里的"自然"是"符合人性"意义上的自然。

2 例如,约翰逊博士在他的《莎士比亚序言》中说道:"莎士比亚,超越所有作家……是自然的诗人。"引自 Hazard Adams (ed), *Critical Theory since Plato* (rev. ed) (Fort Worth: Harcourt Brace Jovanovich College Publishers, 1992), p.321。

3 同上。

4 例如 Francis Gentleman。可以说这一点也表现了现代批评家与 18 世纪批评家的不同之处:正是哈姆雷特的"前后不一"(inconsistency)引起了现代批评家的浓厚兴趣,从而产生了丰富而犀利的诠释。

5 例如 Henry Mackenzie 在发表于 1780 年的文章所说。

个心灵上[所产生]的结果。……[哈姆雷特拥有]一个可爱的、纯真的、高尚的而且极其善良的本性,但是缺乏形成一位英雄的力量,因不堪重负但又不能脱卸而沉沦。[1]

我们从歌德的评价中(如果他的小说中的人物所说的话能代表歌德的观点)可以看出,哈姆雷特性格上的敏感性已经成了导致他悲剧结果的性格弱点。

就《哈姆雷特》而言,批评界更多关注的是在人物性格(character),而没有在亚里士多德于《诗学》中认为是悲剧灵魂的情节(plot)。而对人物内在特征的探索,可以说是由歌德开始的,尽管歌德的剖析在现代批评家看来不乏蜻蜓点水之嫌。比歌德稍晚一些,在 19 世纪的初期,英国浪漫主义诗人兼批评家塞缪尔·T. 柯勒律治(Samuel T. Coleridge)更深入地探索了哈姆雷特的内在性格,然而他却没有沿着情感(sensibility)的轨迹进行他的探讨,而是在哈姆雷特的智力(intellectual power)上做文章。柯勒律治认为,哈姆雷特思考得太多,因而不能付诸行动。他说,通常我们对"外部事物的关注"(attention to outward objects)与我们对"内心思想的思考"(meditation on inward thoughts)应该是平衡的,但是在哈姆雷特身上,思想过分活跃,从而导致了他对行动的厌恶,当然他自己并没有意识到这种心理机制。柯勒律治认为,哈姆雷特所表现出的种种特征,说明他是一个哲学家式的人物,他"无休无止地推理和犹豫"(endless reasoning and hesitating)为他"逃避行动"(escape from action)提供了借口:

所有人性中善良的、优秀的全都体现在哈姆雷特,只有一个特征例外。他是生活在思考中的人,每一个有动力的人和神都召唤他行动,但

---

1 转引自 Susanne L. Wofford (ed), *William Shakespeare*:*Hamlet* (Boston & New York:Bedford Books of St Martin's Press, 1994),pp. 185-186。

是他生命的伟大目标被不断的行动决心打败,[他]什么也不做,只是决心。[1]

而且,哈姆雷特对复仇的延宕:

不是由于懦弱,因为他被描绘为其时代最勇敢的一位;也不是由于缺乏事前思考或者由于悟性迟钝……而仅仅是由于他对行动的厌恶……[2]

无独有偶,德国批评家 A. W. 施莱格尔(A. W. Schlegel)在他的《戏剧艺术和文学演讲录》(*Lectures on Dramatic Art and Literature*,1808)中也声称,哈姆雷特的哲思倾向使他不能行动,而《哈姆雷特》则是他所谓的"思想悲剧"(tragedy of thought)的典型代表。[3]

柯勒律治和施莱格尔对哈姆雷特哲思特点的强调,在以后的批评引起很大反响,后来的批评更多地关注哈姆雷特对人类生存状态的疑问,哈姆雷特的悲剧从而超越了个人的意义,他的问题成为读者共有的问题。例如,哈兹利特认为,哈姆雷特把他的苦难演绎为"人类的一般问题。不管他发生了什么,我们都用于我们自己"。哈兹利特还说,哈姆雷

---

1 "On Literature", in *Coleridge's Poetry and Prose*, ed. Nicholas Halmi et al (New York & London:Norton, 2004), p. 336. 认为沉于思考是哈姆雷特的特点的观点,在 20 世纪同样盛行不衰。例如 D. G. James 在其《学习之梦》(*The Dream of Learning*)中说道,哈姆雷特"是现代性的一个形象;灵魂失去了方向且没有信心,把自身以及其他人引入巨大的灾难,最后进入消亡"。《哈姆雷特》是悲剧,但不是"过分地思考的悲剧,而是受到严重挫折的思考的悲剧"。哈姆雷特是"一个陷入伦理的和玄学的不确定因素的人",他所遭受的"感情的创伤,由面对道德的和玄学的困难问题[所产生的]心理虚弱所抵冲。哈姆雷特毕竟是一位知识分子"[转引自 L. C. Knights, "*Hamlet*" and other Shakespearean essays(Cambridge:Cambridge Univeristy Press, 1979), p. 45]。

2 "On Literature", in *Coleridge's Poetry and Prose*. Ed. Nicholas Halmi (New York & London:Norton, 2004), p. 332.

3 参见 A. C. Bradley, *Shakespearean Tragedy*, 2nd ed (London:MacMillan, 1905, rep. 1985), p. 82。

特的思想和话语"就像我们自己的一样真实……我们正是哈姆雷特"。[1]

19世纪初期,浪漫主义者在批评中把自己的某些个性特征附加于哈姆雷特身上,认为哈姆雷特是一位叛逆者,他反叛丹麦宫廷的政治和腐败的社会。作为叛逆者的浪漫主义者,反叛的是旧的社会体制和传统的思想观念。而且,哈姆雷特同浪漫主义者一样,都是孤胆英雄,用个人的力量反抗不合理的政治制度和社会体制,他们所思考的都是在"颠倒混乱的时代"如何完成"扭转乾坤的责任"并建立一个新世界。浪漫主义者对哈姆雷特的性格的思考,不但使读者和观众对哈姆雷特有了比较深入的认识,而且还引发了一连串的问题,甚至有的问题我们今天仍然在思考。这些问题中,最有影响的当属"哈姆雷特为什么延宕?"在18世纪末以前,人们对它的认识还停留在延宕是情节发展的需要、没有延宕戏很快就会结束这一朴素的观点。柯勒律治对哈姆雷特的延宕已经有了说道,即是由他的性格所决定的:哈姆雷特是一位哲学家,不是一个行动者,他的哲学思考令他不能付诸行动,因为"决心的赤热的光彩,被审慎的思维盖上了一层灰色"[the native hue of resolution/Is sicklied o'er with the pale cast of thought(第三幕,第一场,第84-85行)]。然而,最杰出的性格批评家,可以说是A. C. 布雷德利,他在1904年发表的里程碑式的著作《莎士比亚悲剧》(*Shakespearean Tragedy*)对哈姆雷特延宕的原因所提出的诠释,极大地推进了19世纪盛行的性格批评。

英国批评家A. C. 布雷德利在《莎士比亚悲剧》中首先对"悲剧因素"进行了经验主义的探讨,然后总结出悲剧的共同特点:不寻常的受难和灾难导致主要人物的灭亡,而这一主要人物社会地位很高,一心一意投入到自己所选择的行动,从而对自己的所作所为以及故事里所发生的事件负主要责任,这是因为,这种责任所导致的行动完全是由人物的性格所决定的。布雷德利的著名论断产生了"性格悲剧"(tragedy of character)的概念,以区别古希腊的"命运悲剧"(tragedy of fate)。布雷德利对悲剧人物的定义,遵循的是亚里士多德的传统,只是在此基础上突出

---

1 转引自 Susanne L. Wofford (ed), *William Shakespeare*: *Hamlet* (Boston & New York: Bedford Books of St. Martin's Press, 1994), p. 187。

了人物的"悲剧性弱点"（tragic flaw），[1] 并削弱了"命运"在悲剧结局中的作用:悲剧人物力求完美,然而又达不到完美,因而他们总是处于痛苦之中。他出生的时候随之而来的不仅是辉煌的善美（good），而且还有一种只有靠自我折磨和自我消亡才能克服的罪孽（evil）。

至于哈姆雷特,布雷德利说,哈姆雷特"智力极高""惯于思考",尽管他十分谨慎,但是杀死克劳狄斯为父报仇是非常简单的事,而且他"有理由、有决心、有力量、有方法"去动手干他想要干的事[I have cause, and will, and strength, and means/To do't（第四幕,第四场,第45-46行）]。重要的是,哈姆雷特在意识里十分清楚他应该服从鬼魂的话,然而"在他性格的深层,他自己也不知道,他却极度地厌恶这个行为"。[2] 所以他就延宕。哈姆雷特在第一个独白里,明显地表现出对"对生命的厌烦,甚至对死亡的渴望",只是宗教戒律不允许他自杀。原因并不是新王克劳狄斯和他母亲所认为的父亲的亡故。父亲亡故无疑给他带来悲伤,但不至于使一个高尚的心灵对世界产生如此的悲观情绪。哈姆雷特是学者,不用新王说,也懂得生老病死乃人之常情、自然规律。按哈姆雷特的话说,是母亲本性的暴露:他曾目睹母亲爱他父亲像刚刚结婚的新娘,她在丈夫的亡灵前哭得像泪人一样。可是才过了一个多月,她却又嫁人了,而且嫁的正是她丈夫的兄弟。这在哈姆雷特看来绝不是爱情,而是她粗俗而强烈的性欲。她"粗俗的性欲的勃发"（eruption of coarse sexuality）,彻底打碎了她在他心目中的完美形象,令他万分惊愕震悚。这在心理上造成了严重的后果:哈姆雷特患了严重的忧郁症,因而他不能行动。[3]

布雷德利不仅认为哈姆雷特的忧郁症是阻碍他行动的原因,而且还发现哈姆雷特的"内心暗地里谴责他的意识明确赞同的行为","为不行动（inaction）编制了一张无意识之网",从而形成一个精神分裂的哈姆雷

---

1 Peter Alexander 在《哈姆雷特父子》（*Hamlet Father and Son*, 1955）就悲剧主人公的 tragic flaw 进行了有益的论述。

2 A. C. Bradley, *Shakespearean Tragedy*, 2nd（ed）,（London: MacMillan, 1905, rep. 1985）, p. 99.

3 A. C. Bradley, *Shakespearean Tragedy*, 2nd（ed）,（London: MacMillan, 1905, rep. 1985）, pp. 117-119.

特:意识的导向与更为隐秘的内心背道而驰。[1] 布雷德利的分析,与弗洛伊德可谓殊途同归。

奥地利病理学家兼精神分析学家西格蒙德·弗洛伊德于 1900 年发表了阐述他精神分析理论的重要著作《释梦》(*The Interpretation of Dreams*)。在这部著作里,弗洛伊德提出了人的重要行为表现是一个人自己无意识或潜意识领域里的动机和冲突的结果这一学说。弗洛伊德把人的心理分为意识和无意识两个领域,他认为,意识的起源和动力都存在于无意识,意识只是无意识领域的心理活动的经过了升华或者掩饰的部分。无意识领域的原初动力是力必多(libido)即性力。一个人的心理发展必然要经过婴幼儿期的性心理发展。一个人在婴幼儿时期的主要心理发展是性的冲动,但是性的冲动往往受到父母和社会道德的压制和限制。这样一来,和一个人的本性密切相关的性与从外界强加于自我的道德戒律构成冲突,而在这场冲突中,由性代表的本我(id)往往受到创伤从而自我防御机制崩溃,这就造成了人的精神分裂。我们日常的心理现象、说话和写作时的口误和笔误、精神病症状、梦等,都是无意识领域行为动机和心理活动的反映。弗洛伊德在对精神病患者进行心理分析的时候,经常对患者的梦境进行分析,以揭示患者无意识领域的潜在活动和动机。

弗洛伊德在《释梦》里多次引用《哈姆雷特》作为他解释梦的意义的依据,并把哈姆雷特作为梦者/精神病患者进行分析:

> 剧中的王子装疯来掩饰自己。他的行为正如现实中的梦一样。哈姆雷特所说的关于自己的话,我们会用来谈论梦:在一个机智和晦涩的外衣下隐藏着真实的情况:"我就像西北风一样地疯。"[2]

弗洛伊德认为,哈姆雷特所掩饰的,并不是像他所说的伺机复仇的动机,

---

1 A. C. Bradley, *Shakespearean Tragedy*, 2nd (ed), (London: MacMillan, 1905, rep. 1985), pp. 123, 126-127.

2 Sigmund Freud, *The Interpretation of Dreams* (1900), tran. James Strachey (New York: Avon, 1965), pp.480-481. 引文中所引用的哈姆雷特的话:第二幕,第二场,第 374 行。

而是无意识领域延宕复仇的心理。无意识里不能杀死克劳狄斯的心理
与意识中为父复仇完成作为儿子的责任的念头，构成了哈姆雷特心理的
冲突，造成神经官能紊乱，所以，哈姆雷特有时是真的疯了。同布雷德利
一样，弗洛伊德认为哈姆雷特患了严重的忧郁症，只是起因不同。他说
道，哈姆雷特愁云密布，不是因为他父亲亡故，也不是因为他母亲匆匆再
婚，而是因为他无意识领域对他母亲的爱，也就是弗洛伊德所谓的"俄狄
浦斯情结"，即"恋母情结"(Oedipus complex)：

> 哈姆雷特可以做任何事情——除了向杀死了他父亲并占据了他父
> 亲在与他母亲关系中的位置的那个人复仇——那个实现了他的孩童时
> 期被压抑的愿望之人。[1]

在婴幼时期，一个男人主要的心理现象，就是认为在与母亲的关系中父
亲强行占据了自己的位置，父亲是自己获得母亲的爱的竞争者。所以，
他的一个强烈的愿望就是把父亲从占据母亲的位置上彻底除去，好使自
己完全占有母亲。按照弗洛伊德的说法，一个男人大约在五岁的时候要
经历他的"恋母情结"。这是弗洛伊德从古希腊悲剧作家索福克勒斯的
悲剧《俄狄浦斯王》(Oedipus Rex)中的主人公在无知中弑父娶母的故事
发展而成的术语。这种心理，完全是性力的作用，而不是我们通常理解
的母子之爱。在《自我与本我》(The Ego and the Id)中，弗洛伊德写道：

> 男孩子以自居父亲的方式对待他的父亲。一度，这两种关系(爱恋
> 母亲、自居父亲)同时并存，直到他朝母亲的性愿望更加强烈而他的父亲
> 被看作他与母亲之间的障碍；恋母情结即源于此。他以父亲的自居开始
> 呈现敌意的色彩，并转变成除掉父亲的愿望，以便在与母亲的关系中取
> 代父亲。[2]

---

1 Sigmund Freud, *The Interpretation of Dreams* (1900), tran. James Strachey (New York: Avon,
  1965), p.299.
2 Sigmund Freud, *The Ego and the Id* (New York: Norton, 1962), p.21.

哈姆雷特在婴幼时期同样经历了这一心理发展，而且这种心理一直潜藏在他的无意识领域。现在，克劳狄斯完成了他婴幼时期的愿望，从心理学移位（displacement）和自居（identification）作用看，哈姆雷特在无意识中把克劳狄斯既当作父亲的形象又当作自己，杀死克劳狄斯既是弑父又无异于自杀！无外乎弗洛伊德说哈姆雷特什么都可以做，只是不能为父复仇。这样，哈姆雷特无意识领域的恋母情结与为父复仇的责任之间不可调和的冲突，使他自我防御的机制崩溃，忧郁症不期而至。

弗洛伊德在发表于 1915 年的《哀悼与忧郁症》（Mourning and Melancholia）一文中，对忧郁症的特征进行了描述，并进一步阐述了哈姆雷特的人格特点：

情绪极度而痛苦地低落、对外部世界失去兴趣、失去爱的能力、抑制任何活动、自我意识降低以至于表现为自我指责和自我辱骂，并且以虚妄地期待惩罚而告终。[1]

弗洛伊德所描述的这些特征，我们在哈姆雷特身上都能看到。哈姆雷特出场的时候"身着黑衣"，[2]在他与其母亲的对话以及第一个独白中我们得知，他近来一直郁郁寡欢，情绪低落到几近自杀的程度。在与吉登史腾和罗森克兰兹的对话中他也承认，自己"一点兴致都提不起来，什么游乐的事都懒得过问，在这一种抑郁的心境之下……人类不能使我发生兴趣，不，女人也不能使我发生兴趣"[I have of late, but wherefore I know not, lost all my mirth, forgone all custom of exercises; and indeed it goes so heavily with my disposition that ... Man delights not me—nor woman neither（第二幕，第二场，第 295-309 行）]。他对奥菲莉娅的疏远、挖苦、甚至伤害，[3]在弗洛伊德看来，不仅表明哈姆雷特失去了爱的能力，而且还是恋

---

1 Sigmund Freud, Standard Edition of the Complete Psychological Works of Sigmund Freud, vol. 14: 244, ed. and trans. James Strachey (New York: Avon, 1965).
2 "身着黑衣"表面上可以理解为哈姆雷特仍然在为父守丧，但几乎所有的批评家都把它与戏剧中哈姆雷特的性格特点联系起来。
3 在很大的程度上，精神失常是由哈姆雷特造成的。

母情结所致。哈姆雷特在第二幕第二场结束时责备自己是"一个多么不中用的蠢材"[A dull and muddy-mettled rascal(第562行)],甚至骂自己是"一头蠢驴!"[what an ass am I!(第578行)]。在第四幕第四场看到年轻的挪威王子福丁勃拉斯率领大军假道丹麦攻打波兰后,哈姆雷特又一次责骂自己"鹿豕一般健忘"[Bestial oblivion(第40行)],"简直不过是一头畜生!"[A beast, no more(第35行)]。最后,哈姆雷特明知父仇未报,与勒替斯比剑术很有可能遭到克劳狄斯的毒手,[1]但他还是答应比赛,并把生死付诸"冥冥中的力量"[a divinity that shapes our ends(第五幕,第二场,第10行)],按照弗洛伊德的观点,它表明以虚妄地期待惩罚而结束这一切。

弗洛伊德的学生厄尼斯特·琼斯(Ernest Jones)基于弗洛伊德的理论详细地探讨了哈姆雷特的恋母情结,于1910年在《美国心理学学报》(*The American Journal of Psychology*)发表了论文《恋母情结作为哈姆雷特秘密的一个解释:动机研究》(The Oedipus Complex as an Explanation of Hamlet's Mystery:A Study in Motive),于1923年又发表了《对哈姆雷特的心理分析研究》(A Psychoanalytical Study of Hamlet)一文,它们后来被扩写成《哈姆雷特与俄狄浦斯》(*Hamlet and Oedipus*,1949)一书。琼斯的前文,是弗洛伊德理论用于文学批评的很有分量、很有影响的文章。文章的开始指出了弗洛伊德理论在文艺创作中的意义,接着提出了哈姆雷特延宕的秘密在这部悲剧中的重要性,进而探讨了用弗洛伊德理论即恋母情结学说解释这一秘密的可行性和实效性。琼斯紧紧跟随弗洛伊德在《释梦》中提出的观点,说没有什么理由可以阻止哈姆雷特复仇,戏剧的开始就已经非常清楚地表明克劳狄斯有罪以及哈姆雷特的责任。但是他迟迟不能采取行动,"因为他极度地厌恶这项[复仇]任务,而且他并不清楚他厌恶的本质"。[2] 这本质就是哈姆雷特"儿时经历了对母亲最热烈的爱,而且,这爱,如往常一样,包含了隐隐约约的性爱因素",所以他

---

1 哈姆雷特从克劳狄斯给英王的信中早已得知克劳狄斯要置他于死地。

2 Ernest Jones, "The Oedipus Complex as an Explanation of Hamlet's Mystery:A Study in Motive", in *The American Journal of Psychology* (1910), p.84.

会常常以自己的父亲自居。[1] 另外,哈姆雷特对母亲的爱,使他不能容忍与另一个人分享,所以对父亲既嫉妒又怀恨。[2] 潜藏在哈姆雷特无意识中的这种矛盾心理,分别以老哈姆雷特和克劳狄斯的形象出现,前者是哈姆雷特自居的意识中理想的父亲:"相貌多么高雅优美;许珀里翁的卷发,宙斯的前额,像玛尔斯一样威风凛凛的眼睛,像降落在高吻穹苍的山巅的墨丘利一样矫健的姿态,这一个完善卓越的仪表,真像每一个天神都会在那上面打一个印记,向世间证明这是一个男子的典型"[what a grace was seated on his brow,/Hyperion's curls, the front of Jove himself,/An eye like Mars to threaten and command,/A station like the herald Mercury/New-lighted on a heaven-kissing hill,/A combination and a form indeed/Where every god did seem to set his seal/To give the world assurance of a man(第三幕,第四场,第 55-62 行)];[3] 后者是他儿时的暴君、敌对者父亲:"一个杀人犯,一个恶徒……一个戴王冠的丑角,一个盗国窃位的扒手!"[A murderer and a villain,/A slave that is not twentieth part the title/Of your precedent lord, a vice of kings,/A cutpurse of the empire and the rule,/That from a shelf the precious diadem stole/And put it in his pocket(第三幕,第四场,第 96-101 行)],代表着他对母亲的性爱里被压抑的嫉妒和敌意。另一方面,克劳狄斯完成了弗洛伊德所谓的哈姆雷特儿时

---

1 Ernest Jones, "The Oedipus Complex as an Explanation of Hamlet's Mystery: A Study in Motive", in *The American Journal of Psychology* (1910), p.98.

2 Ernest Jones, "The Oedipus Complex as an Explanation of Hamlet's Mystery: A Study in Motive", in *The American Journal of Psychology* (1910), p.93.

3 Avi Erlich 在《哈姆雷特缺席的父亲》(*Hamlet's Absent Father*)一书中认为,该剧的基本母题在于哈姆雷特对坚强的父亲的需要,从而可以防止他潜意识中的乱伦冲动:"与其说哈姆雷特意欲杀死他的父亲,不如说他意欲他的父亲回来"(Princeton: Princeton University Press, 1977, p. 260)。Richard Wheeler 在《莎士比亚的创新与问题喜剧》(*Shakespeare's Development and the Problem Comedies*)中认为,过于理想化的父亲形象,对哈姆雷特的自我人格具有破坏作用:哈姆雷特失去了发展自己独立人格的能力(Berkeley: University of Berkeley Press, 1981, pp. 193-194)。Marjorie Garber 在《莎士比亚的鬼魂作家:文学作为神秘的因果关系》(*Shakespeare's Ghost Writers: Literature as Uncanny Causality*)中也谈到,哈姆雷特不时地提起他的父亲。他认为,老哈姆雷特出现在哈姆雷特的脑海里,会唤起他的一种感觉,即克劳狄斯谋杀他父亲是在现实中重复了他自己在幻想中做过的事情,而他这样的幻想是因为婴儿时期对母亲的性欲望的缘故(New York: Metheun, 1987)。Garber 的观点明显具有弗洛伊德和琼斯特色。

"被压抑的愿望":谋杀父亲并与母亲乱伦![1] 这种想法,尽管发生在无意识中,也给哈姆雷特带来了难以忍受的痛苦:意识领域的一部分告诉他要完成作为儿子的责任,另一部分指示他绝不能这样做。一个精神分裂的哈姆雷特,延宕也顺理成章。

至于莎士比亚的意向,琼斯认为,莎士比亚的无意识与他笔下的主人公的无意识是息息相通的。他说,莎士比亚在写《哈姆雷特》之前曾经读过哈姆雷特的故事,只是他用不同的方式处理了这个故事,结果是冲突更加激烈、隐义更加深刻,而莎士比亚本人并不清楚为什么会这样:"因此有理由相信,莎士比亚向老的悲剧倾注了新的生命,这是灵感的结果,而他的灵感来源于他心理的最深幽、最隐秘的领域。"[2]

琼斯的这篇文章,在《哈姆雷特》批评史上可称得上经典之一,莫里森(Claudia C. Morrison)甚至认为是"美国所出现的唯一的、最重要的弗洛伊德式的文学研究",[3] 它对传播弗洛伊德思想起了举足轻重的作用,

---

1 Marjorie Garber 在文章《〈哈姆雷特〉:不再指望鬼魂》(*Hamlet*: Giving Up the Ghost)也说道,哈姆雷特的良心里有一种"无意识的罪恶感",即"朦朦胧胧地记忆着他自己[婴幼时]由于对母亲的情欲而曾经想过对他父亲做同样的事情[即谋杀]"(in Susanne L. Wofford (ed), *William Shakespeare*: *Hamlet* [Boston & New York: Bedford Books of St Martin's Press, 1994], p. 297)。按照 Julia Kristeva 的观点,老哈姆雷特之死在哈姆雷特引发了"回归[婴幼时]的幻想"(regressive reverie),即与母亲融为一体的前俄狄浦斯幻想,而新父亲的出现又激活了他与母亲性爱的俄狄浦斯幻想[*Soleil Noir*: *Depression et melancolie* (Paris: Gallimard, 1987), p. 25]。Anny Crunelle-Vanrigh 从 Julia Kristeva 的理论运用拉康和 Julia Kristeva 的心理分析方法,对哈姆雷特的第一段独白以及剧中哈姆雷特对待母亲的态度进行分析。她认为,哈姆雷特的潜意识里的行为动机是谋杀母亲:一个男人如果想要独立,必须摆脱对母亲的依赖,由于哈姆雷特没有能够成功地摆脱对母亲的依赖,三十岁了仍然没有独立(这在一定意义上也说明了老王去世后哈姆雷特没有继承王位的原因),故而患上了严重的抑郁症。摆脱母亲不仅在生理上而且在心理上皆是一个人独立必须走过的一步,而弑母在哈姆雷特是唯一的途径。所以,对母亲的恶言毒语反映了哈姆雷特潜意识里彻底摆脱母亲的愿望(matricide)["'Too Much in the (Black) Sun': Hamlet's First Soliloquy, A Kristevan View", *Renaissance Forum* 2.2(Autrmn 97)]。

2 Ernest Tones, "The Oedipus Complex as an Explanation of Hamlet's Mystery: A Study in Motive", in *The American Journal of Psychology* (1910), p. 113.

3 Claudia C. Morrison, *Freud and the Critic* (Chapel Hill: Univeristy of North Carolina Press, 1968), p. 175. 遵循弗洛伊德轨迹对《哈姆雷特》进行探讨的重要著作还包括 Frederic Wertham 的《黑暗传奇》(*Dark Legend*, 1947)和 Norman Holland 的《莎士比亚的想象世界》(*The Shakespearean Imagination*, 1968)。

不但有许多批评家用弗洛伊德理论研究莎士比亚的戏剧,而且戏剧的演出也深受弗洛伊德的影响。劳伦斯·奥利佛(Laurence Olivier)1947年拍摄的电影,明显地带有弗洛伊德色彩。他不但在王后卧室里安排了一张大床,还策划了哈姆雷特和他母亲在床上的滚爬动作;而且,奥利佛扮演哈姆雷特时,他的年龄是40岁,而哈姆雷特母亲的扮演者海莉年仅27岁。然而,过分地强调了性,其结果是失去了俄狄浦斯情结的意义。[1]

另一个重要的心理分析结果,是沃瑟姆(F. Wertham)在其文章《弑母冲动:对弗洛伊德的哈姆雷特分析之批判》(The Matricidal Impulse: Critique of Freud's Interpretation of Hamlet, 1941)所揭示的哈姆雷特的弑母情结。沃瑟姆认为,占据哈姆雷特心理重要位置的,与其说是为父复仇的责任,不如说是与母亲通奸和乱伦的念头。他母亲的不忠与不贞把他心理中对母亲的依恋转变为强烈的敌视情绪,这样,凝结在哈姆雷特心理的俄狄浦斯情结被俄瑞斯忒斯情结(Orestes complex)所取代,哈姆雷特的潜意识里也就存在着强烈的弑母冲动。沃瑟姆在文章中说道,许多男人都因为怀恨母亲而产生了弑母冲动,这是因为,当他们的母亲不再把母爱全部投入到自己身上的时候,他们经历了感情的挫伤,因而就会产生对母亲的失望和愤恨,甚至敌对。哈姆雷特不但有这样的经历,而且他还经历了母亲把爱转向了除父亲之外的另一个男人,即他的叔父。这在他看来,不仅是对父亲的背叛,而且也是对自己的背叛。所以,哈姆雷特在第一幕第二场与母亲的对话和他的独白中所表现的对母亲的态度,以及在第三幕第四场母亲的卧室里的行为,都是他潜意识里俄瑞斯忒斯情结作祟的结果。

20世纪的另一个《哈姆雷特》批评倾向,是有意识地背离A. C. 布雷德利的批评,把《哈姆雷特》置于伊丽莎白一世时代和社会的语境里进行解读。这一倾向始于20世纪30年代,首批代表有莉莉·贝丝·康贝尔(Lily Bess Campbell)、F. R. 利维斯(F. R. Leavis)、L. G. 奈兹和G. 维尔森·奈特(G. Wilson Knight)。康贝尔在《莎士比亚的悲剧主人公》

---

1 Peter S. Donaldson, *Shakespearean Films/Shakespearean Directors* (Boston: Urwin Hyman, 1990), p.37.

（*Shakespeare's Tragic Heroes*，1930）中说道,布雷德利被囚禁在 19 世纪的思想意识里了,他应该从伊丽莎白时期的思想背景考虑问题。利维斯声称他要用文学杂志《观察》(*Scrutiny*)把布雷德利拉下马。奈兹在一次莎士比亚研讨会上选读了论文《麦克白夫人生了几个孩子?》(How Many Children Had Lady Macbeth?),对布雷德利在《莎士比亚悲剧》提出的人物的性格是莎士比亚悲剧的灵魂的观点发难。[1] 他认为,布雷德利对人物的重视超过对诗的重视,而莎士比亚悲剧的意义和审美价值不仅仅在于人物,研究也应该是多方面、多层次的。维尔森·奈特在其《火之轮》(*The Wheel of Fire*，1930)中强调莎士比亚的悲剧作为一个整体象征的意义,因而我们应该关注悲剧的主体结构和意象结构,而不应该只是关注从悲剧里抽象出来的人物。奈特提倡把《哈姆雷特》作为一首长诗来读,他说,人物并不是[现实中的]人,而只是诗歌视野中的象征。[2]

奈兹于 1960 发表的《〈哈姆雷特〉的一种解读》(*An Approach to* Hamlet),把《哈姆雷特》放在时代的背景里探讨。他认为,在莎士比亚写作《哈姆雷特》的时期,他"非常关心思想即反思的个性与其思考的世界的直接关系",尤其关注人看待世界方式中的扭曲。[3] 他沿着 C. S. 刘易斯(C. S. Lewis)教授的一次演讲和 H. D. F. 基多在《戏剧中的形式和意义》(*Form and Meaning in Drama*，1956)中提出的论点挖掘哈姆雷特的悲剧原因。刘易斯说道,《哈姆雷特》不是关于一个人,他的性格是要揭开的谜,它是关于一个经历种种苦难的人,不是关于一个不能做出决定的人,而是一个有关生死的戏剧,是一个有关腐败的戏剧。[4] 基多认为,《哈姆雷特》的主题是罪恶,罪恶之不可避免的自我毁灭:"罪恶酝酿罪

---

1 A. C. 布雷德利在《莎士比亚悲剧》的第九讲和第十讲讨论麦克白的性格。

2 G. Wilson Knight，*The Wheel of Fire*：*Interpretation of Shakespearean Tragedy with Three New Essays*，4th edn (London：Methuen, 1962)，p.16.

3 L. G. Knights, "*Hamlet*" *and other Shakespearean essays* (Cambridge：Cambridge Univeristy Press, 1979)，p.2.

4 C. S. Lewis, "*Hamlet*"：*the Prince or the Poem*? (1943)，in L. G. Knights, "*Hamlet*" *and other Shakespearean essays* (Cambridge：Cambridge University Press, 1979)，p.28.

恶,并且导向毁灭。"[1]哈姆雷特不能行动,原因也是强烈的罪恶感,罪恶不仅存在于克劳狄斯和他母亲的乱伦,还存在于整个丹麦王国:荒芜不治的花园内的莠草,不但令奥菲莉娅窒息而死,还窒息了哈姆雷特。哈姆雷特尽管品格高尚,但本质柔弱,抵挡不住罪恶那毁灭性的力量的打击。[2] 基多把哈姆雷特所遭受的苦难归结为人类的苦难,把哈姆雷特所承受的罪恶归结为罪恶自身,而不是某种特殊的罪恶。[3] 奈兹对《哈姆雷特》的文本进行了具体而细致的分析,意在揭示罪恶作为主题是如何贯穿这一悲剧的始终。他认为,罪恶感是悲剧的前提,而灾难的呈现需要环境中某些罪恶作为导因。他在分析哈姆雷特著名的独白"To be, or not to be"时,解释为像一个真正的基督徒一样忍受命运的打击,还是主动地与罪恶战斗,这才是哈姆雷特难以作出的选择。[4] 毫无疑问,这种伦理学的批评,是符合文艺复兴时期文学创作的基本原则的。英国的诗人兼批评家锡德尼爵士(Sir Sidney)就非常重视悲剧的道德意义,它把古罗马时期批评家贺拉斯(Horace)所谓的文学应该具有"愉悦的教育"(delightful instruction)作用演绎为"教育和愉悦"(to teach and delight),把文学的教育作用放在首位。约翰·丹尼斯甚至认为悲剧应该是"一场非常严肃的讲道"(a very solemn lecture),它的首要任务就是"扬善惩恶"(protecting the good and chastising the bad)。[5] 笛卡儿(René Descartes)和

---

1 H. D. F. Kitto, *Form and Meaning in Drama* (New York: Barnes and Noble, 1956), p. 324. 除 Kitto 外,Madariaga 在《论哈姆雷特》(*On Hamlet*, 1948)和 Rebecca West 在《宫廷与城堡》(*The Court and the Castle*, 1957)均认为哈姆雷特是一个罪恶之人。但是,许多批评家都对哈姆雷特的人格持肯定态度,例如 Peter Alexander 在《哈姆雷特父子》[*Hamlet Father and Son* (Oxford: Clarendon Press, 1955)]认为,哈姆雷特是一位坚韧不拔、才思敏捷、具有英雄气概的王子。

2 H. D. F. Kitto, *Form and Meaning in Drama* (New York: Barnes and Noble, 1956), pp. 327-328.

3 H. D. F. Kitto, *Form and Meaning in Drama* (New York: Barnes and Noble, 1956), p. 335.

4 L. G. Knights, "*Hamlet*" and other Shakespearean essays (Cambridge: Cambridge Univeristy Press, 1979), p. 68. 罗伊·沃克尔(Roy Walker)在《这是一个颠倒混乱的时代》(*The Time is Out of Joint*, 1948)认为,《哈姆雷特》讲的是罪恶腐败的社会里一个有道德责任感的人的故事。

5 Richard H. Palmer, *Tragedy and Tragic Theory: An Analytical Guide* (Westport: Greenwood, 1992), p. 27.

贝克莱(George Berkeley)也认为,人们的想象力应该服从理性,而且快乐也是由于智力和理性使我们获得了真知而产生的。悲剧产生快感,那是因为观众从中获得了理性生活的意义。无怪乎托马斯·赖默(Thomas Rymer)反对奥赛罗杀死台丝狄蒙娜那场戏,认为它太残忍了,践踏了道德规范,因为只有罪恶才应该受到惩罚;[1]纳伍姆·泰特(Nawoom Tate)改写《李尔王》来挽救考狄利娅的生命也在情理之中了。[2]

　　20世纪的另一个倾向是把《哈姆雷特》置于形而上学的和认识论的语境进行解读。这种方法强调人在宇宙中的位置,所以,哈姆雷特的问题不是心理上的,也不是智力上的,而是人的必定死亡(mortality)这一性质决定的。梅纳尔德·迈克(Maynard Mack)的文章《哈姆雷特的世界》(The World of Hamlet,1952)可以说是在这方面比较有影响的。迈克认为,哈姆雷特的世界是一个弥漫着种种疑问的世界,痛苦的、深思的、惊恐的,有许多问题超出了《哈姆雷特》文本,"指向作为整体的哈姆雷特世界里到处弥漫的不可思议性"[3]。对于迈克,《哈姆雷特》的结构原则在于揭示出哈姆雷特世界的神秘性,这一神秘性导向对存在的本质之形而上学的探索:

　　人完全迷茫,在两个世界的城堡上徘徊,不能拒绝,不能接受,当他面对这个世界的时候,因为他的灵魂理解不了的思想而无所适从。[4]

对《哈姆雷特》作认识论的解读,同样符合文艺复兴的思潮。人文主义者,以对古希腊古罗马的思想和文艺的发掘为契机,开始了对人类自身以及对人类生存其中的自然宇宙的认识。这个认识过程是漫长的,会遇

---

1 Thomas Rymer, *A Short View of Tragedy* (London: Richard Baldwin, 1693), p.86.

2 Richard H. Palmer, *Tragedy and Tragic Theory: An Analytical Guide* (Westport: Greenwood, 1992), p.27.

3 Maynard Mack, "The World of Hamlet", rpt. in the Signet Classic Edition of *Hamlet*, ed. Edward Hubler (1987), p.237.

4 Maynard Mack, "The World of Hamlet", rpt. in the Signet Classic Edition of *Hamlet*, ed. Edward Hubler (1987), p.239.

到种种问题,有的问题解决了(至少在当时的认识水平上是这样),有的问题没有解决,尤其是自然世界的神秘莫测。当一个人处于神秘莫测的世界的时候,他的首要问题是如何才能确信事物的本质,如果他不能确信,那么他又怎能行动?

威尔逊·奈特在他的论文《死神的特使》(The Embassy of Death)也认为,人的必死性是《哈姆雷特》的真正焦点。他说道,哈姆雷特是带来死亡的使者,他的疾病意识传染了整个丹麦王国,所以,哈姆雷特的疾病意识才是荒芜不治的花园内瘟疫传播的根源。[1] 而且,哈姆雷特还代表着否定的原则:"哈姆雷特是一个因素……是对任何激情的否定。他的疾病——或曰视域——基本上是否定之病、死亡之病",而哈姆雷特否定的原则表现在"对爱情的冷漠(love-cynicism)和对死亡的依恋(death-consciousness)"。[2] 奈特得出这样的结论:哈姆雷特的死亡意识是病态的、破坏性的,是对生命的否定。

把《哈姆雷特》疾病和死亡的意象与哈姆雷特的角色作用紧密地联系在一起,也是马克·范·多伦(Mark Van Doren)的《莎士比亚》(Shakespeare, 1939)的主题。范·多伦说道,哈姆雷特"把死亡像流行的瘟疫一样散播"。[3] 更有甚者,法国诗人兼批评家马拉美(Étienne Mallarmé)早在 1896 年写的《哈姆雷特与福丁勃拉斯》(Hamlet and Fortinbras)一文中指出,哈姆雷特不但亲手杀人,而且他所到之处都会带来死亡:哈姆雷特

---

1 Caroline Spurgeon 在《莎士比亚的意象》(Shakespeare's Imagery, 1935)中写道,《哈姆雷特》的主要隐喻是疾病和腐朽,不但哈姆雷特有病,整个丹麦王国都有病。杰妮特·阿德尔曼(Janet Adelman)在《"人和妻是一个肉体":〈哈姆雷特〉以及与母体的遭遇》("Man and Wife Is One Flesh": Hamlet and the Confrontation with the Maternal Body)一文中用心理分析的方法解读《哈姆雷特》,她认为,《哈姆雷特》的基本结构是从受污的母体脱离父子的男性身份之努力。除了圣母之外,母体永远是因性交而受污的,因而也是腐朽的,甚至,母体本身就成了死亡,所以也把死亡带到这个世界。见 Susanne L. Wofford(ed), William Shakespeare: Hamlet(Boston & New York: Bedford Books of St Martin's Press, 1994),p.271。

2 G. Wilson Knight, The Wheel of Fire: Interpretation of Shakespearean Tragedy with Three New Essays, 4th edn(London: Methuen, 1962), pp.41-43.

3 Mark Van Doren, Shakespeare(Garden City: Doubleday, 1953), p.171.

"杀人毫无顾虑,而且,甚至在他不实施杀戮的时候,人们也死去"。[1] 我们知道,哈姆雷特在他母亲的卧房里随意杀死了普隆涅斯[2];在比赛剑术时只因对方用了利剑刺伤了他,就用利剑刺死了勒替斯;他偷换国书让英王杀死无辜的童年好友罗森克兰兹和吉登史腾,此外,奥菲莉娅、他母亲以及克劳狄斯的死,都与哈姆雷特有关。然而,哈姆雷特对于无辜的人的死亡毫无恻隐之心,他说道:"他们本来是自己钻求这件差事的;我在良心上没有对不起他们的地方,是他们自己的阿谀献媚断送了他们的生命"[they did make love to this employment./They are not near my conscience, their defeat/Does by their own insinuation grow(第五幕,第二场,第57-59行)]。玛格莉特·佛古森把视点放在哈姆雷特杀人的权力上,她认为,哈姆雷特利用王室权力伪造国书致使英王杀死罗森克兰兹和吉登史腾是真正意义上的谋杀,所以,延宕不是哈姆雷特的问题,反而显示哈姆雷特仁慈(humanity)的一面。[3]

对哈姆雷特的疾病意识以及他所象征的死亡的关注,导致对哈姆雷特作为人文主义者的代表体现文艺复兴人文主义思想这一传统观点的反诘。莎士比亚在《哈姆雷特》中通过奥菲莉娅之口把哈姆雷特描述为典型的人文主义者:"哦,一颗多么高贵的心……朝臣的眼睛,学者的辩舌,军人的利剑,国家所瞩望的一朵娇花;时流的明镜,人伦的雅范,举世瞩目的中心……"[O, what a noble mind is here.../The courtier's, soldier's, scholar's, eye, tongue, sword,/Th' expectancy and rose of the fair state,/The glass of fashion and the mould of form,/Th' observ'd of all observers...(第三幕,第一场,第151-156行)]。而且,哈姆雷特自己对人的歌颂也反映了典型的人文主义思想:"人类是一件多么了不得的杰作! 多

---

1 转引自 Susanne L. Wofford (ed), *William Shakespeare*: *Hamlet* (Boston & New York: Bedford Books of St Martin's Press, 1994), p.198。

2 一般认为,这是哈姆雷特误认为所藏之人是克劳狄斯才拔剑杀死他的,例如 A. C. Bradley 说哈姆雷特希望所藏之人是国王[*Shakespearean Tragedy*, 2nd ed(London: MacMillan, 1905, rep. 1985), p. 137]。至于哈姆雷特明知藏在幕后偷听之人不是他复仇的对象克劳狄斯却做出佯装,参见前文《哈姆雷特与阿里奇亚丛林中的仪式》。

3 Margaret Fergusen, "*Hamlet*: Letters and Spirit", in *Shakespeare and the Question of Theory*, ed. Patricia Parker and Geoffrey Hartman (New York: Methuen, 1985).

么高贵的理性！多么伟大的力量！多么优美的仪表！多么文雅的举动！在行动上多么像一个天使！在智慧上多么像一个天神！宇宙的精华！万物的灵长！"［What piece of work is a man, how noble in reason, how infinite in faculties, in form and moving how express and admirable, in action how like an angel, in apprehension how like a god: the beauty of the world, the paragon of animals（第二幕,第二场,第303-307行）］然而,对人的价值的推崇、对人的生存权利的肯定,却被哈姆雷特这个"死神的特使"彻底否定。对《哈姆雷特》这种矛盾的解读,一方面,反映了它所蕴含的内容的丰富性和20世纪《哈姆雷特》批评的深化;另一方面,也证明了特伦斯·豪克斯（Terence Hawkes）对它的总结:《哈姆雷特》是各种解读（有时甚至是矛盾的或冲突的解读）的场所。所有这些解读在本质上都是意识形态的,而且受外在的政治和经济的决定因素的影响。[1]

从社会的政治和经济的角度对《哈姆雷特》进行解读,是马克思主义的批评传统。马克思主义批评强调社会存在决定社会意识,认为文艺属于意识形态范畴,是上层建筑的一种形式,是社会经济基础的反映,在社会物质生产和再生产的经济活动中,阶级和阶级斗争是推动社会经济制度变革的动力。文艺既然是社会经济基础的反映形式,那么它必然也体现了社会生产和再生产活动中的阶级和阶级斗争。[2] 在《哈姆雷特》中,阶级和阶级斗争同样是贯穿始终的一条主线。阴谋篡位的新王克劳狄斯是统治阶级的代表,哈姆雷特则是被压迫阶级的代表。哈姆雷特为父

---

1 Terence Hawkes, "Telmah", in *Shakespeare and the Question of Theory*, ed. Patricia Parker and Geoffrey Hartman (New York: Methuen, 1985), p. 330.

2 西方马克思主义批评是20世纪长盛不衰的一个批评流派,它既以马克思主义为依据又有别于传统的马克思主义。西方马克思主义往往把马克思主义与某种当代哲学或社会学理论结合起来,形成强调某一方面的理论或思潮,如存在主义马克思主义、结构主义马克思主义、精神分析学马克思主义、技术主义马克思主义等。西方马克思主义批评拥有一大批理论家,著名的有卢卡契（Georg Lukács）、布莱希特（Bertolt Brecht）、本雅明（Walter Benjamin）、阿多诺（Théodor Adorno）、马舍雷（Pierre Macherey）、古德曼（Lucien Goldmann）、伊格尔顿（Terry Eagleton）、詹姆逊（Fredric Jameson）、威廉姆斯（Raymond Williams）和巴赫金（Mikhail Bakhtin）等。坦言之,他们的批评理论和批评方法尽管有修正马克思主义之嫌,用詹姆逊的话说,是"相对的黑格尔式的马克思主义"（*Marxism and Form: Twentieth-Century Dialectical Theory of Literature*. Princeton, NJ: Princeton Univeristy Press, 1971, ix.）,但还是丰富了文学研究。

复仇的延宕,是他从阶级利益的大局出发,把个人的荣辱暂时搁置一旁形成的:他首先考虑的是如何推翻整个腐败的统治阶级;如何在这"颠倒混乱的时代""扭转乾坤",还清明于世道,建立一个平等的、没有压迫的社会制度。

在这种政治经济解读方法中值得一提的是米歇尔·D. 布里斯托尔(Michael D. Bristol)的文章《"葬礼中的烤肉":〈哈姆雷特〉中的狂欢与狂欢特征》("Funeral Bak'd-Meats": Carnival and the Carnivalesque in *Hamlet*, 1985)。布里斯托尔倾向于从阶级意识和阶级斗争的角度看待《哈姆雷特》,认为《哈姆雷特》表现了"无产阶级意识与统治的男性政体(patriarchy)之间的斗争"。[1] 他在文章中运用巴赫金的狂欢理论对文本进行了细致的分析,认为狂欢是《哈姆雷特》的基本结构,体现了莎士比亚的戏剧艺术对狂欢的运用。巴赫金认为,自古希腊罗马以来,狂欢一直是许多题材的文学作品的特征,欧洲的文艺复兴尤其复兴了古希腊罗马的狂欢精神:"是意识、世界观和文学的直接狂欢化。"[2] 狂欢的主要特点是颠覆等级、任意宣泄和大众活动。这些特点不仅表现在文学作品中的情节、人物、服装、动作等,更重要的是狂欢的语言。狂欢的语言表现了平民百姓的价值和优越,而且也是他们生存以及为了生存的再生产所必需的。所以,狂欢的语言从本质上讲与吃喝、躯体、死亡以及性密切相关。狂欢的语言与上流社会的权力语言和财富语言形成鲜明的对比,它以含混(ambivalence)和荒谬(grotesqueness)为主要特点。另外,语言并不局限于语词,而是包括手势、躯体、动作,甚至语言实现的空间和时间。而且,语言表现为不同社会形式的"言语类型"(speech types),正是这些不同的言语类型反映了社会不同阶层的意识形态和经济基础。布里斯托尔认为,克劳狄斯是狂欢的君主:他废除了合法的君王,并在死者的孝期内与死者的寡妻结婚,把性与死亡、戏剧与悲剧混在一起,表现出强烈

---

1 Susanne L. Wofford (ed), *William Shakespeare*: *Hamlet* (Boston & New York: Bedford Books of St Martin's Press, 1994), p. 344.

2 巴赫金,《拉博雷的创作以及中世纪和文艺复兴的民间文化》,转引自朱立元,《当代西方文艺理论》,上海:华东师范大学出版社,2002 年,第 265 页。

的"荒谬"味道——克劳狄斯杀死他的前任并在王后的床上取代了他,这可以说是给老王开了个大玩笑。这个狂欢的方式,是对政治生活和性生活的荒谬性的持续肯定。[1] 而且,他所娶的正是自己原来的兄嫂,这是对传统的家庭秩序的颠覆。克劳狄斯所统辖的王国,似乎也是一个狂欢的社会:下属臣民无限制地吃、喝以及性放纵,休息的时间也被用于工作,原来的"社会秩序被彻底地颠覆了"。[2]

《哈姆雷特》第五幕开始时掘墓人的场景,表现了布里斯托尔所谓的"废黜王权"之狂欢模式(carnivalesque pattern of uncrowning):它不仅在话语上颠覆了特权阶层,而且在行动上嘲弄他们,使政治、经济、阶级特权都成了他嘲弄的对象。[3] 掘墓人的狂欢语言,是对既定社会秩序的荒谬的夸张,是充满挑衅的否定,它以一种比官方语言和观念更普遍、更实际的方式颠覆了统治制度和精英文化。至于哈姆雷特,"他把基本的社会价值中的对立面内在化:他意识中对父亲忠诚,而他在这个政治现实中某种程度上与魔头克劳狄斯非常相似,这一点构成他基本的心理冲突"。[4] 冲突得不到解决,所以他装疯卖傻,而装疯卖傻同样是一种狂欢式的掩饰或伪装。

布里斯托尔在文章中还追溯了"狂欢"一词的渊源,说尽管它的基本含义是"取消斋戒",但是它的拉丁语词源却是"与肉告别",所以,"狂欢"一词本身就包含着含混、悖论、不确定的因素,这也正是它的社会意义所在。

1 Michael D. Bristol, " 'Funeral Bak'd-Meats' : Carnival and the Carnivalesque in *Hamlet*", in Susanne L. Wofford (ed), *William Shakespeare: Hamlet* (Boston & New York: Bedford Books of St Martin's Press, 1994), p. 355.

2 Michael D. Bristol, " 'Funeral Bak'd-Meats' : Carnival and the Carnivalesque in *Hamlet*", in Susanne L. Wofford (ed), *William Shakespeare: Hamlet* (Boston & New York: Bedford Books of St Martin's Press, 1994), p. 351.

3 Michael D. Bristol, " 'Funeral Bak'd-Meats' : Carnival and the Carnivalesque in *Hamlet*", in Susanne L. Wofford (ed), *William Shakespeare: Hamlet* (Boston & New York: Bedford Books of St Martin's Press, 1994), pp. 350-351.

4 Michael D. Bristol, " 'Funeral Bak'd-Meats' : Carnival and the Carnivalesque in *Hamlet*", in Susanne L. Wofford (ed), *William Shakespeare: Hamlet* (Boston & New York: Bedford Books of St Martin's Press, 1994), p. 350.

　　当然,从政治经济的角度解读《哈姆雷特》,一马当先的还是女权主义批评。女权主义批评所关心的是,在人类文明发展过程中,女性是如何被边缘化的,如何被贬低到次要位置的,在父/夫权制文化的统治下女性是如何被异化的,以及在整个边缘化和异化的过程中,女性又是如何有意识和无意识地为自己的身份和权利进行斗争的。[1] 女权主义者在以文学批评为武器争取自己的社会政治权利时,也不会忘记莎士比亚的《哈姆雷特》这部世界文学史上最伟大的作品之一。在她们的解读中,同样关注上述这些方面的问题。在女性主义者看来,《哈姆雷特》中只有两个女性角色,而这两个女性角色都是备受压迫和迫害的人。哈姆雷特在第一个独白中责备他母亲脆弱:"脆弱啊,你的名字就是女人"[Frailty, thy name is woman(第一幕,第二场,第 146 行)]。脆弱是葛特露德的典型特征。而且,这一形象特点一直是人们对葛特露德的看法。杰妮特·阿德尔曼(Janet Adelman)在她的《扼杀母亲:莎士比亚笔下母性根源的幻想,从〈哈姆雷特〉到〈暴风雨〉》(Suffocating Mothers: Fantasies of Maternal Origin in Shakespeare, from "Hamlet" to "The Tempest", 1992)中认为,葛特露德是莎士比亚戏剧中的一个母亲形象,然而这是一个在父/夫权制文化传统的社会里心甘情愿地先是受丈夫后是受儿子迫害的形象。这不但表现在鬼魂向哈姆雷特讲述谋杀时对妻子的指责,还体现在王后卧室那场戏中儿子对母亲的恶语中伤。母亲被看作母性根源中罪孽的体现,因为女性权力威胁了男性的身份:儿子"在他想象的与父亲的关系中需要确立自己的身份……然而[身份的确立]由于妻子/母亲的存在而成为极大的问题",因为妻子/母亲的"主要罪孽是她控制不住的性欲",从而使她成为儿子极度厌恶的对象。[2] 但是,阿德尔曼说,我们却看不出她的罪孽,甚至她的性欲也不明显,反而表现得是一位充满爱心的、善解

---

1 就女权主义批评而言,存在着各种不同的侧重。虽然法国女权主义批评与英美女权主义批评有很大差别,她们有的侧重性别歧视,有的是马克思主义女权主义者,有的强调心理分析,有的着眼于种族和肤色问题,但总的趋向还是社会批评(social-oriented)和政治批评(political-oriented)。

2 Janet Adelman, *Suffocating Mothers: Fantasies of Maternal Origin in Shakespeare, from "Hamlet" to "The Tempest"* (London and New York: Routledge, 1992), p. 15.

人意的母亲和妻子。[1] 卡萝琳·赫尔布伦(Carolyn Heilbrun)也试图修正对葛特露德的传统观点,她认为,葛特露德这一母亲形象,并非人们所说的用意良好但淫荡浅薄,而是处处表现了关心他人、善解人意、温柔善良的优秀品德。她对勒替斯讲述奥菲莉娅之死的时候,语言很是得体和敏锐,与通常直接坦率的语言大相径庭,说明她运用语言表达思想感情的能力很强。不但如此,她还是一位非常勇敢的人,不但在勒替斯仗剑冲进宫内的时候挺身保护国王,而且在哈姆雷特指明她的欲望时坦然承认自己的罪孽。她还信守承诺,至死没有泄露哈姆雷特装疯的秘密。至于她对哈姆雷特所表现出的无私母爱,更是毋庸赘言。当然了,我们从她的坦荡真诚看出,谋杀不但与她毫无瓜葛,而且她毫不知情。总而言之,人类许多优良的品质,都表现在葛特露德这一女性形象上。赫尔布伦说道:"假如说她淫荡,但是她聪慧、有天赋、有洞察力。"[2]

奥菲莉娅当然也是女权主义者关注的对象。传统的观点认为她与葛特露德一样,是对父兄俯首听命、任凭男性随意摆布的弱女子形象。不仅如此,在传统的研究中,奥菲莉娅只是陪衬,批评家只是关注她对哈姆雷特的描述,或者她与哈姆雷特的对话中哈姆雷特话语的意义。例如在浪漫主义眼里,哈姆雷特是思维型的人,而奥菲莉娅是感觉型的姑娘,哈兹里特(William Hazlitt)对她无话可说,只称她为"极其动人的人物"。[3] 在19世纪法国诗人眼里,白色是奥菲莉娅女性本质象征的一部分,他们称她为"洁白的奥菲莉娅",并把她比作一枝百合、一朵白云和一片雪花。白色同时与她的透明性(transparency)联系在一起,而且,对于

---

1 A. C. Bradley 说道,葛特露德德"有一种软绵绵的动物天性。……她喜欢幸福,像沐浴在阳光下的绵羊,说公道些,她希望看到别人也幸福,像很多沐浴在阳光下的绵羊"(*Shakespearean Tragedy*, 2nd ed〔London:MacMillan, 1905, rep. 1985〕, p. 167)。Gilbert Murray 在《哈姆雷特与俄瑞斯忒斯》(*Hamlet and Orestes*)认为这种性格的原型是大地母亲(见叶舒宪编,《神话—原型批评》,西安:陕西师范大学出版社,1987 年,第 254 页)。

2 Carolyn Heilbrun, *Hamlet's Mother and Other Women* (New York:Columbia Univeristy Press, 1990), p.17.

3 Carroll Camden, "On Ophelia's Madness", in *Shakespeare Quarterly* 15 (1964), p.147.

马拉美来说,白色正是男性想象力书写的地方。[1]

　　勒替斯在看到奥菲莉娅疯癫的情形后称她为"疯癫之文献",[2] 或许,奥菲莉娅就代表了女性作为疯癫的文本原型。如果说 17 世纪女性的精神病特征主要是歇斯底里(hysteria),18 世纪是色情狂(erotomania),那么 20 世纪则是精神分裂(schizophrenia)。同样,奥菲莉娅的疯癫在伊丽莎白时期会被诊断为歇斯底里症,或者性爱忧郁症(love-melancholy),20 世纪被诊断为精神分裂。R. D. 莱因(R. D. Laing)在 20 世纪 60 年代出版的《分裂的自我》(*The Divided Self*)一书中就是把奥菲莉娅作为精神分裂患者来研究的。对于莱因,奥菲莉娅分裂的自我成了一个空洞的空间,奥菲莉娅成了虚空(nothing),说在她的疯癫中没有自我:"从她的行为和话语里没有表达出任何完整的自我,不可理解的陈述被虚空叙说,她已经死去。过去曾经有过一个人的地方,现在只有虚空。"[3] 而在法国女权主义影响下的批评,则注重奥菲莉娅的语言性质。奥菲莉娅疯了,她无话可说,或者"她的话不知所云"[Her speech is nothing(第四幕,第五场,第 7 行)],只是唱着无意义的歌,她被剥夺了性别、语言、思想,用伊莱恩·肖瓦尔特(Elaine Showalter)的话说,奥菲莉娅的故事"就成了 O——零——的故事,女性差别的一个空空的圆圈,或(无人知晓的)秘密,期待着被女性主义解读破解的妇女特征的密码"。[4] 另外,奥菲莉娅在疯癫之前被迫使用男性的语言,或者被迫沉默、无言,成为"看不见听不到的性别",[5] 而在她疯癫之后,她就拒绝再说父/夫权制社会的男性语言,她的歌似乎表示她在声明自己的女性特

1 Elaine Showalter, "Representing Ophelia: Women, Madness, and the Responsibilities of Feminist Criticism", in Susanne L. Wofford (ed), *William Shakespeare: Hamlet* (Boston & New York: St Martin's Press, 1994), p.234.

2 "A document of madness"(第四幕,第五场,第 176 行)。"document"一词批评家多解释为"lesson",笔者从福柯对西方性别史以及癫狂史的研究出发,在这里译为"文献"。参见本书第 150 页。

3 R. D. Laing, *The Divided Self* (Harmondsworth: Penguin, 1965), p.195.

4 Elaine Showalter, "Representing Ophelia: Women, Madness, and the Responsibilities of Feminist Criticism", in Susanne L. Wofford (ed), *William Shakespeare: Hamlet* (Boston & New York: Bedford Books of St Martin's Press, 1994), p.222.

5 Ernest Jones, *Hamlet and Oedipus* (New York: Doubleday, 1949), p.83.

征,她的疯癫本身也成了对家庭和社会秩序、对男性统治的反叛和反抗。这样一来,奥菲莉娅的故事就代表着一位女性表现自我的故事。[1]

女权主义批评关注的另一个方面是《哈姆雷特》所反映的"厌女意识"(misogyny),[2] 即对女性的厌恶、怀恨、误解、不信任,以及希望她们永远处于附属地位的意识。女权主义者一般认为,《哈姆雷特》是父/夫权制文化的表现,反映出强烈的厌女意识,这与莎士比亚的思想意识以及伊丽莎白时期妇女的社会经济地位分不开。不言自明的是,在莎士比亚所处的社会,父/夫权制意识要比我们现在强烈、明显得多。尽管英国当时的统治者是一位女性,而且她的统治为英国的社会带来繁荣、为英国的经济带来发展,甚至使英国成为世界的霸权国家,男性臣民对她十分敬佩,然而,男性的优越意识和男性文化的传统是根深蒂固的,对待女性的态度总的说来是否定的、负面的。[3] 但是,也有的女权主义者试图在莎士比亚的作品中发掘两性平等的意识,认为莎士比亚对妇女具有同情心,是一位"女权主义的支持者"(feminist in sympathy),例如朱丽叶·徒辛贝尔(Juliet Dusinberre),她在其《莎士比亚与妇女的本性》(*Shakespeare and*

---

1 肖瓦尔特在《再现奥菲莉娅》一文中,结合文化批评和历史批评试图揭示"自己的故事",认为自己的故事是表现自我的故事。

2 Ernest Jones 在"The Oedipus Complex as an Explanation of Hamlet's Mystery:A Study in Motive"提出哈姆雷特的厌女症,表现在对待奥菲莉娅的态度,他认为根源是哈姆雷特的恋母情结[*Hamlet and Oedipus* (New York:Doubleday, 1949), p.96]。

3 比如,在《哈姆雷特》两位女性角色都以死亡结束,尽管男性主要人物同样死去,但收拾残局恢复秩序的还是男性。对于奥菲莉娅的死,批评家尤其关注。David Leverenz 在《〈哈姆雷特〉中的女性:一种人与人之间的解读》(The Woman in *Hamlet*:An Interpersonal Interpretation)说道,奥菲莉娅的死象征着"男性世界对女性放逐的微观世界,因为'妇女'代表着被理性男人否定的一切"[转引自 Elaine Showalter, "Representing Ophelia:Women, Madness, and the Responsibilities of Feminist Criticism", in Susanne L. Wofford (ed), *William Shakespeare:Hamlet* (Boston & New York:Bedford Books of St Martin's Press, 1994), p.222]。在这一方面的研究,Steven Mullaney 的《舞台的地位:文艺复兴时期英国的放纵、戏剧和权力》[*The Place of the Stage:License, Play and Power in Renaissance England* (Chicago:University of Chicago Press, 1987)]、Peter Erickson 的《莎士比亚戏剧中的父/夫权结构》[*Patriarchal Structure in Shakespeare's Drama* (Berkeley:University of California Press, 1985)]和 Karen Newman 的《女性意识的形成与英国文艺复兴时期的戏剧》[*Fashioning Femininity and English Renaissance Drama* (Chicago:University of Chicago Press, 1991)],都是很有影响的研究成果。

the Nature of Women)一书中,从人文主义、清教和伊丽莎白一世的影响着眼,追溯对待妇女的态度以及妇女的社会地位的变化。她认为,两性平等的思想在莎士比亚的作品中是显而易见的。当然,莎士比亚是否如她所言,仍是众说纷纭、莫衷一是。

女权主义批评在这里试图从伊丽莎白时期的社会文化解读《哈姆雷特》,其方法借鉴了历史批评,而历史批评对《哈姆雷特》的挖掘也是《哈姆雷特》批评的重要内容。历史批评试图发现《哈姆雷特》中所反映的伊丽莎白时期的社会问题,涉及宗教、政治、道德、命运和自由意志等内容。[1] 在诸多讨论中,影响最大的要数把伊丽莎白时期埃塞克斯(Essex)伯爵罗伯特·德弗罗(Robert Devereux)作为哈姆雷特的原型所做的探讨。[2] 埃塞克斯伯爵是伊丽莎白一世的宠臣,据说还患了精神病,曾追求伊丽莎白女王,最终因领导叛乱(1601)失败上了断头台。这件事表明其政治野心。卡琳·S.·柯顿(Karin S. Caddon)的文章《"如此奇怪的技巧":〈哈姆雷特〉和伊丽莎白时期文化中的疯癫、主体性与反叛》("Suche Strange Desygns":Madness, Subjectivity, and Treason in *Hamlet and Elizabethan Culture*)站在新历史主义的立场,把政治看作戏剧表演的

---

1 20 世纪七八十年代盛行的新历史主义提倡在文学研究中"回归历史"(return to history),着意发掘文学文本与文本之外的"惊人的巧合"(surprising coincidences),从而关注书信、日记、绘画、病案、电影等超文学材料。笼统地讲,新历史主义批评也属于文化批评的范畴,是各种批评方法的大杂烩,容纳了马克思主义、女权主义,人类学、种族学、社会学、传媒学、通俗文化研究和后殖民研究等。新历史主义与旧的历史主义的不同在于,后者试图"凭借参照像电影一系列场景一样专横地展开世界观来[把历史]阶段化并称其曰进展",似乎伊丽莎白时期的人们拥有的观念都一样,而新历史主义拒绝这种统一的场景式的观点,倾向于通过对权力形式之相互作用的研究重构历史[Carolyn Porter, "Are We Being Historical Yet?" in *South Atlantic Quarterly* 87 (fall, 1988), p.765]。然而,也有的新历史主义者在折中新旧之间的差异,认为"只有掌握了历史主义方法的丰富遗产,我们才能正确地确定莎士比亚与其历史的关系"(Douglas Bruster, "Some New Light on the Old Historicism: Shakespeare and the Forms of Historicist Criticism", in *Literature and History* 5, no. 1 [Spring 1966], p.2)。笔者采用"历史批评"一语,只是说明对《哈姆雷特》批评的一种倾向,并非强调某一批评学派的批评。

2 关于伊丽莎白一世与埃塞克斯伯爵以及玛丽女王之间的斗争,除本文中论述的 Karin S. Coddon 的文章外,可参阅 Steven Mullaney 的《弟兄以及其他,或疏远之艺术》(Brothers and Others, or the Art of Alienation),载 Marjorie Garber (ed), *Cannibals, Wishes, and Divorce: Estranging the Renaissance* (Baltimore: Johns Hopkins University Press, 1987), pp.67-89。

一个形式,同时把戏剧看作政治呈现自身的一种形式,而《哈姆雷特》与其产生的社会不能分离,它们都是当时文化的意识形态表现的场所。

柯顿的文章没有探讨埃塞克斯伯爵患精神病的真伪,也没有讨论精神病的症状,而是从 16 世纪和 17 世纪的文化角度界定精神病。她认为,在伊丽莎白时代,精神病和野心(ambition)——尤其反叛的野心——有密切联系。埃塞克斯伯爵同哈姆雷特一样,是一个自我分裂的主体(self-divided subject)。精神病是自我控制意识形态(ideology of self-government)的大敌,即莫维茵·詹姆斯所谓的"服从的内在化"(internalization of obedience),它是破坏现存秩序的条件和潜力。[1] 柯顿从詹姆斯"服从的内在化"导出埃塞克斯伯爵精神病的根源——"不甘心服从的内在化"(internalization of disobedience),从而使他卢西佛式的高傲被隐喻为内心的情结,[2] 导致他不受约束的主体:他以骑士的风范闯入女王的卧室,而女王这时尚未穿好外衣。正如柯顿所言,埃塞克斯伯爵这种蔑视君主权威的行为,令女王极其愤怒,她不能对此视而不见,"正如臣民的身份是由对于权威的因袭习惯之内在和外在的依从所认定,君主的身份依赖服从的绝对性"。[3] 受约束的埃塞克斯伯爵与伊丽莎白女王之间已经不是两人之间的斗争,而是福柯意义上的主体(subject)与权力(power)之间的斗争。[4] 福柯在《主体与权力》(The Subject and Power)一书中对 subject 进行了深入探讨。该词一词多义,福柯有时指"臣民""臣属""服从",有时也指"主体""臣属意识"和"俯首称臣的主体"等。至于"power",作权力讲意义明确。权力是由"个人化的统治"

1 Mervyn James, *English Politics and the Concept of Honour*, 1485-1642 (London: Past and Present Society, 1975), p. 44. Lacey Balwin Smith 也认为埃塞克斯伯爵的反叛是"政治精神病的行为"(*The Elizabethan World* [Boston: Houghton, 1967], p. 266)。

2 Karin S. Coddon, "'Suche Strange Desygns': Madness, Subjectivity, and Treason in *Hamlet* and Elizabethan Culture", in Susanne L. Wofford (ed), *William Shakespeare: Hamlet* (Boston & New York: Bedford Books of St Martin's Press, 1994), p. 381.

3 Karin S. Coddon, "'Suche Strange Desygns': Madness, Subjectivity, and Treason in *Hamlet* and Elizabethan Culture", in Susanne L. Wofford (ed), *William Shakespeare: Hamlet* (Boston & New York: Bedford Books of St Martin's Press, 1994), p. 383.

4 参见路易丝·麦克尼,《福柯》,贾湜译,哈尔滨:黑龙江人民出版社,1999 年,第 136 页。

（government of individualization）实现的,福柯写道,

> 这种权力形式实施于日常生活,日常生活标示个人的特点、显示个人的个性、显现个人的身份、把他必须承认而且他人也必须看见他服从的真理律法强加于个人。……"subject"一词有两层意义:由统治和依附所实施的服从他人,由意识或自我知识导致的束缚于自己的身份。这两种意义均表明权力的一种形式,即使[他人]服从和使[他人]臣属。[1]

主体与权力之间的矛盾是常在的,只是主体反叛的条件不成熟,潜力不得以发挥,所以在日常生活并没有表现为权威有必要实施权力予以镇压或消灭。如在埃塞克斯伯爵一样,哈姆雷特的疯癫本身并没有关系,有关系的是"疯癫中所隐含的方法之险恶":[2] 疯癫作为话语的一种特殊形式,不断地对现存权威、对社会和政治秩序造成威胁,尤其是像哈姆雷特这样地位高贵、又深受民众爱戴的人物——"大人物的疯狂是不能听其自然的"[Madness in great ones must not unwatch'd go(第三幕,第一场,第190行)]。所以,国王克劳狄斯要用权力除掉哈姆雷特这一不受约束、不甘心臣服的主体。他借让哈姆雷特到英国避风头为名,阴谋要英王在哈姆雷特一上岸时就杀死他,以保自己的权威不受威胁。

至于哈姆雷特的延宕,柯顿认为,应该从哈姆雷特的心理与外在权威之间冲突的角度考虑:疯癫向权威挑战,"不甘心服从的内在化"预示着将来要挺身反抗无涯的苦难。[3]

---

1 转引自 Karin S. Coddon, "'Suche Strange Desygns': Madness, Subjectivity, and Treason in *Hamlet* and Elizabethan Culture", in Susanne L. Wofford (ed), *William Shakespeare: Hamlet* (Boston & New York: Bedford Books of St Martin's Press, 1994),第384页。相对于 power 而言的 subjectivity,同样具有两层意义,即"臣属的状态"和"主体意识",而这一主体意识又是个人作为臣属身份的认定,即对于权力的绝对服从。

2 同上,第390页。这也是哈姆雷特与奥菲莉娅的疯癫之不同:哈姆雷特的疯癫是文化的、与智力相关的,进而也是政治的、给权威和他人造成危害的;而奥菲莉娅的疯癫是自然的、与感情相关的,所以也是生物的,只给自己造成危害。

3 Karin S. Coddon, "'Suche Strange Desygns': Madness, Subjectivity, and Treason in *Hamlet* and Elizabethan Culture", in Susanne L. Wofford (ed), *William Shakespeare: Hamlet* (Boston & New York: Bedford Books of St Martin's Press, 1994), p. 392.

历史批评除了认为埃塞克斯伯爵是哈姆雷特的原型外，一些学者还认为普隆涅斯源自财政大臣 Burghley，还在伊丽莎白一世的宫廷里找到罗森克兰兹和吉登史腾以及小丑奥斯力克的形象。当然了，悲剧里涉及的有关私人剧院雇用儿童演员与公共剧院竞争，是不争的历史事件。

然而，也有一些采用历史批评方法的学者对埃塞克斯伯爵作为哈姆雷特的原型的观点持有不同看法。例如，特利·伊格尔顿（Terry Eagleton）和弗兰西斯·巴克尔（Francis Barker）运用福柯关于"历史阈限"（historical liminality）的观点分析《哈姆雷特》，他们认为，人文主义主体意识在 16 世纪末尚未完全形成，所以在哈姆雷特的秘密里什么也没有，而且哈姆雷特就是一种虚无（nothing），"因为他从来没有与自身完全一样"。[1]

在《哈姆雷特》批评产生过重要影响的，还有神话—原型批评。较早运用神话批评方法对《哈姆雷特》进行研究的是吉尔伯特·墨雷（Gilbert Murray）于 1914 年的一次讲座《哈姆雷特与俄瑞斯忒斯》（Hamlet and O-restes），接着他在《诗歌中的古典传统》（The Classical Tradition in Poetry）一书发表了自己的观点。墨雷发现了哈姆雷特与埃斯库勒斯笔下的俄瑞斯忒斯以及索福克勒斯笔下的俄狄浦斯有许多相似之处，[2] 他认为剧中的主人公都是被某种情结纠缠着的牺牲品形象（haunted sacrificial figure），哈姆雷特和俄瑞斯忒斯被复仇的责任纠缠着，因而导致悲剧的结果，俄狄浦斯不能忘怀的是要逃避弑父娶母，最终还是走向悲剧的命运。

---

1 Terry Eagleton, *William Shakespeare* (Oxford: Blackwell, 1986), p. 73. Francis Barker 的论述，见《颤抖的个人躯体：臣属问题札记》[*The Tremulous Private Body: Essays on Subjection* (London: Metheun, 1984), pp. 25-41]。持同样观点的还有凯瑟琳·伯尔斯（Catherine Belsey），《悲剧的主体：文艺复兴时期戏剧中的身份与差异》[*The Subject of Tragedy: Identity and Difference in Renaissance Drama* (London: Metheun, 1985), pp. 41-42]。关于福柯的"历史阈限"，请阅《性别史》[*History of Sexuality*, Vol. 1, trans. Robert Hurley (New York: Pantheon, 1978), pp. 139-145]；《疯颠与文明》[*Madness and Civilization: A History of Insanity in the Age of Reason*, trans. Richard Howard (London: Tavistock, 1967), pp. 35-64]。

2 Francis Fergusson 在《戏剧的理念》[*The Idea of Theatre* (Princeton: Princeton Univeristy Press, 1949)]对《哈姆雷特》和《俄狄浦斯王》进行了详细的比较，揭示了莎士比亚的悲剧沿袭古希腊悲剧中的仪式主题。

同时,墨雷还在斯堪的纳维亚古老传说中找到了《哈姆雷特》的原型。[1]当然,哈姆雷特与俄瑞斯忒斯的相似之处比比皆是,例如他们的父亲都曾是国王,也都被亲属所谋杀;[2] 王位被谋杀者篡夺,妻子也都嫁给了王位的继承者;[3] 他们都要复仇,也都疯疯癫癫;等等。还有一个共同的成分,墨雷说,那就是"我们称为金枝国王(Golden Bough Kings)的遍及全世界的仪式故事",它"构成希腊悲剧基础的基本思想",也构成《哈姆雷特》的基础。[4]

墨雷认为,埃斯库勒斯和索福克勒斯在戏剧中表现了牺牲仪式,他们的观众是雅典公民,那时这类牺牲仪式已经不再以实际的情况出现,而是象征性地在舞台上表演,但其神话意义是一样的。在莎士比亚时期,情况也是相似的。伊丽莎白时代的英国人对神话和象征是十分敏感的,所以他们会"感觉到"戏剧中的神话内容和意义。我们现代人同样会感觉到这些内容和意义,按照荣格的理论,这是因为我们的无意识领域所积淀的某些文化的成分被唤醒了。

菲利普·维尔莱特(Philip Wheelright)在《燃烧的泉水》(*The Burning Fountain*)中不是对人物进行原型的追溯,而是从社会和自然界的现象探讨神话意义。他认为,《哈姆雷特》所反映的疾病与健康的意象,是自然界自远古以来最重要、最普遍的主题之一。生命和死亡的正常循环,是一个健康的循环,而疾病和枯萎则打断和破坏了这一正常循环。在《哈姆雷特》中,谋杀是疾病的体现,因为它破坏了生命的自然循环和社会的正常秩序;如果谋杀是发生在家庭内部,那么疾病就是病毒性的。[5]

维尔莱特论述道,哈姆雷特的丹麦是一个患病的、腐朽的王国,原因

---

1 叶舒宪编,《神话—原型批评》,西安:陕西师范大学出版社,1987 年,第253-256 页。德·桑提利亚娜(de Santillana)和冯·德尚(von Dechend)甚至把《哈姆雷特》的故事追溯到古冰岛传奇和东方神话[*Hamlet's Mill*(Boston:Gambit, 1969)]。

2 在古希腊神话中,俄瑞斯忒斯的父亲阿伽门农被其妻和其堂兄弟共谋所杀,但在埃斯库勒斯的悲剧中,谋杀归其妻一人。

3 关于王后与王位继承者结婚,也是古老的神话仪式。参见前文《哈姆雷特的延宕与阿里奇亚丛林中的仪式》。

4 叶舒宪编,《神话—原型批评》,西安:陕西师范大学出版社,1987 年,第 250 页。

5 Philip Wheelright, *The Burning Fountain*(Bloomington:Indiana University Press, 1954), p.197.

是克劳狄斯对他王兄"那邪恶的极其残酷的谋杀"［foul and most unnatural murder（第一幕，第五场，第 25 行）］颠覆了自然的生命秩序。文本中借克劳狄斯之口道出了这一谋杀的原型：该隐那"原始以来最初的诅咒"［the primal eldest curse upon't（第三幕，第三场，第 37 行）］。由于克劳狄斯的罪孽，整个王国为其受难，国家正常的秩序被打破了，白天与黑夜、工作日与休息日也不分了，颠倒混乱成为一切的特征。

哈姆雷特的角色是牺牲者-英雄，他的使命就是要把王国从因谋杀而枯萎的境况中拯救出来，而不仅仅是复仇，而且他意识到了这一点："这是一个颠倒混乱的时代，唉，倒霉的我却要负起重整乾坤的责任！"他之所以说这是一件倒霉的事，是因为要拯救王国，必得先找出疾病的根源，从根本上清除它；而且，除病需要彻底的净化（purgation）。但是，哈姆雷特不愿意接受净化实施者的角色，因为这一行为很可能导致他自身的毁灭。自古以来，净化实施者都是牺牲者，所以他一直延宕。

哈姆雷特的毁灭是必然的，因为他是一位有责任心的替罪羊，他的死只不过是"耶稣受难"（crucifixion）的再现，以自己的牺牲来清洗丹麦王国的深重罪孽，以便它获得健康的再生。

可以看出，《哈姆雷特》的神话传承十分明显，它重复了古代生命循环的原型秘密，其悲剧的脉动流淌着古代酒神节所演出的索福克勒斯的悲剧的血液。

维尔莱特还探讨了其他细节的原型意义，比如他认为黑色为忧郁症的原型颜色，并把哈姆雷特试图弄清楚他父亲的死亡真相归结为探究人类生命和命运的秘密，其原型是斯芬克斯之谜，答案只有一个：人。这样，哈姆雷特的探索就象征着我们所有的人的探索。

批评界对《哈姆雷特》的评论可以说是俯拾即是，除了上文谈到的，还有许多重要的思想和观点，本书不能一一列举。卡罗琳·斯波尔金（Caroline Spurgeon）的《莎士比亚的意象》（*Shakespeare's Imagery*，1935）、W. H. 克莱门（W. H. Clemen）的《莎士比亚的意象之发展》（*The Development of Shakespeare's Imagery*，1953）、唐纳德·A. 斯陶佛（Donald A. Stauffer）的《莎士比亚的意象世界》（*Shakespeare's World of Images*，1949）、莫莉丝·查尼（Maurice Charney）的《〈哈姆雷特〉中的文体》（*Style in Hamlet*，1969）等著作都有章节探讨《哈姆雷特》的意象。他们有的在伊丽莎白时期文化社会语境中讨论,有的则从互文性的角度挖掘,莎士比亚笔下的寻常之物,在他们眼里皆是绝妙文章。莫莉·M. 玛库德(Molly M. Mahood)的《莎士比亚的词品》(*Shakespeare's Wordplay*, 1957)、H. M. 赫尔姆(H. M. Hulme)的《莎士比亚语言探微》(*Explorations in Shakespeare's Language*, 1962)、玛德琳·多伦(Madeleine Doran)的《莎士比亚的戏剧语言》(*Shakespeare's Dramatic Language*, 1976)、N. F. 布雷克(N. F. Blake)的《莎士比亚语言导论》(*Shakespeare's Language：An Introduction*, 1983)、尤金·F. 舒马克(Eugene F. Shewmark)的《莎士比亚的语言》(*Shakespeare's Language*, 2008)、I. S. 尤庞柯(I. S. Ewbank)的文章《〈哈姆雷特〉以及词语的力量》("*Hamlet*" and the Power of Words)[1]等均涉及《哈姆雷特》的语言运用和修辞手段。一些批评从莎士比亚悲剧的结构入手,在历史、社会和表演的背景中探讨《哈姆雷特》的结构,重要的有埃姆利斯·琼斯(Emrys Jones)的《莎士比亚的戏剧形式》(*Scenic Forms in Shakespeare*, 1971)和马克·卢斯(Mark Rose)的《莎士比亚结构》(*Shakespearean Design*, 1972)。也有的批评者关注《哈姆雷特》的演出,如雷蒙·曼德尔(Raymond Mander)和乔·密辰逊(Joe Mitchenson)的《几代以来的哈姆雷特》(*Hamlet through the Ages*, 1952)、罗伯特·斯贝埃特(Robert Speaight)的《舞台上的莎士比亚》(*Shakespeare on the Stage：An Illustrated History of Shakespearean Performance*, 1973)和理查·戴维(Richard David)的《剧院里的莎士比亚》(*Shakespeare in the Theatre*, 1978)。另外,保罗·N. 谢戈尔(Paul N. Siegel)的《莎士比亚的悲剧与伊丽莎白的妥协》(*Shakespearean Tragedy and the Elizabethan Compromise*, 1957)在讨论莎士比亚悲剧中的宗教问题时频频涉及《哈姆雷特》,对我们了解《哈姆雷特》的宗教背景大有裨益。此外,约翰·D. 威尔逊(John D. Wilson)在《〈哈姆雷特〉发生了什么?》(*What Happens in "Hamlet"*?, 1935)中以伊丽莎白时期的观众为视点,详细地讨论了《哈姆雷特》的情节以及剧中行动的意义,并探讨了观众对鬼魂产生不同看法的原因;伊利诺·普罗塞尔(Eleanor Prosser)在《哈姆雷特与复仇》(*Hamlet and Re-*

---

1 收录在《哈姆雷特面面观》(*Aspects of Hamlet*, eds. Kenneth Muir and Stanley Wells, 1979)。

venge，1967）中认为剧中的鬼魂是一个伪装的魔鬼，它的出现就是要把主人公引向毁灭；约翰·劳勒（John Lawlor）在《莎士比亚的悲剧意识》（*The Tragic Sense of Shakespeare*，1960）中试图为哈姆雷特从来没有考虑复仇的道德合理性寻找原因；尼戈尔·亚历山大（Nigel Alexander）在《毒药、戏剧和决斗》（*Poison*，*Play and Duel*，1971）中广泛地探讨了《哈姆雷特》中的象征意义。凡此种种，皆从不同的角度、不同的侧面对《哈姆雷特》进行了深入研究。

　　哈姆雷特在给伶人说戏的时候说道："自有戏剧以来，它的目的始终是反映人生，显示善恶的本来面目，给它的时代看一看它自己演变发展的模型"［…the purpose of playing，whose end，both at the first and now，was and is to hold as 'twere the mirror up to nature；to show virtue her feature，scorn her own image，and the very age and body of the time his form and pressure（第三幕，第二场，第20-24行）］。戏剧如此，批评亦如此。批评也反映了其时代的思想和风貌，我们透过《哈姆雷特》的批评，可以看到批评界对莎士比亚的批评轨迹，还可以窥见整个文学批评的一斑。当然，这里没有善恶的面目，却有思想的犀利、观察的深微，它自己演变发展的模型，折射出《哈姆雷特》的博大和深邃。

参考文献

Adams, Hazard (ed). *Critical Theory since Plato* (rev. ed). Fort Worth: Harcourt Brace Jovanovich College Publishers, 1992.

Adelman, Janet. *Suffocating Mothers: Fantasies of Maternal Origin in Shakespeare, from "Hamlet" to "The Tempest"*. London and New York: Routledge & Sons, 1992.

Aeschylus, *Prometheus Bound*. Trans. David Grene. In Mortimer J. Adler (ed), *Great Books of the Western World*, Vol. 4, 2nd ed. Chicago: Encyclopaedia Britannica, Inc., 1990.

Alexander, Beter. *Hamlet: Father and Son*. Oxford: Clarendon Press, 1955.

Anders, Henry R. D.. *Shakespeare's Books*. Berlin & Boston: De Gruyter, Inc., 2017.

Aristotle. *Metaphysics*. In Mortimer J. Adler (ed), *Great Books of the Western World*, Vol. 7, 2nd ed. Chicago: Encyclopaedia Britannica, Inc., 1990.

Aristotle. *Nicomachean Ethics*. In Mortimer J. Adler (ed), *Great Books of the Western World*, Vol. 7, 2nd ed. Chicago: Encyclopaedia Britannica, Inc., 1990.

Aristotle. *On Generation and Corruption*. In Mortimer J. Adler (ed), *Great Books of the Western World*, Vol. 7, 2nd ed. Chicago: Encyclopaedia Britannica, Inc., 1990.

Barker, Francis. *The Tremulous Private Body: Essays on Subjection*. London: Metheun, 1984.

Beaumont, Albert. *The Hero: A Theory of Tragedy*. London: George Routledge & Sons, 1925.

Belsey, Catherine. *The Subject of Tragedy: Identity and Difference in Renais-*

sance Drama. London: Metheun, 1985.

Berkeley, George. *A Treatise Concerning the Principles of Human Knowledge.* In Mortimer J. Adler (ed), *Great Books of the Western World*, Vol. 33, 2nd ed. Chicago: Encyclopaedia Britannica, Inc., 1990.

Bradley, A. C.. *Shakespearean Tragedy*, 2nd ed. London: MacMillan and Co., Limited, 1905. Rpt. 1985.

Bruster, Douglas. "Some New Light on the Old Historicism: Shakespeare and the Forms of Historicist Criticism." In *Literature and History* 5, no. 1, Spring 1966.

Camden, Carroll. "On Ophelia's Madness". *Shakespeare Quarterly*, Volume 15, Issue 2, 1 April 1964.

Campbell, Lily Bess. *Shakespeare's Tragic Heroes*. Cambridge: Cambridge University Press, 1930.

Coleridge, Sameul Taylor. "On Literature." In Nicholas Halmi et al (eds). *Coleridge's Poetry and Prose*. New York & London: Norton, 2004.

Donaldson, Peter S.. *Shakespearean Films/Shakespearean Directors*. Boston: Urwin Hyman, 1990.

Doren, Van, Mark. *Shakespeare*. Garden City: Doubleday, 1953.

Duthie, George Ian. *The "Bad" Quarto of "Hamlet"* :A Gritical Study. Cambridge: The University Press, 1941.

Eagleton, Terry. *William Shakespeare*. Oxford: Blackwell, 1986.

Erickso, Peter. *Patriarchal Structure in Shakespeare's Drama*. Berkeley: University of California Press, 1985.

Erlich, Avi. *Hamlet's Absent Father*. Princeton: Princeton University Press, 1977.

Fergusen, Margaret. "*Hamlet*: Letters and Spirit." In Patricia Parker and Geoffrey Hartman (ed), *Shakespeare and the Question of Theory*. New York: Methuen, 1985.

Fergusson, Francis. *The Idea of Theatre*. Princeton: Princeton University Press, 1949.

Foucault, Michel. *Madness and Civilization*: *A History of Insanity in the Age of Reason*. Trans. Richard Howard. London: Tavistock, 1967.

Foucault, Michel. *The Order of Things*: *An Archaeology of the Human Sciences*. London: Tavistock, 1970.

Foucault, Michel. *History of Sexuality*. Trans. Robert Hurley. New York: Pantheon, 1978.

Freud, Sigmund. *The Ego and the Id*. New York: Norton, 1962.

Freud, Sigmund. *The Interpretation of Dreams* (1900). Trans. James Strachey. New York: Avon, 1965.

Freud, Sigmund. *Standard Edition of the Complete Psychological Works of Sigmund Freud*. Ed. and trans. James Strachey. New York: Avon, 1965.

Frost, D. L.. *The Scholl of Shakespeare*. New York: Cambridge University Press, 2012.

Garber, Marjorie. *Shakespeare's Ghost Writers*: *Literature as Uncanny Causality*. New York: Metheun, 1987.

Gurr, Andrew. *Hamlet's Claim to the Crown of Denmark*. London: Longman, 1987.

Hawkes, Terence. "Telmah." In Patricia Parker and Geoffrey Hartman (eds), *Shakespeare and the Question of Theory*. New York: Methuen, 1985.

Heilbrun, Carolyn. *Hamlet's Mother and Other Women*. New York: Columbia University Press, 1990.

Holland, Norman. *The Shakespearean Imagination*. Bloomington London: Indiana University Press, 1968.

Honigmann, E. A. J.. *The Stability of Shakespeare's Text*. Nebraska: University of Nebraska Press, 1965.

James, Mervyn. *English Politics and the Concept of Honour, 1485-1642*. London: Past and Present Society, 1975.

Jameson, Fredric. *Marxism and Form*: *Twentieth-Century Dialectical Theory of Literature*. Princeton: Princeton University Press, 1971.

Jones, Ernest. "*The Oedipus Complex as an Explanation of Hamlet's Mystery*: *A Study in Motive.*" In *The American Journal of Psychology*, 1910.

Jones, Ernest. *Hamlet and Oedipus*. New York: Doubleday, 1949.

Johnson, Samuel (ed). *The Plays of William Shakespeare*, 8 vols. London: J. and R. Tonson et al., 1765.

Kitto, H. D. F.. *Form and Meaning in Drama*. New York: Bames and Noble, 1956.

Knight, G. Wilson. *The Wheel of Fire*. London: Metheun, 1962.

Knight, G. Wilson. *The Wheel of Fire*. London & New York: Routledge, 1989, rep. 2008.

Knights, L. G.. *Some Shakespearean Themes and an Approach to "Hamlet"*. Stanford: Stanford University Press, 1966.

Knights, L. G.. *"Hamlet" and Other Shakespearean Essays*. Cambridge: Cambridge University Press, 1979.

Kristeva, Julia. *Soleil Noir: Depression et melancolie*. Paris: Gallimard, 1987.

Krook, Dorothea. *Elements of Tragedy*. New Haven: Yale University Press, 1969.

Laing, R. D.. *The Divided Self*. Harmondsworth: Penguin, 1965.

Lawrence, W. J.. *Shakespeare's Workshop*. Oxford: B. Blackwell, 1928.

Lawrence, W. J.. *Speeding Up Shakespeare*. New York: Blom, 1968.

Legge, D.. *Studies in Honour of Margaret Schlauch*. Warszawa: Polish Scientific Publishers, 1966.

Levin, Harry. *The Questions of Hamlet*. Oxford: Oxford University Press, 1970.

Lidz, Theodore. *Hamlet's Enemy: Madness and Myth in Hamlet*. New York: Basic Books, Inc., Publishers, 1975.

Lodge, Thomas. *Wit's Misery*. Menston: Scholar Press, 1596.

Mack, Maynard. "*The World of Hamlet.*" Rpt. in Edward Hubler (ed), The Signet Classic Edition of *Hamlet*, 1987.

Malone, Edmund (ed). *The Plays and Poems of William Shakespeare*. London: H. Baldwin, 1790.

Mangan, Michael. *A Preface to Shakespeare's Tragedies*. Beijing: Peking University Press, 2005.

Matteo, Gino J.. "Introduction" to *The Tragedy of Hamlet, Prince of Denmark by William Shakespeare*. New York: Airmont, 1963.

McCollon, William G.. *Tragedy*. New York: MacMillan, 1957.

McGinn, D. J.. *Shakespeare's Influence on the Drama of His Age*. N. J.: New Brunswick, 1938.

Mitchell, Juliet. *Psychoanalysis and Feminism: Freud, Reich, Laing, and Women*. New York: Pantheon, 1974.

Montaigne, Michel De. "*Apology for Raymond Sebond*." In Mortimer J. Adler (ed), *Great Books of the Western World*, Vol. 23, 2nd ed. Chicago: Encyclopaedia Britannica, Inc., 1990.

Montaigne, Michel De. *Essays*. Bk I. In Mortimer J. Adler (ed), *Great Books of the Western World*, Vol. 23, 2nd ed. Chicago: Encyclopaedia Britannica, Inc., 1990.

Morrison, Claudia C.. *Freud and the Critic*. Chapel Hill: University of North Carolina Press, 1968.

Muir, Kenneth. and Stanley Wells. *Aspects of Hamlet*, Cambridge: Cambridge University Press, 1979.

Muir, Kenneth (ed). *Hamlet*. London: Edward Arnold, 1986.

Mullaney, Steven. *The Place of the Stage: License, Play and Power in Renaissance England*. Chicago: University of Chicago Press, 1987.

Mullaney, Steven. "Brothers and Others, or the Art of Alienation." In Marjorie Garber (ed), *Cannibals, Wishes, and Divorce: Estranging the Renaissance*. Baltimore: Johns Hopkins University Press, 1987.

Murray, Gilbert. *The Classical Tradition in Poetry*. Cambridge: Harvard University Press, 1930.

Murry, John Middleton. *Things to Come*. London: MacMillan, 1928.

Newell, Alex. "The Dramatic Context and Meaning of Hamlet's 'To be or not to be' Soliloquy". In *Publications of Modern Language Association of America*, LXXX.

Newma, Karen. *Fashioning Femininity and English Renaissance Drama*. Chicago: University of Chicago Press, 1991.

Palmer, Richard H.. *Tragedy and Tragic Theory: An Analytical Guide*. Westport & London: Greenwood Press, 1992.

Pascal, Blaise. *Pensées*. In Mortimer J. Adler (ed), *Great Books of the Western World*, Vol. 6, 2nd ed. Chicago: Encyclopaedia Britannica, Inc., 1990.

Plato. *Apology*. In Mortimer J. Adler (ed), *Great Books of the Western World*, Vol. 6, 2nd ed. Chicago: Encyclopaedia Britannica, Inc., 1990.

Plato. *The Republic*. In Mortimer J. Adler (ed), *Great Books of the Western World*, Vol. 6, 2nd ed. Chicago: Encyclopaedia Britannica, Inc., 1990.

Plowman, Max. *The Right to Live*. London: Daker, 1945.

Porter, Carolyn. "Are We Being Historical Yet?". In *South Atlantic Quarterly* 87, fall 1988.

Primaudaye, Pierre de La. *The French Academie*. London: Printed by John Legat for Thomas Adams, 1618.

Prosser, Eleanor. *Hamlet and Revenge*. Stanford, Calif. : Stanford University Press, 1967.

Rymer, Thomas. *A Short View of Tragedy*. London: Richard Baldwin, 1693.

Santillana, Giorgio De, and Hertha Von Dechend. *Hamlet's Mill*. Boston: Gambit, 1969.

Schanze, Ernest. *The Problem Plays of Shakespeare*. London: Routledge & Kegan Paul, 1963.

Shakespeare, William. *The Complete Works of William Shakespeare*. Glasgow: HarperCollins, 1994.

Smith, G. C. Moore. *Gabriel Harvey's Marginalia*. Stratford-upon-Avon: Shakespeare Head Press, 1913.

Smith, Lacey Balwin. *The Elizabethan World*. Boston: Houghton, 1967.

Smith-Rosenberg, Carroll. " Writing History: Language, Class, and Gender." In Teresa de Lauretis (ed.), *Feminist Studies/Critical Studies*. Bloomington: Indiana University Press, 1986.

Stern, Virginia F.. *Gabriel Harvey: His Life, Marginalia and Library*. Oxford and New York: The Clarendon Press, Oxford University Press, 1979.

Swell, Richard B.. *The Vision of Tragedy*. New Haven: Yale University Press, 1959.

Tacitus, *The Annals and the Histories*. In Mortimer J. Adler (ed), *Great Books of the Western World*, Vol. 14, 2nd ed. Chicago: Encyclopaedia Britannica, Inc., 1990.

Thorndike, A. H.. *The Relation of Hamlet to Contemporary Revenge Plays*. PMLA, 1902.

Walker, Roy. *The Time is Out of Joint*. Publisher: Andrew Dakers, 1948.

Wertham, Frederic. *Dark Legend*. London: Victor Gollancz, 1947.

Wheeler, Richard. *Shakespeare's Development and the Problem Comedies*. Berkeley: University of Berkeley Press, 1981.

Wheelright, Philip. *The Burning Fountain*. Bloomington: Indiana University Press, 1954.

Wilson, J. Dover. *The Manuscript of Shakespeare's " Hamlet" and the Problems of Its Transmission*. Cambridge: The University Press, 1934.

Wilson, J. Dover. *What Happens in Hamlet*. Cambridge: Cambridge Univeristy Press, 1959.

Wofford, Susanne L. (ed). *William Shakespeare: Hamlet*. Boston & New York: Bedford Books of St. Martin's Press, 1994.

奥古斯丁. 论自由意志[M]. 王秀谷,译. 台南:闻道出版社,1974.

柏拉图. 理想国[M]. 郭斌和,张竹明,译. 北京:商务印书馆,1997.

柏拉图. 柏拉图对话集[M]. 王太庆,译. 北京:商务印书馆,2004.

巴赫金. 拉博雷的创作以及中世纪和文艺复兴的民间文化[M]. 石家庄:

河北教育出版社,1998.

但丁. 神曲·地狱篇[M]. 朱维基,译. 上海译文出版社,1984.

厄尔·迈纳. 比较诗学[M]. 王宇根,宋传杰,等译. 北京:中央编译出版社,1998.

詹·乔·弗雷泽. 金枝(上卷)[M]. 徐育新,汪培基,张泽石,译. 北京:中国民间文艺出版社,1987.

黑格尔. 哲学史演讲录(第二卷)[M]. 贺麟,王太庆,译. 北京:商务印书馆,1960.

黑格尔. 哲学科学全书纲要[M]. 薛华,译. 上海:上海人民出版社,2002.

荷马. 奥德赛[M]. 王焕生,译. 北京:人民文学出版社,1997.

康德. 纯粹理性批判[M]. 蓝公武,译. 北京:商务印书馆,2003.

路易丝·麦克尼. 福柯[M]. 贾湜,译. 哈尔滨:黑龙江人民出版社,1999.

刘中华. 论窦娥悲剧性格的美学价值[J]. 社会科学辑刊,1992(3).

尼采. 悲剧的诞生[M]. 周国平,译. 北京:生活·读书·新知三联书店,1986.

欧文·白璧德. 法国现代批评大师[M]. 孙宜学,译. 桂林:广西师范大学出版社,2002.

叔本华. 作为意志和表象的世界[M]. 石冲白,译. 北京:商务印书馆,1982.

莎士比亚. 莎士比亚戏剧集[M]. 朱生豪,译. 北京:作家出版社,1954.

苏力. 法律与文学:以中国传统戏剧为材料[M]. 北京:生活·读书·新知三联书店,2017.

王季思. 中国十大古典悲剧集[M]. 上海:上海文艺出版社,1982.

游国恩,王起,等. 中国文学史[M]. 北京:人民文学出版社,1984.

约翰·斯特罗. 结构主义以来:从列维·斯特劳斯到德里达[M]. 渠东,等译. 沈阳:辽宁教育出版社,1998.

亚里士多德. 尼各马可伦理学[M]. 廖申白,译. 北京:商务印书馆,2004.

叶舒宪. 神话—原型批评[M]. 西安:陕西师范大学出版社,1987.

周国雄. 全面营造中国戏曲艺术规范——论关汉卿的杰出贡献[J]. 文学评论,1997(4).

朱立元.当代西方文艺理论［M］.上海:华东师范大学出版社,2002.

朱权.太和正音谱(上卷)［M］.姚品文,校.北京:中华书局,2010.

张人和.重评《窦娥冤》［J］.东北师大学报:哲学社会科学版,1979(4).

张仲仪.窦娥悲剧成因别解［J］.西北师大学报:社会科学版,1998(4).

后 记

18 世纪小说的兴起,推动了对戏剧人物性格和心理活动的研究。小说全知的第三人称叙事,让我们进入小说人物的内心,对于人物的思想意识、行动动机,甚至潜意识活动都可以清楚而准确地了解。而我们对于戏剧人物的内心活动的解释,只能从他/她与其他人物的交谈和独白以及行动的分析得出,其中,独白被认为是解释人物心理的有力佐证。哈姆雷特可谓戏剧人物独白的最知名者,且批评界对他的独白的研究作品可谓汗牛充栋,然而,这并不意味着对其意义的发掘已经穷尽。另外,尽管哈姆雷特的独白把他的心思展露在我们的面前,但是它们并没有完全揭示他的许多行动的动机以及与其相关的心理活动。对于哈姆雷特心理活动的研究,旨在揭示哈姆雷特这个人物性格,而在这一方面的研究在 19 世纪末、20 世纪初臻至高峰,其标志性成果是 A. C. 布雷德利(A. C. Bradley)的《莎士比亚的悲剧》(*Shakespearean Tragedy*, 1904)以及丘顿·柯林斯(Churton Collins)的《莎士比亚研究》(*Studies in Shakespeare*, 1904)等。对哈姆雷特人物性格的深层揭示,不仅诠释了莎士比亚的"性格悲剧"(tragedy of character)与古希腊"行动悲剧"(tragedy of action)或曰"命运悲剧"(tragedy of fate)的差异,而且还进一步阐明了《哈姆雷特》作为悲剧中的悲剧的悲剧意义,那就是悲剧主人公在遭受外在打击时所经历的肉体的和心灵的磨难,以及在此时此刻所表现出的高尚的人性与品格。

如英国诗人雪莱所言,哈姆雷特拥有青年诗人的灵魂,向往任何善良和美好的事物;如布雷德利所言,他是一位"天才的哲人",集人类思想活动的能量于一身:他的悲剧正所谓"道义情怀之悲剧"(tragedy of moral idealism)。也正是在这层意义上,哈姆雷特成为悲剧英雄的英雄,成为最具典型意义的悲剧主人公。这是一个亚里士多德意义上的悲剧人物,而莎士比亚又赋予了亚里士多德意义上的悲剧人物更丰富、更深刻的意义，从而，他的悲剧也更震撼人们的心灵。

哈姆雷特说道："即使把我关在核里，我也会把自己当作一个拥有着无限空间的君王(I could be bounded in a nutshell and count myself a king of infinite space)。"读者像哈姆雷特一样，把自己关在《哈姆雷特》这一剧作里，关在它的文本里，甚至关在某一幕、某一场、某一段落、某一句话里，在那里充分发挥自己想象的能力，那里的空间随着他的想象力的拓展而拓展，发现自己成为拥有无限空间的君王。这也正是悲剧的基本精神所在：悲剧文本的无限想象空间激发读者的无限想象空间。

本书取名《〈哈姆雷特〉的悲剧精神》，是因为本书始终以《哈姆雷特》为什么是悲剧、《哈姆雷特》为什么是悲剧中的经典为中心思考，围绕着这个中心展开研究，力图从细节中发掘深层的意义。希望我们的做法，能给喜欢《哈姆雷特》的读者些许启发。

对于莎士比亚的任何研究，必定是建立在前辈学者的研究成果之上。我们力争像其他研究莎士比亚的学者一样，明确指出前人的研究成果和观点，以及我们的借鉴。然而，要想把从前人的借鉴与自己的文本彻底分开，那无异于难于上青天，所以，我们所著的内容中不免常常重复前人的观点且没有明确标注。对此，我们既对前人表示衷心的感谢，又对读者表示深深的歉意。

作者于戊戌年冬月
北京